◎ 四川省国别与区域重点研究基地“澳大利亚研究中心（西华大学）”成果
◎ 西华大学外国语言学及应用语言学重点学科（LZXW405-11-1）成果

骨屋

The Bone House

〔澳〕贝弗利·法默(Beverley Farmer) 著

总 译 审：向晓红
副 译 审：龚 静 李新新 王阿秋 郑晓燕
本书译者：陈 达 龚 静 郭志军 李贵和

责任编辑：徐　凯
责任校对：孟庆发
封面设计：李金兰
责任印制：王　炜

图书在版编目(CIP)数据

骨屋 /（澳）法默（Farmer，B.）著；陈达等译.
—成都：四川大学出版社，2013.11
书名原文：The bone house
ISBN 978-7-5614-7341-2

Ⅰ.①骨…　Ⅱ.①法…　②陈…　Ⅲ.①散文集-澳大利亚-现代　Ⅳ.①I611.45

中国版本图书馆 CIP 数据核字（2013）第 275132 号

四川省版权局著作权合同登记图进字 21-2014-63 号
本书英文版于 2005 年由 Giramondo 出版社第一次出版
中文简体版由四川大学出版社出版

书名　骨　屋
Gu Wu

著　　者	贝弗利·法默
译　　者	陈　达　龚　静　郭志军　李贵和
出　　版	四川大学出版社
地　　址	成都市一环路南一段 24 号（610065）
发　　行	四川大学出版社
书　　号	ISBN 978-7-5614-7341-2
印　　刷	郫县犀浦印刷厂
成品尺寸	148 mm×210 mm
印　　张	7
字　　数	187 千字
版　　次	2014 年 3 月第 1 版
印　　次	2014 年 3 月第 1 次印刷
定　　价	20.00 元

◆读者邮购本书，请与本社发行科联系。
电话：(028)85408408/(028)85401670/
(028)85408023　邮政编码：610065
◆本社图书如有印装质量问题，请寄回出版社调换。
◆网址：http://www.scup.cn

法默作品翻译总序

进入21世纪，全球化的趋势越来越明显，各国间的联系越来越紧密。就是在这样的形势下，四川省国别与区域重点研究基地“澳大利亚研究中心（西华大学）”、外国语学院澳大利亚文学文化研究团队开始筹划把部分有建树的澳大利亚女作家介绍给中国读者。在完成了《澳大利亚妇女小说史》的撰写之后，我们又借助翻译，为我国读者了解澳大利亚文学架起桥梁。

提起澳大利亚文学，大家耳能熟详的就是诺贝尔文学奖获得者帕特里克·怀特，或考琳·麦考洛。其实，在澳大利亚这个和西方文明有着深刻联系却又在地理上孤悬漂浮的巨大岛国上，仍有不少作家潜心耕耘，为澳大利亚文学乃至世界文学的发展做出了自己的贡献。经过一段时间的思考、筛选、交流和联系，我们选定了女作家贝弗利·法默（Beverley Farmer，1941— ）的作品作为译介的对象。

法默是在西方妇女解放运动中成长起来的作家，她独特的女性主体视角和对细节的敏锐把握，以及娴熟的后现代主义叙事方法，在展现一个主观（作者冷静甚至冷酷的思考）却又客观（对大自然与人的细腻描写）的世界方面独树一帜，更凭借一系列获奖（入围）作品成为近年来澳大利亚备受关注的女性（而非女权主义）作家。她的小说曾获得或是入围众多奖项，如帕特里克·怀特奖，新南威尔士州长文学奖、小说奖，堪培拉时代国家短篇故事竞赛奖，北土文学奖-阿拉弗拉短篇故事奖，FAW Caltex/

本迪哥广告人奖，太阳—先驱短篇故事竞赛奖等。法默从女性的角度展现了女性的内心世界、女性的挣扎、女性受到的压迫及女性的渴求。她的故事似乎没有开始、没有高潮，也没有结局，只不过是在流动的生活中截取的一个个片段，开始是从前的延续，结局是未来的开启。她的小说充满了细腻的探索、迷人的语言，塑造了鲜明的形象和画面，清晰地再现了多元文化的碰撞与融合。

选定法默的作品进行翻译，主要目的有二：一是促进中国与澳大利亚之间的文化交流。在全球化进程中，国内外学术交流的氛围越来越浓厚，目前已经译介到国内的英语文学作品大都是英国和美国的，相比之下，澳大利亚作家的作品的译本是少之又少。译介澳大利亚文学作品会使国人更加了解这个国度的社会和文化，为两国人民进一步友好交流增进基础。二是有针对性地将澳大利亚女作家介绍给国内读者。前些年里，已经有部分学者翻译了少量澳大利亚作家的作品，但是对女性作家的作品译介较少。贝弗利·法默、海伦·加纳等当代著名女作家的名字对国内读者来说还很生疏。我们衷心希望通过翻译出版法默的作品，满足文学研究者的阅读需求，让国内读者有机会了解澳大利亚女性作家眼中的社会，拓宽英语语言文学研究的视野，促进中澳两国的文化交流。

该作品的翻译及出版受到四川省国别与区域重点研究基地“澳大利亚研究中心”主任卓武扬教授的大力支持，特此感谢。

总指导、总译审：向晓红、陈达

2014 年 1 月

《骨屋》译者序

贝弗利·法默（Beverley Farmer，1941— ），又名贝·克里斯托。从墨尔本大学毕业后，法默本打算和朋友一起依靠到餐馆打工游走澳大利亚，然而她在所到的第一个地方便遇到了一名希腊移民，并与其结婚。婚后法默努力学习希腊语，并随丈夫回到他家乡的小村庄生活了三年多，直至他们的儿子出生前才又回到澳大利亚。回到澳大利亚后，法默和丈夫一起依靠经营餐馆为生，艰辛的生活和过度的劳累让法默多次经历流产的痛苦，因无法从流产失去孩子的痛楚中恢复，法默最终选择了和丈夫分道扬镳。法默与希腊丈夫的婚姻，尤其是丈夫的母亲在家庭中女性家长的地位，以及丧失孩子的痛苦经历等，成为法默日后思想萦绕的焦点，也成为她创作的灵感之源。

法默的创作正式开始于 20 世纪 80 年代，此时正值澳大利亚多元文化身份形成的时期。自 20 世纪七八十年代以来，少数族群的文化、由文化冲突带来的代际冲突等，在澳大利亚开始得到审视，澳大利亚生活方式也开始从族裔差异性的角度得到修正。而且，80 年代也是包括女性在内的各种之前受到压抑的声音要求发声的时期。法默对希腊/澳大利亚跨文化题材的反映，不仅与她的多元文化身份契合，作为一名嫁给希腊移民的白人女性，她既是希腊人与澳大利亚人之间互动的参与者，也是一位冷静的旁观者。她在小说中塑造的一系列体现文化差异、界定文化边界的女性主人公形象，使她本人也成为一位具有鲜明特点和诉求的女性作家。

在澳大利亚当代作家中，法默虽算不上一位高产的作家，迄今为止，她发表的作品仅有短篇小说集三部、长篇小说三部，和另外一些非小说作品。然而，法默不仅是帕特里克·怀特文学奖的获得者，还被列入澳大利亚最高文学奖——迈尔斯·富兰克林奖的“决选名单”。可见，法默在澳大利亚当代文坛的重要地位不可小觑。

在本书中，我们翻译了法默重要的非小说作品《骨屋》。《骨屋》凝聚了法默对肉体生命和灵魂进行的冥想，于2005年出版，作者历经十年写作而成。该著作由三个分别题为“金口”（“Mouths of Gold”）、“黑暗中所见”（“Seeing in the Dark”）、“石器时代”（“Stone Age”）的独立长篇散文组成，交织了作者对土、水、火、血、光、黑暗等生命元素所进行的意识流式的思考。在这三篇散文中，作者阅读过的书籍、做过的事情、和朋友之间的互动以及她的思考过程，均透过她的意识之窗展示给读者，时而深远、广博，时而细腻、亲切，牵引着读者同她一起云游在一场对生命的冥思之中。

在小说阅读中，读者一旦进入作者编织的故事世界，便受其统辖，必须沿着作者安排的故事线索阅读下去，而在法默的这部散文集中，她让读者享受到真正意义上的阅读自由。我们可以从该书的任何一部分开始阅读，也可以在任何地方放下，在合适的时候再取出来读。在这本书中，作者记录了一个个她的思绪曾经闪过的火花，这些火花又如一粒粒散落在海滩的珍珠，细腻、晶莹，我们甚至可以近距离地看到它们晶莹的光泽，看到它们的纹理，而作者却并不想用一条线将它们穿起来。正如作者所言，她在这本书中拒绝沿着故事线索进行讲述，而是“缺乏叙事的紧张度，如同水的表面张力一般平缓”。这一叙述风格再现了与钦定版《圣经》、莎士比亚戏剧并称为现代英语三大基石的《公祷书》（*The Book of Common Prayer*，1549）的写作风格，兼具口头叙述和书面记录的特点。以此，作者向我们敞开思想，唤起共鸣，引起思考。因而，进入《骨屋》的读者，不是获得某种知识、阅读一段故事，而是进入一场人与书之间的思想对话。

十年一作，与其说是作者创作而成，毋宁说是作者十年灵魂生命的结晶。文思自由，不受语言的羁绊，是这部作品的又一特点。在对有形生命和无形生命的冥思中，作者引用了大量英语、希腊语、法语、梵语的名人、名谈和经典著作，跨越了语言和意识形态的藩篱，可谓纵横古今、横贯东西，足见法默对此用情、用心、用神之深。然而，对于译者来说，法默精通多种语言（polyglot）的素养和旁征博引的写作风格，则每每让我们苦不堪言。翻译法默的这部哲思作品，不仅要有好的语言功底、好的哲学背景，还要有足够的耐力。希腊语、梵语等部分往往是谷歌搜索也解决不了的问题，让译者真真切切地感受到了严复先生所谓“一名之立，旬月踟蹰”的艰难。

此书的翻译，《金口》一篇由郭志军和李贵和翻译，《黑暗中所见》和《石器时代》分别由龚静和陈达翻译。整部作品的译审工作由郭志军和龚静承担，向晓红教授和陈达教授指导和总译审。虽然我们几位译者原本豪气满怀，希望能够一鼓作气，结果却用去了将近三年时光才最后定稿。但愿我们用去三年时光完成的拙译，保留了法默女士十年一作的原貌和风姿。不妥之处，敬请读者批评指正。

译审：龚静、郭志军

2014 年 1 月

目　录

金　口

流水无忆。

——爱利恩·尼·丘利安娜

整个冬天，在任何一个晴朗的早上，当太阳升起半小时后，一缕阳光便透过百叶窗的边缘，照射在我的衣柜门上。随着太阳的升起，阳光在百叶窗上就会扩散成一团高高的火焰，像教堂里的蜡烛一样。然后，整个窗帘交织浮现着火焰和窗外的树影，像一幅画，像一张狮子的脸。

一片血色的橙子就像是一个火轮。橙皮包裹着污迹斑斑的瓤皮，十道白色的瓤皮纹路被浸染成了深红色。十块红金色的果肉像蜻蜓的翅膀一样，晶莹剔透，夹杂着如梳理过的头发般的细丝。一片血橙就是两片红金色的嘴唇紧紧压在一起，像石榴一样苦涩。两手拿着血橙，仿若血从指缝中滴下来一般。

落潮和一大群的海蜇像是融化的冰块，比海水还透明，甚至海底的沙子都透明可见。

整装待发的轮船吐出的烟雾笼罩在这个房子的花园上空。海边浅滩处的一些老房子旁有一个寡妇塔。在塔上，女人们可以望着出海的男人们的船进进出出穿梭于瑞普港。瑞普港是世界上沉船最多的海湾之一。为了防暑，这些老房子都是锡制的屋顶，窄窄的窗户嵌在木头墙体上。屋子里都有高高的用绳索操控的窗户，盒状的窗格玻璃薄而且有裂痕，像水面的波纹一样涟漪起伏。所有的窗框都高六英尺，宽三英尺，和一张单人床一样大。格兰尼亚把它看作一个棺材。整条街仿佛都是带着玻璃盖的棺材。一天天透过的光线就像溪水一样浅显、褐黄、冰冷。

无花果树的树叶像喜鹊衔来的杂物一样堆积着。丝线，须脉，呈现出光亮的高脚杯状。

正要成型的这个故事，越发自我消除，隐约在自身之中，像水中的阴影。故事情节不是沿着故事线索而是呈环绕状展开，因而缺乏叙事的紧张度，如同水的表面张力一般平缓。这个故事围绕格兰尼亚和她的女儿在移居希腊时所经受的那个日夜展开。虽然她们现在已回到了澳大利亚，但仍然对那场死亡事件心有余悸。为了忠实于这个故事的原貌，对于任何叙事的紧张气氛，我们只能在逝去的潮水和湍流中滚石的回荡声中体味了。

我们需要关注的是真相。因为无论一个人的思维中增加了什么样的意象，世界的意象也会随之增加。当然，这种增加并不是永恒的。空中的一个小火苗有什么永恒可讲?

我们宁愿相信任何东西，都不愿接受蛋壳似的头脑里刻画的那种终将灭亡的世界。我们肯定不只是构成有限生命的原子物质的一点点火花。我们把自己绑锁在具有三维空间的自我世界里。灵魂般的绸缎、光线、空虚的自我的挤压，我们停留或闲荡的意图之网都穿梭于这个世界。这种对灵魂的祈望具有顽固性，这种祈望是我们在骨子里天生具有的。

白色的翅膀，碎片。飞蛾挥舞着翅膀飞过花园中的鸢尾花。很多年来第一次，在初春之际，一小丛冬季鸢尾花自我播撒的种子在一大片深蓝色迷迭香中开出了花朵。

黎明时分，在地球引力作用下的潮汐声中，他从梦魇中醒来，蹒跚着走过一块废墟，来到一个有顶棚的火车站，心中充满了悔恨的折磨和一种对他现在没有也从未有过的生活方式的愧疚。太阳的利刃刺痛着他。天空乌云压顶。在巨石堆砌的建筑物正门之间，他看到了尘埃纷纷掉落在地上。

褐黄的秋日在傍晚慢慢地燃尽。花园一天天变得越发潮湿繁茂。格兰尼亚的头发在经过的时候被一棵树的树枝挂到，她的丝丝长发在阳光中飞扬起来。她拿着耙，蹲在枇杷树下，用力挖掘着野草、缠绕成一团的旧鸡腿骨、像白蕨叶一样的鱼骨。这些东西同石头、树根夹杂在一起被海水带上岸，又被潮汐带来的土壤和雨水所掩埋。这个地方就像一堆垃圾，年复一年被掩埋，又慢慢地重见天日。夏去冬来，沿着这个海滩的任何一处沙丘都能刨出一些东西，散布开来的护根堆肥、一些正在萌芽的黑土豆、鳄梨的果核和外壳、灰尘、关节骨、蛋壳、墨鱼骨头、带有喙和眼洞的海鸟头骨、牡蛎和贝壳、某代人在匆匆脚步中留下的古物、所有在凄冷中死去的东西留下的骨头、血和缕缕头发，等等。

在睡梦中，女人站在屋子里，面对着两个男人，她甩掉手上的水，水却变成了血点滴在地板上，黑色的血，糟糕的血。

在她背后，胀鼓鼓的床单整个下午都挂在晾衣线上，在风和阳光中摇摆。四张方形船帆般的家用床单中，两张双人床单是父母的，两张单人床单是儿子的。是时候把床单拽下来带进屋内了，阳光透过金绿色无花果树叶洒在女人身上。陌生人看着她，这时她的一缕头发被树枝挂住。一只穿着黑袖衣衫的手臂像施魔法般伸展开来，另一只手紧紧地抱着她的腰部，并把她身后的落地窗关上。四张床单需要抚平并折叠好，又薄又旧的棉质床单已经暖和了，褶皱泛着黄，就像病床上的床单一样。但是，当床单抚平后，黄色就消失了，仅仅是午后阳光照射的颜色而已。这一次没有圆的星形图样出现在床单织物上。她双臂伸展着并举着手，慢慢整理着床单的四角，使床单的边缘对齐。这个动作就像母亲们还是姑娘时常常跳的舞蹈似的。她们的手和舞伴的手就像拍打蛋糕一样同时呼应着，上前一步，退后一步。床单的一角落在地上，如果被我踩到，沙土沾在上面，就脏了。就算我不是母亲那样贤惠的家庭主妇又怎样？我的床单塞满房间，到处是夏季干草和咸盐的味道。

拾起最后几个西红柿，掸掉树叶和蜘蛛网，她发现几根头发掉在灌木丛中。她没有发现西红柿流出白色的模糊汁液。掉落在胳膊上的水珠放大着她的皮肤组织。在碗里，一块凹陷成小坑的西红柿，散发着一股月经液体的味道。

一片红色的记忆，一个被咬过的无花果和一只被啃咬过的老鼠的脊椎骨。

条件合适的话，一幅储存的图像可以通过文字、墨水、绘彩、电影、黏土、石头等形式传播。图像是种子，具有潜伏力和忍耐力。它们就像是瞬间在胶片上拷制的储存阴影。突然发现了几十年前遗忘在家庭用《圣经》里的负片，年迈的我第一次看到负片里那个眼睛里映照着阳光，裙子和皮肤均是黑色的小孩。她坐在童车里，眯着眼睛。她的眼睛镶嵌在蛋白似的肉嘟嘟的脸上，像两道月牙，像是从内部点燃的蜡烛。哦，别让我失明，别失明。

保罗·艾露尔德说：“主宰这个世界的又是怎样的世界？”（是死神吗？）

炉架上的铜灯没有灯罩，这个圆球的灯光把黄色映射到了格兰尼亚靠着的墙上的两幅照片上。这两幅照片已经泛黄了。第一幅照片里，阳光穿过凹凸不平的废墟的黑暗，照在一支跟人一样高的铜蜡烛上，把它晒融化了；两边站着格兰尼亚的女儿和孙子，每个人都站在半暗半明的光线里。这是依兰娜和麦基在希腊时所拍的。在另一张照片里，两个敦实的男人微笑着走出浓雾，其中一个伴着阳光，满面尘土，头发油亮，那是托莫。托莫年长于他身旁的那个阴影中的人，而且更敦实些。他们是托莫和他的兄弟西奥。他们从澳大利亚回家探亲。两人虽不是一模一样，却很相似，相似得甚至像一对孪生兄弟。格兰尼亚的女儿在画的背面用蓝黑色笔迹签着他们有着高贵含义的名字。被誉为金口的克里斯索斯托莫斯，他的语言也被认为是金科玉律。[①] 塞奥佐罗斯，天赐的才华。

在铜灯下，从希腊带来的粗糙的猫头鹰陶瓷制品被灰尘覆盖着，它的脸上突然长出了像针刺一样的绒毛——毛发！——它身上长出了白色的绒毛，丝线，花蕊，两眼之间还长出了一个白色的类似花粉囊的东西。

---

① 在历史上，克里斯索斯托莫斯（Chrysostomos）曾是许多希腊大主教和主教的姓氏，分别有君士坦丁堡主教约翰·克里斯索斯托莫斯（John Chrysostomos，347—407），雅典大主教克里斯索斯托莫斯一世和二世，塞浦路斯大主教克里斯索斯托莫斯一世和二世等。

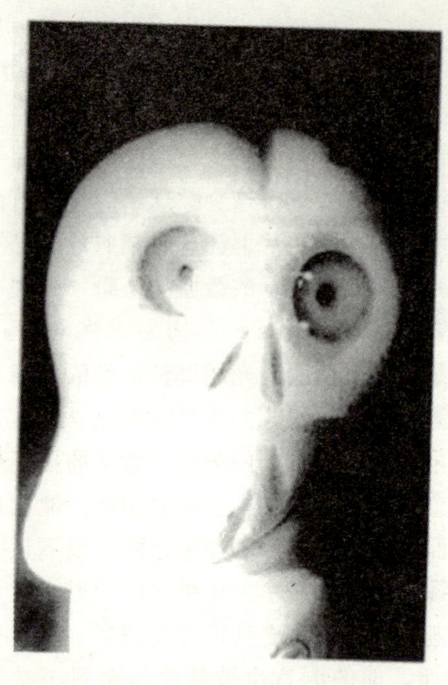

我们知道那时有人在我们的视线无法触及的地方正盯着我们。我们能感觉到这眼光，我们转身去看。但是我们是怎么感觉到的？是第几感官？像豌豆大小的球形蜘蛛在网中头朝下直盯着我：它对我的印象是什么？和我对它的印象有什么区别呢？那从我的手上衔走苹果、嘴上的胡须触到我的马儿，还有那对着自己的玻璃牢笼愤怒地扭动如火一般身体的章鱼，一定都能够感知到我——可它们是通过什么方式来感知我的呢？

我们头上的眼睛长在一个他们看不到的身体里，或多或少不在视野内的身体上。什么驱使近乎失明的我们穿梭于这个隐形的世界？我们怎样才能找到我们的道路？旅行者在道路上需要注意，观察，通过符号导航，记忆，并经历。

蜘蛛的本身即自我的感知，它们编织、贮藏、打猎，是些在湍流上用力摆动试图逃跑的毛茸茸的家伙。还有更厉害的蜘蛛，它们晃动着，并把自己吊在几何般规则的丝网上，十分的脆弱，网上粘连着黑色的水珠子。它们多么了解它们身体的方式啊。

你一定是产生了幻觉。俗话说，那里什么都没有。（那么是在哪儿呢?）

我们从经验得知，所有的经历都有它们的事后意义，一种永远逐渐展示和随之增长的意义。这个过程总是不完整的。意义会一直在黑暗中增长，像欲望，像记忆。意义的诠释只有通过其重要性和替换能力才会被人所知。这种普遍的意义立刻变得熟悉起来，为我们所专门拥有，就像月球黑暗的一面或人的大脑一开始不为人所知一样。

这是 1991 年。他们每次坐着游轮，卸下行李后，就会去拜访一个在附近度假的希腊朋友。被留下来的格兰尼亚和麦基走过茶叶树到沙滩边上划船。他们本来无人打扰，直到遇到一个男人和一个同格兰尼亚差不多年纪的女人带着两条狗去浅滩玩耍。陌生人正在捡着浮木，怀里满满抱着缠绕着海草的灰色木头和树枝。空气中有一种冬天的感觉，模糊的阳光照射下来，蓝色的阴影已经映洒在潮湿的沙滩上。感觉这一年比以往的年份过得快。在白天，光线重重地照射下来，苔藓、黏土、地衣的根须和蜘蛛网上都是湿漉漉的。两条狗冲着海鸥扑过去，摇摆着他们的链子和尾巴，甩掉全身一缕缕毛发中的水珠。“我希望——祖母？——祖母，我希望我们有一条狗。”麦基在没过大腿的石流水中说道。

没有叙述，没有时间的流动，更不必说涌动了。时间停止了，就像是在照相的一刹那，分开了，打乱了，串起来了——如念珠上的一粒粒珠子。

古老的时光轮回流逝，如月亮般清晰可见。地球时光和天体时光互绕着关联在一起，一种宇宙的和谐。所有的时光都存在于卷轴上。

或者故事自然而然地产生，顺畅、广阔地延展，几乎不可感知，因为故事本来需要被看得透彻，而不是只看其表面。

晚秋的一天，我们沿着曲折的道路去米卡尼斯。在阴冷笼罩的屋檐下，我们穿过了里屋的门槛；外面漫山遍野石凿的坟墓，在阳光下炙烤着。国王们和皇后们住在城堡里。这是如通红的手一般的米卡尼斯。我们被警告过有蛇，但是即使有的话它们一定在潜伏着。在一个长形的神庙里，我，盲目地抱着——刚进入梦乡的——一个小孩。我们身处其中的石头，空洞、轻薄，似蛋壳，又像是一个蜂窝鹅卵石，或是一个茧蛹。

> 一个故事是被它的听众或读者通过透镜看到的。这个透镜就是叙述的秘密。在每一个故事里这个透镜被重新打磨，在瞬间和永久之间打磨成型。
>
> ——约翰·伯杰

是的，假设唯一的那个透镜是有瑕疵的，波纹状的，并且可以从中看到真相。

有人在停车场聚集在一起大叫："你是你自己吗？"——这个语句暴露了双重怪异性。通过推理，我知道在我体内的确有另一个自我的存在，这个另一自我与我并存，就如骨骼一样，并不是不能感知。正是这一自我让我的生命保持火焰般的活力，形成新的血肉，一种思维之外的空间，默默无闻，准确无误，一种平滑的动物。我和我的灵魂是一对隐身的孪生兄弟：对于彼此来说，它们是干枯土地上的阴凉和水。

一个身影伴随着他，跟着他的脚步，他走到哪里就去哪里，反映着他的所有动作，却不是他的兄弟。他的身体在光照下被缩小，只剩他自己，透明可见，即所有在骨骼上编织出的血肉构造，使他愈加恐惧的形象。那个形象看起来像他的兄弟，根本不是他自己，也不是被扭曲震惊后的灵魂。一个似乎带着自己生命的化身。这是一个自我形象。他看到的是他不能被否认的被光折射和浸浴过的自我形象。

下午又是低潮，有一种成功的充实感，现在那礁——这是在南大陆的一个石礁，而不是珊瑚——在太阳下暴晒着，我们可以尽情地在海床上散步。海床的边缘嵌满了帽贝，悬挂着一捆捆的海草，这些海草呈现出蓝黑色、棕色、淡金色，边缘湿漉漉的，通常隐藏着，现在却裸露出来了。海浪在很远的地方起伏，发出闷响声。一股热的偏北风在逐渐袭来。阳光充足，沙子平铺着，褶皱般地堆积在岩石的缝隙下面，像一张又薄又黄、半透明的旧床单，被石头压着，结成了沙块，变得干巴巴的，像羽毛一样。

焦灼的太阳像一只千年的红蝎子，夹紧尾巴准备攻击，又像一个红辣椒。

即使是大家都坐在桌子边上的时候，说话也并不容易。西奥打开并开始倒一瓶酒，格兰尼亚烤好了一托盘的柠檬蒜香土豆和一托盘丰盛的鱼肉，鱼皮的红丝全都起了泡，包裹着白色的鱼肉。她可以坐下来，然后让女儿接替她的活。和以往一样，麦基用叉子把他的鱼拨开，取出里面长长的鱼骨头，敲打着盘子。西奥从鱼头骨中取出鱼的脸颊肉。“好吃，”他一边说，一边举着一块骨头朝向格兰尼亚。格兰尼亚微笑着摇摇头。现在她的头感觉非常的沉，不是酸痛，而是迷迷糊糊的，像蜂窝似的嗡嗡作响。她实在是力不从心。西奥和埃莉诺不是没有礼貌，他们谈话时会走神，用一种他们自己的混合语言——希腊语加上一些英语。麦基大概能听懂，虽然格兰尼亚从来都知道西奥自己会用混合语言。今晚麦基什么都没有说。幸运的话格兰尼亚能听懂十个字中的一个。探望的次数很少而且间隔很久才有一次。对谈话中这里那里可能存在的恶意的猜测，一直在她的脑海中奔流。

那酒是黄色的，冰冷的，结成霜的晶体依稀可辨，像酒精钻石：黄色的酒，带着柑橘的余味，装在一个深黄色的酒瓶里。酒瓶的底部凹陷，内部有个小土丘似的突起，表面有项链珠子般的装饰，他们将其称为平底瓶。瓶是空的，有余晖照耀下的岩石水塘那如丝般的光泽。她的手指向上，紧握着杯子，这些手指如白肚皮的鱼儿，肢体游弋在海水中，发出云母的点点星光。

我们对任何事物的了解都是心灵的感触。拿死亡来说，我们口头上支持即将到来的事实。至于我们依赖的身体智慧而言，它有着自己的判断力。这个判断力大致是不相信死亡。让心灵知道自己所知道的，肉眼凡胎的做梦人会视而不见，无动于衷。

屋子里闪烁着黄色的灯光，一只飞蛾像雨点般拍打着灯罩，翅膀留下了长长的影子。麦基准备在客房睡觉。他们已经吃完晚饭；在喝完第二瓶酒后，接着吃奶酪和苹果。这瓶是黑色的希腊酒，埃莉诺把苹果片放进每个杯子，直到这些薄片溢出血，这些薄片被麦基称为“血苹果”。格兰尼亚则在谈话的最后打起盹来，这时电话把她惊醒了，这是一个从希腊打来的电话——找谁？西多洛？西奥，找你的。这是很多电话中的第一个。出车祸了。发生在山上。他的兄弟托莫在医院里。还有孩子们呢？有伤口或淤青，都吓坏了。母亲在昏迷中，托莫已经死了。是的，他已经死了，死在他儿子米加里的怀里，当时就死了——只是没有人直接说出来罢了。西奥和埃莉诺当时就嚎哭起来，格兰尼亚看出来了，他们接到第一个电话就全明白了。按照习俗，葬礼就在明天。西奥回了电话，心痛如绞，要求等待，推迟葬礼，直到他能赶上航班。现在该由其儿子作为唯一的亲属来决定，他说不，就定在明天。在哪里？在狄萨洛尼基。不，西奥厉声叫道，那是他出生的小村庄！米加里说，我的父亲生活在狄萨洛尼基，和我们在一起，我们很挂念他。一场争吵点燃了，持续了一整夜，响彻了全世界，家庭都分了派别：格兰尼亚的女儿告诉她，争斗就像一群狗抢一块骨头一样。

这时候，西奥已经回到了前厅。格兰尼亚穿好了外衣。威士忌？她咕哝着，拿出瓶子和酒杯。伊利诺惊讶地点点头，脑子一片空白。来，亲爱的，把酒喝下去。还有这个，她拔掉电话线，滑落在女儿的胳膊上。把电话线插好，谁想到接下来会发生什么。现在你去尽量休息一会儿——我要出去走走。然后，她们拥抱亲吻，互道晚安。

对希腊人来说，Ποιησις 是“做”的意思，不是“做诗歌”，而直接就是做的动作。如同在蜂蜜中，在蛛网中——对于任何通过自我都可以产生的形式，所有暗喻都是“做”。一个人被放逐，带到远处。哪里？所有的神都是暗喻，包括所有的宗教。我们试图把握意义，作为真理的不牢靠的立足点。梦是暗喻的、变形的。访客、精灵、神秘力量、死前的经历、天使、魔鬼等，都是头骨洞穴里摇曳不定的光芒，是大脑的思维活动。它们是真实的，如同热情形象的相反颜色——反色——眼睛是真实的。感知自身浓缩成了暗喻。

在荷马时期，躁动不安似乎笼罩着地中海盆地。因此，古代各种族开始划船，就像种子撒落在海上。

——D. H. 劳伦斯

我的父亲，米加里不停地对每个人反复讲到。我的父亲，他并不出生于城市，但是他在这里谋生，在这里成家。妻子要看好她男人的墓。寡妇，你是说。是的，寡妇，我的母亲，如果她继续活下去的话。哈！如果她要继续活下去！她！——托莫是不会再活下去的！她已经把他活活吃掉了！听我讲。我母亲，如果她活着，她会点亮他的蜡烛，在死亡中照料他，就像在他活着的时候。

有故事说，当圣·克利索斯图还是个孩子的时候，圣女帕纳吉娅让他吻她的嘴，他便大着胆子吻了。从此以后，他满嘴全是黄金般的语言。他让圣母玛利亚做他的缪斯。

你明白了吗？

没有。没有人回答。

西奥，听着，这里的土地是相同的，完全相同的。

那么，你认为这里——莉诺拉的土地也是相同的吗？

听我说！

你就知道这么多。无知。你什么都不知道！

烧烤架上全是他撕碎的纸片，有一节蜡烛头，一丝蜡烛的火焰，来自修道院的壁炉上的照片。伊利诺正要弯腰把照片碎片捡起来，这时他在她背后发出嘶哑的叫声，挥舞着空酒瓶。酒瓶砸在壁炉石上——她往后一跳，刚好躲过，但恐惧侵袭着她。她仍然全身颤动，看着他的脸朝着地面扑了下去。他胳膊上黑乎乎的毛上血迹斑斑，血滴在了壁炉上。不，不，只是红色的赭石和杯子里的酒。格兰尼亚已经出去散步去了。如果麦基醒了，走进来问出什么事了。——她会说，没事，只是一盏灯掉下来，摔碎了，你回去睡觉吧。之后，房子就变得寂静无声。

遗迹、纪念物、潮水的退去和我们人类的离去，这一切显得很渺小。贝壳和螃蟹在沙滩上所到之处的涂鸦留下了一道道痕迹，最终成了螺壳，从头到尾用绳头穿成了一串。高耸的石头、古老的石头、十字架、贝丘、废墟、碎瓷，如梦境般杂乱的碎片和裂痕。

它开始施加魔法，能使死人复活的魔法，于是便有了神灵。死神是上帝的秘密称谓。死神是世界的破坏者。宗教、科学、艺术和爱作为一个整体赋予人永恒的生命。如果不是古老的梦想，那究竟是什么造就了我们现代的人类？对死亡的反抗——这就是我们现代的人类吗？如果是这样，我认为是的。那是怎样的一种智慧啊？一种既愚蠢又矛盾的智慧。

诗歌存在于谬误之中，正如画像不真实一样。必须要有足够的谬误，不多也不少。最忠实的反映与其说产生在结尾，还不如说总是在接近的瞬间，处于不断地突然停止、倒退、缠绕、活跃之中。

> 所有希腊人的祭祀中，根据神的形象用未加工过的石头来表示。
>
> ——鲍赛尼尔斯

寺庙里白色大理石的神像，发出云母般的光芒，与其说是艺术品的形象，还不如说更贴近人类的样子。神像是碎的，有裂痕的，不成形状的巨大岩石是我们祖先崇拜的自然母亲。越破旧，越褪色得不可辨认，越让人感觉到神像的力量。难道它来自遥远的过去，一种没有形状的潜在影像——无形——隐隐约约呈现出的血肉之躯吗？为了亲爱的生命，我们用嘴巴和双手捍卫的血肉之躯吗？

古老的意识认为，事情、物质或实在的东西都是上帝。一潭水也是上帝。为什么不是呢？我们活得越长，我们就越可能回归到最古老的幻想之中。一块巨石是上帝。我能触摸到它。这是不可否认的。它是上帝。

——D. H. 劳伦斯

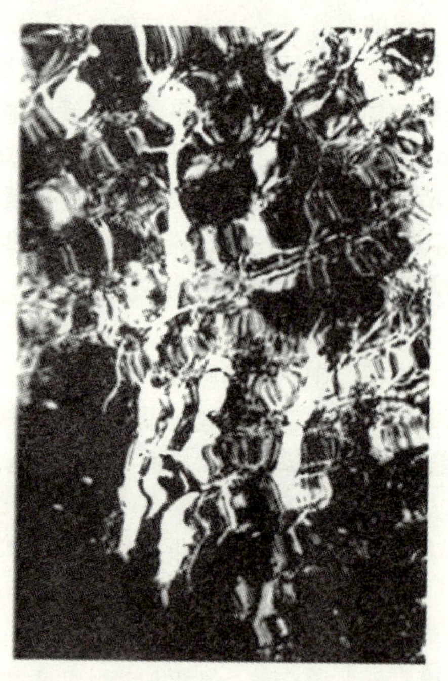

岩石的深处是生命的起源，一些物理学家说到。岩石是地球生命的子宫。它是生命的小世界，蕴含了生命的诞生和生命的聚集。

追溯到确定的过去，“母亲”和“泥土”是一体的，具有同样的根源——母亲是柔软的物质，黏土，树荫。工作的时候，我们使用如母亲般的醋和面包来生存，就像金色的蝶蛹孕育出新的生命形式一样。珍珠母亲，葡萄母亲，麝香草母亲，难以驯服的时间在英语里被称为……时间母亲。井泉，是水的母亲。

既然物理学家已经知道罪恶和空虚，为什么他们现在却要留意石头的含义呢？

被子宫中死亡的双胞胎萦绕一生的那些人，面貌极相似的人，踏走在水的世界里，漂浮在梦想中。我们知道许多双胞胎未出生前就有了灵犀的通感——完全相同的或不相同的双胞胎，镜像双胞胎（外貌相同却性格各异的双胞胎），可以分开的或不能分开的连体双胞胎。为什么有这么多的情况呢？他们留下了什么痕迹？而其他人又失去了什么呢？有人认为，天生左撇子的独生子是幸存下来的镜像双胞胎。是这样的吗？

在晴朗的日子冲浪，一卷卷的浪花从长长的海平面倾泻而下，晶莹剔透，像一堵蓝绿色的冰墙。然而，海水没有动，没有涨起来，只看见波浪在动。水的脉搏、呼吸和灵魂——难道不像穿梭于世间的人类的起起落落吗？一卷卷的水花把我们举起，溶化，并塑造。

她把水捧在手心，水滴在刺痛的脸颊上，发出嘶嘶的疼痛声。有只眼睛在跳动。每捧冰冷的水经过手指变得暖和，流到脸盆里。她平常的脸照在镜子上，但是浮肿着，颤抖着，她费力地呼吸着，突然默默地哭出声来。如果他打她的头的话，以上的情景算得上是对得起她的了。玻璃堆了一地，银盘乱飞。她抓挠着脸，手捧着发肿的脸，屏住呼吸聆听，在亮光下显得瘦小。

刺耳的声音把麦基惊醒了。风声时而狂暴，时而温顺，或不只是风声，而是海浪夹杂着风声。当然，麦基睡在祖母漆黑的客房里。他双手放在腋窝里，躺着，不敢伸手去拉床头的电线，让黄色的光照射在墙上。没事的话，他是不会睁开眼睛，把手伸出被窝，在黑暗中摸索电线的。

他的头脑中还萦绕着梦的痕迹。他们每个人，甚至是从没到过希腊的祖母都回到了修道院。修道院古老破旧，像一大块压碎的红色外壳的面包，里面与其说是教堂，还不如说是一个洞穴。一个圣人的骨骸安置在那里，但并不是所有的骨头。人们排队轻吻玻璃盒子，双手交叉，老妇们戴着黑色的僧人头巾，和其他祖母们一样，看起来如同见了鬼魂一样。轮到他时，他只看见自己，在水下漂浮的自己。水面上，银色头盔里有一个猴脑大小的头骨。看到它的眼睛在动，这时的他喘着粗气，眼睛又变得模糊了。

突然的死亡，如同雷电。这是理解事情的关键。那是在一个周日的早晨，当雪线升到半山腰的时候，在十七岁的那个晚冬，米加里坐在车的前排，没有注意到一辆卡车朝他们驶过来，碾碎了汽车的挡风玻璃。然后是长时间自由飞翔的感觉。在他和父亲能活动手脚之前，他们费力地爬出嘎吱作响而且随时可能爆炸的汽车废墟。靠在肩膀上的头被压扁了。他想说话，紧紧靠着，却说不出来。他扭曲的嘴唇颤抖着。他抬起头，下颌都裂开了，脸上一片血污。空中传来一声尖叫，他的弟弟还活着，蜷曲着，发出叫喊声。但是他太冷了，无法回应。在冰冷的厚雪里，手臂如巨石般沉重，抬不起来。然后，他漂浮在湿冷的空气中。寒冷，阴暗。一头红色的头发，印在白色的衬衣上。

这些都是高大的百合花，白色或金色。它们有精巧的结构：外部是六片长长的花瓣，其中三片笔直向上，另外的三片间隔着折向下，底部的花瓣有芒的突起，从顶端到颈部呈淡黄色。三只蝴蝶的头部埋进三个芒囊中，吮吸着香草的糖分。芒里的光线像瓷器中荡漾的酒光一样。六片朝外的花瓣从花颈部的荚中升起，有斑点，鲭鱼色，慢慢变得宽大，上面覆盖了一层玻璃般透明的叶脉。里面的花瓣呈纯白色，中间有裂缝，隆起，很厚，朝向末端。花瓣末端分裂成两只触须。里面的花瓣突起沿着裂缝分成两片，在触须状的末端边缘重叠，好像两片厚厚的皮肤合在一起。花帽形成了一个遮盖物，从最底部长出来的须条呈现出蛋黄的金色。在外面花瓣延伸的地方，触须褪色成接近白色的苍白柠檬色。花帽被称为“帽状体”，在希腊语里，这个词是面罩的意思。它罩着什么呢？什么也没有。你捏碎一两片帽状的花瓣，它看起来似乎是暴龙的下颌：小小的针状，有眼睛和毛茸茸的皮肤，那颤抖的短须是雄蕊，掩盖在一大簇白色中，看不真切。外面一层是透明的，被银色的釉覆盖着，泛着潮湿的点点光芒，如大理石上的云母片，不是露珠或雨水，而是自身的湿润。阴影穿过透明的花瓣，投射下来。

花梗上有一两片花瓣从透明的绿荚中长出来。另一片花瓣掉落在孪生花瓣的褶层里，包裹着一个紧紧的花蕾，褶皱着，但已经发白了。然而，那些已经掉落的仍然呈靛蓝色，像睡过头后的眼圈旁的皮肤那种颜色。两三天内，这些孪生花瓣像鸟蛤壳一样裂开，张开，而那些更低的更小的相继跟随。当这些花瓣枯萎时，便变成蜘蛛网那样，缩小成绿色拳头大小的球体。

面对死亡时，闭上眼，合拢嘴，这是为了掩饰。“揭开”和“显露”这两个词语具有相同的词根。①

① 原文中，这两个词语分别是“unveiling”和“revelation”。

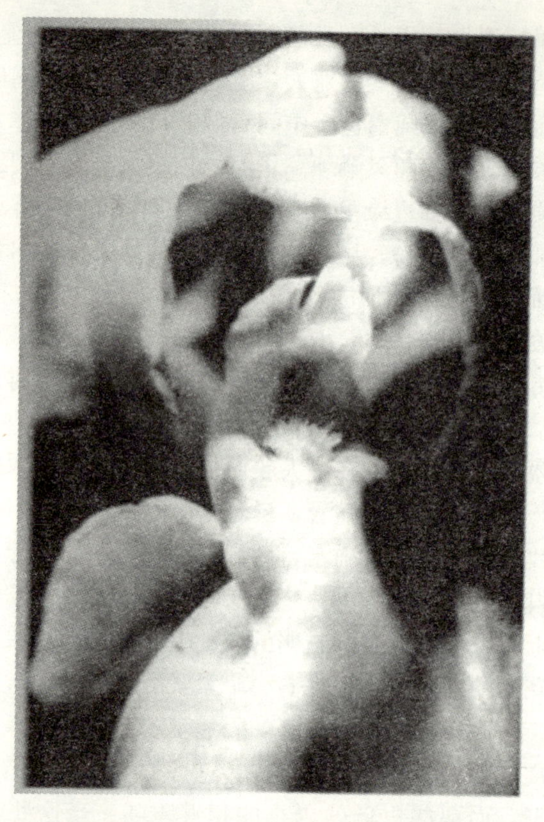

一艘轮船同灯塔擦身而过，汽笛声响彻港湾，好像从水底发出了回音。祖母说，水底下是岩石，海床底下也是岩石，周围的洞穴和隧道里也是石灰石和骨头化石等。同样，城市的地下是空气和水的洞穴和隧道，没有人知道进出的道路。瑞普港的地下可能有秘密通道。她知道陆岬上的古老城堡和瑞普港旁的那个城堡都有地下通道。在通电前能用油灯点亮，有堵石墙隔开着，使它免受战火的洗礼。谈起呈几何形状迷宫似的石墙，在奶油般昏暗的灯光中，她的思想闪烁着光芒。

仔细看，这是一个海洋生物。肥大的舌头上长着一绺短须，白色的窟窿，还有帽子和披风，像若隐若现的薄膜。水底是一个裸体的女人，背朝上趴着，一缕软发埋在污泥里，那是她头的位置。在阴影中她的肩膀和胸部半露着，看得见腰部及以上的部分。白色的裙子褶皱着像舞者的扇子，海蜇样的披风。或者这是她的上半身，下半身在阴影中。她弯曲着身体，像船头雕饰，臀部有鱼鳞纹的美人鱼：融合在一起的大腿，打开的扇状的尾巴。她穿着白色的披肩，有分叉的白色火舌，白鲸的鼻子。苍白的躯体漂浮在水面，像是在熟睡一样。它们看起来像深海海床的裂缝附近在黑暗中出生的海洋生物，这是火山喷发的地方——血牙魔王，北海巨妖，古老的预言者——白色的、盲目的、聚集在海床的火焰。

孩子的哭喊使我苏醒。我听着，静悄悄的。我正在做梦。不是。风中的呜咽，啜泣，一个孩子——谁的？我的，我的，未出世的孩子。

除了从语法上来讲，不可知论对我来说似乎不是个否定词。αγνωσια 的概念假设为一种缺乏，一种限制，而不一定是空无一物的意思。和希腊词根相同的 ignorance 则不一样，它是一种立场。一种审慎的暂不作出的判断是有暗示含义的，是未被证实的裁决。对限制的欣然接受肯定有反抗的元素。就像所谓的“原始”艺术不用透视画法一样。不用透视画法，不是少了某样东西以后简单的缺乏。美丽存在于没有阴影或似乎没有接触地面的单调图画中出现的扭曲，不成比例；在于永恒的、非自然的、流逝的、非静止的态度；在于即将苏醒的运动幻觉中。

就像透视法和比例的缺少一样，颜色的缺少——颜色的拒绝和反抗——是一种更深程度的自由。单色画法是一种剔除血肉后的露骨之美。这种构架是纯粹的形式。希腊语中的美丽来源于形式的美，和英语不一样。

希腊语中的“美丽”一词改掉一个字母，便变成了“无形式的”“丑陋”的意思，两者具有同样的含义。[①] 只是“形式”从什么地方开始的呢？

在防波堤上的格兰尼亚看见如火炬般的两处亮光，一处靠近海岸，一处在礁石的突起边缘。亮光摇曳不定地燃烧，在苍白浪花的冲洗下，把海水都照亮了。海底的每一束光线在沙子和海水的阴影中折射开来，沿着同样的路径闪烁。白色的月亮高高挂着，已呈半圆形了，像灯塔上忽明忽暗的灯光。

低潮、平坦的海水沿着东西海岸线泛起层层涟漪。她的披肩像翅膀包裹着她，朝着家的方向，在峭壁下往东走，穿过把阴影投射到沙滩和水池的石灰岩石，费力地走了过来。银藤木颜色的房子被占用了。灯光、噪音和骚动、死亡的震惊、临近的危险，像闪电般从世界的尽头向她袭来，穿过银藤木，在她身上爆炸开来。她战栗着，回到了家。他们是她的亲人，是她在世界上仅有的一切，是她最珍视的。总是希望他们离开，去任何地方，只要不是这里。格兰尼亚扫视着波光闪烁的黑漆漆的海湾。锁骨，肩胛骨，头盖骨，麦基以口形默念着走进暗处。枕骨，上颌骨。他的手心放在肋骨上，感觉到热乎乎的心跳。

一开始，像珊瑚礁一样，古老的城市在自己古老的废墟上成长。任何遗失的古城都是一个时间胶囊。无论何时根基被破坏，任何现存的古城将会继续发现其祖先和更早的自我。

不久以前，在被埋葬的萨洛尼卡城的中心地带，人们发现一

---

① “美丽”的希腊语单词是 Oμορφο。Aμορφο 则与 aoχημo 同义，意为“无形式的”，“丑陋的”。

座寺庙埋藏在地底，寺庙里有艾瑟斯女神（司农业及受胎之女神）的大理石雕塑，现存于博物馆。雕塑里，作为母亲的她正抱着小孩郝瑞思。艾瑟斯是埃及的女神，是天堂的女王，是世界上圣洁的神灵——在世界的某些地方，她是最古老的神灵，掌管进出于尘世的死亡之门。在人类有居所以前，更不必说寺庙了，女神的神殿大多在洞穴、农舍、墓地、十字路口，就像帕纳吉雅·玛利亚如今被供奉在路边的小教堂一样。蓝色的神龛就像隔着玻璃门的蜂箱一样，有圣像、蜡烛、火柴、一杯水，灯芯像玩具飞盘一样浮在黑色的油面上。平原上遍地坟墓，埋葬着一些女神、圣母，以及不知名的或人类尚未对其命名的女人。这些矗立着的巨大的黑色的、灰色的、黄棕色的、金色的石头，便是母亲石。她们的皮肤风化褪色，被涂抹上油和酒、牛奶、蜂蜜和血。大量的小石头和如婴儿般肥沃的黏土，碎的或整块的，变成坚硬的石块堆砌在坟墓里，某一天被犁出，重见天日。沟槽的红土上有一只褐色的鸡蛋，像玩具的头，透明的小脸微笑着，头发扎成花环状，像是小孙女的可爱小玩偶。犁田者把马停下，弯腰俯视土壤。阴影在他的脚边如水般安静地滑走，手心里热乎乎的，像夏天烤炉的箱壳。

土地！在这个被神灵抛弃的宏大寺庙里，我所有的神灵偶像都有一双黏土泥做的脚。

——阿尔巴特·卡蒙斯

夜间柔和的叫声，像白色的铅垂线，海浪般伸展开来，然后消失。一只猫头鹰，抓取着猎物，在黑暗中迅速移动。它便是卡瑞斯神之鸟。

灯光下，西奥在地板上抖动着，呻吟着。他脸上闪着亮光，全身发冷，满身威士忌酒的味道。一只手臂上沾有血迹。艾莉娜把手臂抬起来，有种不祥的预感。只有一个浅浅的伤口，已经不流血了。她用海绵擦着他尚在呼吸的脸庞，尽量不叫醒他，避免把眼睑上的汗渍弄到眼睛里。接着，她把海绵挤到一个越来越黑的水盆里，把他擦洗干净，保持干燥。她说，过来，躺下。他支撑起来，翻滚到床垫上，裹在毯子里。她用希腊语对他说，我的孩子，我的儿子。她收拾好了水盆和毛巾、破碎的玻璃和撕碎的照片，让他好好睡一觉。

死者总是受到人们信奉的女神的庇佑。坟墓上种着玉米，死者是收获的谷物。直到今天，秋收的节日仍会以圣教徒德米特里厄斯的名义在斯沙罗里克举行。晒干的谷物在市场上交易，斯沙罗里克以北的平坦流域是干燥岩石之地少见的粮仓。这里类似于安提卡和杜米特，适合耕种，盛产玉米、小麦和芝麻。她赋予人类犁头和平原，给那些虔诚供奉她的人们提供果园，甚至是永恒的生命。

仪式是具体化的象征。仪式的手段打破了常规，就像敲碎鸡蛋壳一样，倒出了黑色的白酒。

子宫的血抚育了玉米地；仪式及溅洒的血使它们免受伤害。女性是神秘的。神秘就是打开神性之门的仪式和圣礼：宗教洗礼，如上帝的晚餐就是古老的洗礼。最早的起源就是如此。当他们走到杜米特神殿的时候，带着用柳条编织的装谷子的篮子，装着土产的水果，一支点亮的蜡烛。朝圣者在丰收的季节在大海中通过发出长而尖的叫声来洗礼自己的肉体，赶着一只小猪到伊卢瑟斯，用自己的肉体去祭祀女神，就像老母猪吃掉自己的幼仔一样。一旦忘记，受害者就是人类。在寒冷的北方，如丹麦和爱尔兰，他们会用圣餐喂养一个人，然后使其窒息，割开他的喉管，把他扔到山坳的泥潭，作为祭祀的贡品。在伊卢瑟斯，猪被扔进蛇窖，最后剩下的腐尸、骨头和污物与玉米种子混合在一起，被供奉在圣坛上。土地是有魔力的；诞生也是神秘的。

在中午的阳光下，克拉女神会在神殿像在复活节苏醒的基督耶稣一样获得重生吗？

收庄稼的篮子、马槽、摇篮、绣花边、簸谷扇。μυστηs 这个用来指眼睛或嘴巴的开合的希腊词语，也可以指牡蛎或珠蚌、伤口、夜晚或枯萎时候的花朵的开合。

在全世界，流逝的时光在夜晚行走，而在希腊，大白天里时光也在匆匆地流逝。

在希腊语里，蜜蜂是阴性的，就像蜂巢的另外一个意思是蜂糕；蜂糕的另外一个意思是给死人用的灵魂糕。集体的蜂巢和单个的蜂巢写法都不一样。法语是 la rucbe；拉丁文里的拼写为 alvus，用的很广泛但有点粗俗，都是阴性的。

> alvus……腹腔，胃，内脏……II. A. 子宫……B. 胃，消化器官…… C. 蜂巢…… D. 犹太人寺庙中融化的盆地……

蛇住在黑暗的地方，贴着地面扭曲着身体，是地球母亲的虔诚信徒。蛇的叮咬是致命的，是死亡的执行者。它像蜜蜂和蝴蝶一样，不止一次地蜕去银光闪闪的旧皮而获得新生，留下如卷状蜂巢般另一个苍白的自我。而且，从其分叉的蛇芯子到生殖器官，它都再生了一个自我，就像土壤和种子一样，交配后的母体在几个月里，有时几年里生产出受精卵。如果人们庇护蛇并喂其牛奶的话，蛇也会成为人们的庇护神。

蜜蜂也是女神的虔诚信徒。像蛇一样，蜜蜂在地底下的裂缝、洞穴和通道中做巢。蜜蜂是等待重生的有翼生灵。女神享受着蜂蜜的甜美。新娘、死人和新生儿都属于他们来自的土地。只有完全成人后，且嘴巴上涂抹了蜂蜜，才不易被暴露或杀死。石榴树、无花果树包含着血红色种子的果实，果皮包裹着的花朵像子宫一样，它们都属于女神所有。果实饱满，熟透，滴下汁液。无花果树很坚强，根扎在岩石和古老的碎石墙上，把泥土变成了自己的一部分，变成了红色的蜂蜜和汁液。

无花果的花高高的，金色的舌状，像晚冬盛开的紫色的鸢尾花。

但是同时，像孩子和城市的成长一样，新的神灵在年老事物的支撑下得到成长。女神回归大地，年复一年，等待时机。

夜行的巫师，酒神女祭司，纵酒狂欢者都发端于神秘之中。

——赫拉克里特斯·弗拉克门斯

梦游症者患在安全地行走时，他们的眼睛在哪儿呢？

更重要的是，鸢尾花像不同世界间的神灵之桥，即彩虹一样，高高的呈喇叭形展开的花束映入每个人的眼帘——鸢尾花代表莉娜尔多；彩虹是黑色和亮色合二为一的颜色，代表劳伦斯。

寡妇是一个与众不同的希腊裔女子，高高的，牛奶白的皮肤，一头黑色的头发垂到腰间。他们是通过她的堂弟认识的，她的堂弟是托莫的同船水手。那时的她 18 岁，男人 30 岁。她把所有的少女时光都奉献了出来。托莫对婚姻非常满意——从头到尾——他让女方的家人违背自己的意愿安排婚礼。他的绰号让她引以为豪，有点轻微的嘲弄或是自我嘲弄：白软干酪。他期望用一生把她塑造成符合自己品位的类型。然而，她不管他的束缚，自然而然地变得成熟、坚强起来：坚强深植于带有愠怒的反抗。

她家乡的村庄不在帕欧利亚平原的内陆地区，而在托沙罗里奇的正东方向靠近山顶的地方，能鸟瞰与霍克迪克半岛接壤的呈叉形的大海。村庄里到处是山羊和石头，干燥的石墙和泥泞的街道，冰柱，还有在烟雾中炉火闪烁的铁匠铺。在访问村庄的途中，托莫停在古老的修道院旁，木结构的房屋不断接受岁月的洗礼——乌黑的圆屋顶和被太阳直射熏烤过的巨大的椽木。香客们成群结队走进修道院，把点燃的蜡烛插入沙盘里。银色的玻璃棺材被展示出来。圣·阿纳斯塔西娅的小小头骨放在有花边装饰的罩子里，如正在融化的浑浊的冰块，在君士坦丁堡覆灭后被带至此处。这是神圣的复活节日。

冬天。在一本出版物里，一位过世的名为崔偌绮思的现代派大师制作的一套银色丝幕图案中有四个人物：两个少年，一个少女和一个严肃的妇女。泰然处之于圣像和平民之间，他们是四季里带翼的精灵和恶魔：银翼代表春天，蓝翼代表夏天，黄金色的翼代表秋天，夹杂着白色的光亮的黑色的翼像天鹅的翅膀，代表冬天。这个女人就是冬天，死亡母亲的化身。女人身后，有霜的玻璃上留有一个模糊的名字 Χειμων。她戴着头巾，穿着黄袍，衣衫褴褛，两根辫子垂下来，目光朝里。她双手摊在琥珀脸盆上，盆里的水发生折射，映射出白色的灰和炭，身后是深红色的网子或篮子，一把衬垫的椅子和炉火。她可能在进行一种仪式，或是在念念有词，或是在做家庭琐事，或是在洗手，或是在暖手。边缘是覆盖着霜的黑色大树枝，像石器时代洞穴中跳跃的鹿角。冬天总是包含着暴风雨、混乱、疯狂、困苦和毁灭。不管怎么样，她是冬天的家庭主妇。她是真正的核心。

整个冬天，顽强的石榴树藤蔓长在一个盆里，红色树干在日晒雨淋下像颜料一样褪色，但是没有色斑，没有黑点，完好无损。春季的某天，我懒散地把它捡起来，感觉像空壳一样轻。切成两半，到处是鲜艳的红色，只有三粒种子掉在地上，这些种子柔软，有辛辣味，呈棕色，大小如绵羊的粪便，像淡绿色的霉菌颗粒。

神秘的内部仪式在火焰覆盖的地底举行。新加入的人们宣誓保密。入口是一帘隐藏的瀑布。我们只能通过一两道裂缝进入。

> 我接近死亡之门，踏进女阎罗普洛塞尔皮娜的门槛，获得了重生。在午夜，我看见如中午时分的阳光：见到了天堂和地狱的上帝，近距离站着，向他们表示虔诚。
>
> ——阿普列尤斯

在空间里，现在总是午夜。空间是由纯粹的光线和神赐的火焰组成的一张无形的巨网，直到开始凋零瓦解，我们才看见里面存在的东西。

彩虹女神爱莉丝是濒临死亡的神奥斯瑞斯的妻子。在奥斯瑞斯被谋杀后，爱莉丝把他的遗体除了生殖器外都收集起来，在黏土里重塑身体，使其复活。骨头、腐肉和黏土组成了一个完整的男人。爱莉丝用男人自己的生命种子孕育了他，像母亲一样使其重返世界，成为一个男婴，给他洗浴并剪去脐带。她用手指张开他的嘴，如同使濒临溺死的人脱离深渊，让其恢复呼吸一样，然后给他喂奶。

艾莉娜敲门，然后把门推开，进入黑屋。床上是空的。她脱下衣服，钻进她父亲一边的被窝里。但是母亲那边是空的，冷冰冰的。母亲去哪了？一个寡妇和一张双人床。一个熟睡的寡妇不知道卡洛斯与谁扭打在一起，醒来后被告知她的男人死了，躺在坟墓里。在希腊，人们不会对这种事情说三道四。男孩子们呢？

她会大声叫喊，经历着丧失亲人的痛苦。她怎么能忍受呢？像村子里的女人一样，继续整天守着房子，种植，犁田，挤牛奶，周六去拜祭祖坟。她们弯着腰干活，头上盖着一块白布，汗流浃背，脸上呈现出虚弱的苍白，在干燥的土地反射的阳光里呈透明状，好像是烛光的颜色。虚弱的甚至是最年老的、皮肤褐色或完全黑色的寡妇们都会展示她们赤裸裸的力量。一种乳白色身体里黑色的力量。她们是丧失亲人的姐妹群体。

映衬着黄铜色的光，全日蚀的光斑和清晰的光泽，像满目的阳光照在伸开的手心上，安静地、朦胧地在血色的红晕中行走于星星之间。

死者的弟弟躺在床上，身形懒散，层层夹杂着蓝色的红色灯影在他眼皮下晃动。床上散发出干草的味道，又像刺鼻而又甜蜜的某种东西，像地窖里的酒。两个女人在处理床上的一大团柔软的东西，黑暗中的一个女人是他的母亲，另一个女人的衣服上有一抹黄色。一个人用两手托起瘦小的灰白的头，另一个人在下巴下面拴了一条绷带，并在颈背处打了一个结。她们抬起他柔软无力的胳膊，接下来是另一只，然后是一条腿，然后是另一条。当她们抬起他的时候，他听到了药棉轻微的吸水声。一连串滴下的液体像挤出的油一样，闪闪发光。他像海水一样冰冷。药棉的一次次擦拭留下水般的光泽，像黑发涂抹过的痕迹。

海湾和木墙中传来一阵隆隆的响声，然后是柔和的汽笛响声，一艘船要出海远行，发出阵阵回声。尽管没有睡着，我也一个人躺着。她是一个仇恨大海的寡妇。她总是拒绝进入大海。假日里，她每天都会穿上她的新浴衣。无论天怎么热，我们怎么挑逗她，她从不把浴衣打湿。她想做的只是躺在松树下，身上盖条毛巾，避开黄蜂。然而，在乏味平静的一天，她改变了主意。她站着，盘好了长头发，拉着我的手，一步步往前走。膝盖，然后是大腿，然后是腹部都没入水中。照顾我，弟妹，她说。但是一艘驶过的船带来的小海浪，拍打着我们的胸部，突然让我们辨不出方向。一声尖叫，她压在我的身上，我们一起沉了下去。她白色的躯干把我猛撞在砂岩上，我一片茫然，突然窒息的感觉，胡乱踢打。这时她站起来，大发雷霆。在绿色的水下世界，物质、密度和闪亮的绿色的金子都在晃动。我把血洗掉，抑制住愤怒。

寡妇名叫柔依，生命之意。

成批的飞蛾正在死去。这些棕色的蛾子蜂拥着飞出群山的洞穴和悬崖，来到房屋的灯前，灰扑扑的翅膀拍打着灯罩，在角落里堆积起来。越是把它们放到屋外，它们就越是聚集在一起。一个飞蛾低垂着头慢慢爬到了灯罩下的书页上。一根弯曲的黄褐色触角，绚丽的颈部细毛，头上的纤细毛发像黑色花朵的雄蕊。它的翅膀是黑色和棕色，再加一点白色涂料的图案，有纵褶，包裹着一层绒毛，翅膀则像干枯的树皮。它在书页上的影子是翘曲的，好像是在水下的折射样子。

> 如果太阳不是裹在黑影里，我走路的时候会有投下的影子随我一起走吗？如果黑夜不是在光的拥抱中，鱼在海里能发出磷光吗？光会从壁炉的黑煤中迸发出来吗？电会自己闪光，突然宣示一个相反的存在吗？
>
> ——D. H. 劳伦斯

寓言里，有个傻子卖他像自己的黑皮肤一样的影子。他剥下来并交给别人的影子是他的灵魂吗？——我们是不是有一个灵魂，如同我们“有”一个影子？我和我的影子像又不像。我那缺乏实体的意象是纯洁的，如空气和黑影的形状，一个闪烁的不稳定的另一个自我。是不是我们的影子给了我们一个灵魂，给了我们一种脱壳的灵魂的观念？但是每个事物都有影子，难道不是吗？当蜡烛开始为死者点亮的时候，难道是要在火焰中召唤他们，就像是火焰召唤影子一般？飞蛾呢？火焰就是灵魂吗？还是一个随行的影子？或是羽翼美丽，充满热情的飞蛾？或者它们全都是？

如果躯体中的灵魂和骨骼暂时熔在一起，那就让骨骼和灵魂成为死亡的庇护吧。

必须告诉麦基什么时候醒来。这工作得由格兰尼亚来做。这工作对她似乎不是时候。自从他们把他——一个新生儿——带回家以来，她就把自己的床让给了他们三人。在清晨的阳光中，她看着她的女儿把他从浴室抱出来，在阳光中举起。她使他朝向阳光，一道像乳白色玻璃的光线围绕着他。他像一个大的软壳蛋，还有他月亮般的脸，摇摇摆摆的姿态——在那儿，看见了吗？——他纤尘不染。

谁必须去告诉这个寡妇？儿子。母亲。

学校有一张海报，海报上有一个球形蜘蛛，亮红色，背着一个白色的卵。他们都认为是它自己的卵，直到最后他们发现那是一个马蜂的卵。这个卵被孵化后，幼虫就会把蜘蛛活活吃掉。蜘蛛不知道会发生什么，现在它无法不去管这个卵。

德米特丢失的孩子叫柯莉，长得和母亲一模一样。希腊姓名前都有冠词，例如 *the* Maria，*the* Thessaloniki，和普通名词一样。Kopη 是个日常用语，表示女儿，还表示眼睛里形成影像的瞳孔，即眼珠。这个词过去的含义还包括女儿、处女、少女、洋娃娃。说到名字，柯莉就是“女儿”的意思，指任何女儿。柯莉在月圆的时候子宫会流血，而在她复活的时候，她变成冥王的王后佩塞芬尼，这时她的血已经变得冰冷了。

一天，处在清纯的少女时代的柯莉在瀑布美丽的水雾中采摘番红花和百合花，这时脚下的大地裂开了，黑色的马在嘶叫，踩着马蹄，阳光使人眩目：一声凄厉的尖叫，她不见了。没有人活着告诉母亲她的柯莉去哪儿了。母亲打扮成老寡妇的模样，穿着黑衣服，迅速地四处搜索，高高举着茴香木的火把，连续找了九天九夜，直到她来到依吕瑟斯，基督降临的地方，因此香客也都斋戒，带着燃烧的火把来到神庙。德米特的女祭司扮演两个角色——柯莉和德米特——被死亡之神凌辱的女儿和忧郁的母亲。更准确地讲，是三个角色，因为柯莉还是小姑娘时就从洒满阳光的田野里被分离，不同于她以后的化身：冥王的王后佩塞芬尼。作为母体劈开的两半，两个躯壳，柯莉和佩塞芬尼站立着。塑造的母亲德米特的形象——一个石膏模型，双胞胎，如同黑夜中的白天和白天中的黑夜，一个白得像牛奶一样，另一个白得像骨头一样，围着红色的泥土神像：生命之神。或者——因为佩塞芬尼已经取代了柯莉，她们绝不可能同时出现——她是天宫入口的分界，先是在一边，然后是另一边，紧紧抱着如黑色圆球般的月亮。就母亲的形象而言，相对于一道亮光，她就是光芒万丈；相对于阴影旁边的半明半暗，她就是全部的暗和明。三个全部同属于一个女神，如同一个满月和两个半月也是一个月亮，三个中的每一个都是月亮，像水中的火焰融合并分开一样。

月亮，时间的母亲。最早的人在石头上通过月亮的运行来记录时间的流逝，如同他们的女人在肉体上记录一样，女人们随着月亮的时间轮回流逝而流血，彼此融合在一起。

具有时间意识意味着什么呢？没有时间意识，又意味着什么呢？从根本上讲时间是一种意识吗？如同视觉是一种意识，听觉和其他三个也是？（或者四个，一些传统认为心灵也是一种意识）我们的种种意识把我们和这个世界捆绑起来，而这个世界是从幻觉中产生的心灵所构建的，这些幻觉通过感官给心灵打下印记。时间自身是幻觉吗？——或者只是我们对时间的意识？心灵呢？心灵无法意识到自身。它存在于时间舱中，生活在我们的生命之中，是一种意识，是针孔中的自我。

我悄悄溜下床，把黑色的梦留在被褥里。

只要崇拜者活着，他们就会层层成长，通过涌入、嫁接、融合和再生，不断地成长。古老欧洲和地中海盆地（没有潮汐，或只有人的潮汐）的神灵崇拜，首先是女神，然后是传播战争的诸神。所有的神灵们迁移、分化和融合，在一个接一个的故事中不断改变他们的模样。在口头文化中，他们像呼吸般普遍存在，完整地存在于现场的仪式里、祭祀里、神谕里和老太太在炉火边讲述的故事里。只要有呼吸，他们就存活在世界上。迟早，艺术会把它们变成石头。书写记录预示着他们的死亡。

相反，我们说：世界一开始便存在！并且否定物质世界有真正的存在。我们只是生活在世界上，世界被敲打成薄片，来覆盖、修饰和隐藏所有的事物。

——D. H. 劳伦斯

神话，原初的意思是指用口头言辞表述的，任何被说出来的东西，包括被说出来的部分，对仪式的言辞描述。

我没有吃掉那三个饱满的石榴籽。相反，我把它们做成盆栽，放在有籽皮那么厚的一层土中。现在，一个种子已经长出叶子了。我在花园中挖洞，这时铁锹碰到了一团泥，两个有缝的水滴状东西是眼睛，一只活着的青蛙！尽量保持一动不动。我用手把它捧起来，带到安全的茂盛草丛，跪着，松开我的手。它坐在我的掌心里盯着我看了一会儿，蛙脚黏糊糊的汁液黏着在我的手指上。它的脉搏在跳动，接着积聚力量准备跳走。然后，我就能把果实种植在青蛙待过的洞穴里。

看不见的马，一辆战车，死者苍白的神灵，已经从土中蹦出，拽住了柯莉。德米特向众神之神宙斯请求。他是她自己的哥哥，和地狱之神哈得斯一样，还有黑色鬃毛的海神波塞冬，分别是天空、陆地和海洋的主人：像海神的三叉戟一样，三神合为一体。宙斯是柯莉的生父。现在他惘然处之。愤怒和绝望让他变得无情，德米特让大地沉陷变成废墟，直到最后宙斯屈服，让哈得斯放了柯莉，只要她还没有品尝到死亡的土地。但柯莉已经品尝到了。她离开的时候，哈得斯这个目无一切的神，已经迫使她吞下石榴的一个种子，或者三个种子，或者有人说的七个种子，让她受制于他。而且从今往后，她将注定成为他的妻子，每年在地下度过一年中三分之一的时间。当她不在的夏天，大地会在太阳的暴晒之下变得寸草不生，好像已经死去。在秋天播下储备种子的时候——老作物、新作物——大地，还有她，都会再次焕发出绿色的生命。

女孩是一个祭品，一个被捆绑、撕开和吃掉的完美的祭品。她会在荣耀中重获生命并养育人民。在阿提卡，没有她的日子，收获后的夏日暴热之时便开始了。然后，紧接着的是冰雪交迫的冬天。

在神话中，她没有什么可说的。一声尖叫响彻大地和海洋，然后一片沉静。冥后珀耳塞福涅的沉默就是坟墓的沉默。她知不知道如果她吃了会发生什么？哈得斯知道。是毒蛇诱惑了她？还是蛮横的强力？纯洁得像雪一样的百合花般的少女，意味着死亡的毒苹果——或者是为了里面红色的亮光，为了对遥远的太阳的爱恋？在冥界的黑暗中，她发现一棵树上挂着褪色的贝壳，红色的小黏土罐子被遗弃在雨中。她记得。她了解这些破碎的红色小球，能感觉到分量，还有种子的脉动，就要发芽了。肯定有生命。一个罐底部有一个裂口，呈暗红色。她扒开罐子，里面有雪白的蜂巢，满是发光的红珠子——她挑了一个，战栗着咬了下去。她做了什么？她凝视着。一注鲜血顺着她的一只手臂流了下来。整张脸在发抖，要虚脱的感觉，好像是沸腾的牛奶，满嘴都是血般的石榴籽汁液。哈得斯正是用这个来证明自己对新娘的拥有权，他的所有权的印记吗？是的，如果这石榴籽能代表她两股间流出来的鲜血的话。

ΣKOTOs 及 σKOTαδι 是黑暗的意思，指各种的黑暗。哈得斯是死亡的象征，一种未诞生的、盲目的、未知的状态。它的动词是 σKOTωVω，意思是杀害。

一个优美体型的身影漂移着，迟钝、透明，像一个羊皮纸的头——在阴影中，好像是被啃食了一半的小脸颊，Mαvvα？低语。Πεs！说话！一道红色的墨水顺着她的脸流下来，黑污渍在黑暗中扩散，慢慢消失。

在希腊的圣餐礼仪上，上帝之母在十字架下痛苦地哀叹。她的哀叹播下一粒种子，一粒石榴种子，是女神德米特的种子。我真不幸啊，神圣的孩子！我真不幸啊，世界的光明！为什么你要从我的眼前消失？基督，你这个上帝的羔羊。

他父亲的姐姐和其丈夫正打理着葬礼的细节，还要照顾住院的母亲。因为家里没有钱，只有点零钱，所以由他们支付费用。一个小孩照看着米查理的弟弟。她和叔叔们急切地告诉米查理她的年迈的祖母的痛苦。祖母任何时候都能去上坟，只要那坟还在村里，在他父亲的乡土上，在他自己父亲的旁边。但是萨洛尼卡距离太远了。他再次说要留下他一人，他是最近的血亲，该由他决定他的父亲葬在哪里。最近的血亲？——难道不是母亲让他降生到这个世界？米查理说她有她自己男人的坟要照看，他的母亲也必须照看自己男人的坟。他必须为她说话，她不能说话因为她受伤了。受伤？——她受伤了？她是石头，你也得照看她！不要忘了，他将在村子里被一次性地埋葬，三年内不会被挖掘出来。如果你去把他挖出来，结果却发现尸骨腐烂还需要更长的时间，米查理，你怎么办？想想吧！米查理思索着，大叫道，三年到了的时候，他们可以把骨头挖出来，爱怎么样就怎么样，把骨头吃了也好，烧了也好，埋了也好，他才不管呢。自从山上的葬礼以来，他第一次大声哭出来。婶婶们拍着他，安慰他，他把她们推开，发着怒火。母亲，他祈祷说，你醒过来吧。

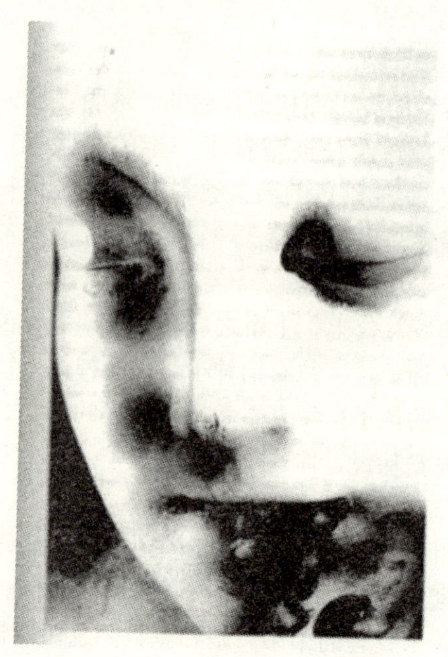

bán－hús：（名词）骨骼，胸腔，身体……因此有这个词 bánhúses，意为身体的卫兵，心灵。

bán－wærc：（名词）悲伤，痛苦，或骨子里的疼痛。

麦基隐约地出现在一处云蒙蒙的地方，一个红色的岩洞，墙上闪烁着针刺的孔灯和白光，像一片星星、银河系、星云。只有他走得更近了，才看到星星缩小成了冰的晶体。墙变硬了，变空了，变成了坚硬的肉和骨头。

埃莉诺弯下腰，高兴地看到托莫在一个绿色城市的郊区。在那里，飘荡的海带到处悬挂着，海草像松散的粗绳翻滚着，在镜框般的海底繁茂地生长，如同一个森林。圆屋顶、球状物和银盘悬在水中央，扁平鱼在边上，一只银色的眼睛斜看着。在黑暗的边缘，有汹涌的湍流，一个漩涡。托莫正悬挂在水泡中，被水挤压着闭上了眼睛。先是枯瘦的手指试探着水，抱着脑袋，然后像翅膀一样拍打着手臂。在缓慢的姿势中，表达诉求、祝福、拥抱、忏悔。

深海中沉睡着一个黑色的死人头。作为寡妇的神灵卡若斯，闪耀着为其男人守灵，一直盯着他。

祝福，古英语是 *blóedsian*，*blédsian*，*bléstian*，来自 *blód*，意思是“血”。“祝福”原本的意思是喷洒仍然有生命的血来献祭。鲜血（blood）、繁荣（bloom）和开花（blossom）来自同一词根，每个词都表示从存在的核心如丝般地往外展现的生命。同样，希腊词 σταυρωνω 来自 σταυρos，意思是十字架，表示“我受难”，还表示“我在上面画十字架”。没有流血祭祀，就没有祝福。

一个裸体男子的画像印在樱桃木上，色彩浓黑，看起来好像是被残忍地剥了皮，身体因为痛苦而弯曲，半身埋在地里。一只手钳住他的额头，迫使他的头往后倒，露出喉管的肌腱。另一只手按住胸部的一处伤口，血从伤口的黑洞中冒出来慢慢在指缝中渗出，掉进泥土里。他的上方是一株黑色的百合花，张着嘴，摇曳着，它的根在他的肉体和生殖器处摸索着，吮吸他流出的血。尽管全是极端折磨的形象，但却有一种平衡。花和人融为一体，如同大师和其刻画的人物一样，大师根据寓意给他们取名。这朵花的含义是鲜血。孤挺花，颠茄百合花，每种花都有自己的名字和含义。这男子本人就是艺术家。这朵像吸血鬼的致命之花，就是他的艺术品，也是他自己。

艺术必须呕心沥血才能创造出来。

——爱德华·蒙克

他并没有完全死去，没有完全结束。我们的部分身体会尽可能长地延缓死亡。我相信这一点。你摘下来的果子是青的，也会成熟。你连根拔起的南瓜藤会枯萎成尘土，但连续几周它会长出大把的绿叶，还盛开着一朵新的金黄色的花儿。他们会用裹尸布把托莫包起来，布上印有基督的脸，那张神圣的脸就盖在他的心脏上。他的镜子般的心——还有谁会记得他的心脏是如何被移植，现在他的心脏在胸腔的右边？当然，我们的母亲会知道。

有沉重的东西砰砰地打在层层锡制的屋顶上。麦基静静地躺着，闭着眼睛，回想着他在希腊烤面包的日子。那边的祖母在敲打面团做面包。接着，在空气中面团就发酵了，她这样说着，对着炉子弯下腰，把盘子滑进去。他又开始想，她的又黑又硬的面包和酥松气孔的柔软面包之间产生差异的原因是什么？还有，面包仿佛在呼吸一样，空气是停留在里面，还是一股热风和冷风来回流动？她有一个圆的木质印章，像一个薄煎饼。她用这个印章给生面包的皮打上印记，使得这些面包具有神性，浸泡在教堂的酒中。然后，任何剩下的面包屑都会拿到门外。她让他来打印记。印记是一个十字架图案，下面有两排文字。她说，这两排字的意思是耶稣基督征服。什么，祖母？——征服什么？死亡，玛奇，她说。他被简称为玛奇，他的堂弟被叫做米加里，与他的祖父同姓。他们是祖父的儿子中最早出生的男孩。因为上帝存在于生死之间，她说。或者，这就是他对她所说的话的理解。

火葬柴堆，篝火，篝火。只要火还在燃烧，就让死者的最后景象变成一个燃烧着的骨架灯笼。只有隐藏的东西。火燃烧得很旺，半空中火堆上的笼子成了一团火球，烧成灰烬，掉了下来。只有缓缓的死亡。

至于新郎，他曾经热爱大海。他喜欢说，在我的妻子出生之前，大海就是他的初恋。然而，在他们的第一个儿子出生时，在妻子的催促下，他在海边找到了工作，在圣德市的瑟赛罗里克郊区的一个轮胎厂。像瑟赛罗里克一样，圣德市的名字是一个发丝音辅音的词汇。这个地区的土地像舌苔一样厚软，一个与水有关的名字，指接近古老的海岸线的地方，在三角洲平坦的海床上和滨海地带的斜坡上的地带。海边陆地已经用美国人的钱改造成了工业区。他和那里的老板们相处得不错，工作时间都花在货船的发动机房里，而且他在澳大利亚的时候还学会了一些英语。美国人的推土机掀开了石砌的坟墓，打开盖棺的石板，里面装着尸骨和随葬品。这些尸骨和随葬品是属于一个民族的，他们曾经耕作、奋斗，在阳光下酿出干黑的酒。那时，当你开车进出城，经过岔道前往圣德市，你会看见圣德市大多数时候都淹没在烟雾中，一层深深的灰色尘埃夹杂着腐烂的气息，粘在皮肤上并发光，让肺部窒息。他生病了，刚恢复，又投入工作，坚持说他属于大海。这令他的妻子感到绝望——在我的梦中，他总是被淹死。她告诉家人，他在家里和我一起在床上——仍然会被淹死——又出海，穿梭来回于北美；一艘艘船下沉，他从大海的手指间没入水中。

担忧，寂寞，世界上的寡妇，像在蛛网里用叶子织成的茧中的蜘蛛。月光下，它赤裸裸地、警惕地伸展着身躯。她自身就是杰作的创造者，能经受时间的考验。

在艾留西斯遗址，在罗马、拜占庭和奥斯曼帝国统治时期，德米特一直被崇拜。一直以来她是一个让大地保持丰饶的圣人和老母亲。直到有一天，她美丽的女儿被一个骑着能吐火的黑马的野蛮的土耳其人劫走。德米特哭喊着，哀号着，恳求全世界帮她找到女儿，但是只有屋顶的鹳鸟敢站在她身边，在愤怒和绝望中她让大地成为废墟。

有些地方尚保留这样的习俗：棺材被抬过的时候，人们把屋里的陶器砸碎，把所有的水倒空。哀悼的女人们把石榴、苹果、柑橘，有时候还把核桃、杏子扔进棺材，作为礼物给她们地下的爱人；就像在他们还活着的时候，妻子和母亲喂养他们一样。像石榴一样，苹果和柑橘成熟得很晚，能够持续整个冬天；除此以外，把它们的果心切开，里面有一颗心，一个灵魂，镶嵌在果肉的半球体中，象征着不朽，拥有即将诞生的生命的种子。至于坚果，它们更丰富、饱满、耐久。它们还有某种像人类的东西，壳中有像长嘴唇的杏仁，一张嘴，一个阴门；还有核桃的果核，像有褶痕的大脑。路边，墓地边，原始的激情以挽歌的形式被释放，对着死尸，恳求和责备，愤怒和绝望。在葬礼结束时，和麦粒、蜂蜜、芝麻和石榴籽一起煮过的红酒，作为死者的食物，被送葬人拿在手里，扔在坟墓上。

圆屋顶是用干燥的石头砌成的。夜像乌贼喷出的墨一样漆黑一片，像正在展开的纱巾。

寡妇醒了。她睁开眼睛，却被她母亲的双手抱紧，母亲向她讲述她的故事中丢失的那个章节。她号啕大哭着，两手紧抱住头，身体向后弯曲。母亲的黑色寡妇围巾和发髻已经松动，为了让她镇定，嘴里说着一连串的话，所有她童年喜欢的亲密话语。而她呢，一言不发，抽打着，哽咽着，泪水打湿了床单。我的心肝，我的快乐，我的黄金般的孩子，安静，我的宝贝，我的灵魂。护士拿着药品跑过来，帮她入睡。她母亲躺在她的身边。

几天前，我揭开一个肥料箱的盖子，被一个蜷缩在里面的灰白色的动物吓得后退。这个动物有一团纱般的白毛，长长的，闪烁着露珠，有小猫那么大，但是没有动。我仔细看了看，它银色的毛皮上有一个伤口。我用一根棍子把它举起来，结果却看见它掉了下来，啪啪地摔成了两半，地上一股强烈的什么东西的味道向我袭来？——我知道——正在发酵的无花果味道。

天快亮了，她躺在床上，喘着粗气，但她母亲说回去睡觉，她就睡了，她们俩人都睡了。静静地躺在床上，有时醒着，有时睡着了，空气中弥漫着血的气息。在她们的睡眠中，不时传来大海的嘈杂声，有时是沉闷的巨浪声。

无花果上的霉，像纺锤上的细毛，微微闪着白光，散发出一种气息，一种酒精的味道——围绕着死亡编织的头巾，这是艺术的真谛。

还有谁再去艾留西斯呢？神庙还在那里，但已被掠夺一空，成为工业荒地上的一堆废墟。德米特不在了。她是原生的一块大理石，几乎是敞露的一个肉体，已经没有面容（他们知道她是谁）。两百多年前，像她之前的女儿一样，她被两个英国人掠夺。英国人贿赂了土耳其人。在艾留西斯的妇女和农民的尖叫哀号声中，他们绑走了她。妇女和农民知道等待着他们和这块土地的是什么。

她的腿和手臂都弯曲着，因此她睡觉时偎依着，像我一样。上次你和我同睡一床，那是什么时候，我的孩子，呼吸都满是眼泪？嘘，我知道，我知道，好姑娘在这里安睡吧。现在他都做了些什么？他会走得太远的。这是爱，床上的身体，存在，庞大的身躯，体温，还有占据和拥有的吸引力？但是身体的纽带逐渐磨损耗尽，只留下孩子的纽带。麦基。玛奇。他母亲的儿子。不，公平点，从出生来看，他还有一个希腊生命，一个镜像自我——注意，一个变形的镜子。如果镜子把埃莉诺变成莉诺拉，（尽管我有什么资格这样说？）从不同的方位树根反映着躯干的形状。泥土里生命的阴影存在于空气中，它在水中的倒影则是另外一种生命。一场婚姻有三分之一的时间在白天的光明中度过；也有它自己的黑夜生活，起起落落。（就我所知，如果她是莉诺拉和埃莉诺的二体合一，她就可以焕发活力。）一个两重生命的诞生。至于麦基——他是在那里被怀上的。如果那重要的话，但她是在这里生下了他——当麦基看到这点的时候，他将如何理解他的真实生命？

这是寡妇起初说的话。好像又无话可说。她的脑袋里好像有东西在涌动。命运。我的房子被斧头劈开，裂了，浸染了黑色的血。还有我。还有我。我的命运是继续活在躯壳里。

寡妇没有什么要说的。她的全部存在都是在收回生命，解释生命，再释放生命。她的全部力量都用来召唤她的男人回到床上，不是在这里，而是在家里。他们会在那里，趴在床单上，他的头埋在她的胸口上，重重的，像一个吃饱了母乳的婴儿。她和男人湿漉漉地黏在一起。他的体热正在变凉，变冷，没有呼吸，淹死的男人抓着一层沙子，身体很松软，已经遇难了。找到了。她紧紧搂着她失去的男人，腹部贴着腹部，她终于大声抽泣起来，一直剧烈地有节奏地哭泣着，像着了魔似的，慢慢地睡着了。

三年后的今天，即葬礼的这一天——仍然是希腊的夜晚，没有一线光芒，难道黑暗无穷无尽？——全家将会聚集在坟前，所有的敌意、仇恨暂时搁置。女人围绕着年轻的寡妇和年老的母亲大声尖叫，教士吟诵着祷文，全部眼光都集中在盖在尸体上的寿衣上。颈椎骨上的头是一个已经破裂的骨壳，太重，颈部承受不起，像婴儿的头一样。教堂司事会把铲子放一边，走进坟墓，把骨骼拿出，嘴里念念有词，把它裹在一块布里。头部朝前，他进入这个世界：现在是母亲而不是寡妇，摊开双手迎接尸骨。他们旁观着，她麻木地用戴上手套的两只手不停地翻转，好像头骨是一顶丢失的校帽。她在寻找他的名字。直到开坟前的最后一刻，她还一直盼望着奇迹：一个圣经中的麻风乞丐，在阳光中睁开眼睛。

在一个反复出现的梦中，在一个炎热的夜晚，她站在拥挤的沙滩上，那时她还是一个孩子，这时一股水在膝盖间的沙堆中形成了一个水洼，掀起一个大浪，朝她正在躺着的地方涌来；她孤独一人，肯定已经睡着了。最后一刻，她醒过来了，发现黑色的海浪在她耳朵里呼吸。

从伊凡吉里斯特里娅——圣母的另一种称谓——的坟墓，沿着路往下走，就是考古博物馆。我们两个人，母亲和儿子，在炙热的一天进入博物馆。我们发现，此时算不得凉爽，只是阴暗，脚步声回荡在一间间房子里；一道玻璃的亮光在书架上形成的形状像细小的叶子，金鱼，纯金做成的口罩——一种当地独有的随葬品，数量很大，迄今为止只能在这个地区的古墓中找到，我们来自一个聚居点，就是现在的圣德市，而这个地方能追溯到这个海湾地区有任何城市之前。这种口罩曾是死者在入殓时佩戴的。线穿过两个小孔，在头的后部打上结，拴在头上。它们如何能回忆起这里安静的死亡之床！——女人们的阴影移到尸体上，死者的头微微抬起，好像是在进食。然而，两个结打在一起，很结实，否则一个结的话就很难说了。这些口罩用来干什么呢？它们带着黏黏的蜂蜜味道，在炎热与阴暗中游泳。它们的做工很精细，是用被捶打过的柔软的红色金片做成的；平展开来，上面有浮雕图案，有玫瑰花图案，波浪，甚至是一艘配有船桨和迎着风的帆船，船上的猫眼展开着，一艘被海豚包围的死亡之船。大多数口罩已经在泥土的重压下有了褶皱，有些还留有牙印。眼睛没有眼睑，除了一个骨骼，它的眼眶里有一个用黄金做成的蝴蝶。还有几张面具，整张脸都镶嵌在黄金中。否则，这满嘴的黄金和血肉的嘴巴就融合在一起了。难道死者仍然需要观看——他们有油灯——而不是说话？一切都一样。食物和饮料已经供奉上，今天的葬礼和以后的每个纪念日都会供奉上。是不是像一个在蜜中浸泡过的婴儿橡皮奶头，只是为了得到安慰？或者更像混沌天神临终时使用的一枚硬币？——他们把这个硬币放在嘴上而不是嘴里。圣德市每一具衔着黄金的尸体，躺在寂静的坟前，沉甸甸的，在黄金的亲吻下窒息而死。

送葬人给死者留下陶制的小塑像，有安坐的女神，有一些像鸟的纪念品，海蓝色玻璃做的发光球体形状，有念珠，项链，琥珀坠子，还有小小的金色的悬挂起来的东西，在黑暗里能发光；留下的还有用生铁做成的小模型，包括家用器具，平底锅、釜、三脚架、红酒杯、筛子；还有凿得像筛子的铜灯，绿得像霉菌一样，肯定能把灯光照在石墙上，直到油尽为止。地面上生命的纪念物——好像我脱离自己的尘世，直面一个被击打坏的用锡做的小火炉，火炉配有锡镶边的罐和平底锅，或者一套玩具茶具。在这里，孩子得到泥质玩具，厩栏里的动物像烤面包时做的面团一样寻常。有些还有诡异的闪光，一只小狗，一只鸽子，一只伸着脖子的小乌龟，小到你可以用拳头握住，已经磨损得像河里的石头一样光滑。士兵佩戴着绿色面具的头盔。头盔是用黄铜做的，装饰着三块金片，有些小裂痕。他们的盔甲和武器都锈迹斑斑。

从胸部一直到腿部，泥制的女神身上有一个红色的印渍。

更多的灯照亮着，映射着博物馆的荣耀。这是一个两千年前被谋杀的国王的遗迹。灯光照在象牙和黄金做的盾牌上，这盾牌是在贮藏食品的搁板中发现的，像鱼鳞一样；灯光还照在他的黄金做成的花环上。他在一个用黄金做成的棺材内，一堆尸骨，因为染上蓝靛而变成棕色，还有一个压弯的用纯金做成的橡树叶和松子图案的花环，挂在头骨上。一个眼眶凹了进去。尸体已经被焚烧，骨头已经在酒里被洗过，或者已经在泼洒酒精的烈火中洗礼过，如同在特洛伊城，在赫克托的葬礼上。他已死去多日，但在人们点燃火葬柴堆时，仍然散发着肉体的芳香，好像是一个人睡着了；又如后来阿西里斯的葬礼，他被清洗干净，穿着神的服装被火葬，浸上充足的蜜和油。他的骨头卷曲起来，像奥德修斯在冥界告诉他的影子那样。就这样，他们把被谋杀的国王安放在棺材中，下葬在大理石坟墓里。坟墓里紫色的丝绸像烟一样已经挥发，只是在骨头上留下一块蓝色的印渍。现在他全身舒展躺在玻璃盒子里，长长的脊柱已经被压碎，棕色的躯壳上有破碎的口子。我的儿子目不转睛地盯着这个盒子。外面是炫目的太阳。在这里，在大厅海洋般的暗淡中，陈列物透过玻璃闪烁着斑驳不匀的光线，像阳光穿过一个洞穴的裂缝。沿着墙，金黄色眼圈的花斑鱼游来游去。

除非——如果他们有另一种意义，怎么办？难道言语是金，而非沉默是金？在这种情况下，嘴巴，心灵真理的器官，就变成了黄金；口罩则更像伊特鲁利亚坟墓中武士的黄铜盔甲。在劳伦斯看来，这盔甲美丽又敏感，好像它已经为一个活着的身体长出了生命，沉沦在他的尘埃之上。

灵魂在沉默中被掂量，如同金银在纯水中被掂量……

——莫里斯·梅特林克

按照传统，妇女们身着黑衣，用悲切的正式措辞吟唱着讲述命运的挽歌。但一般说来，这些妇女并不是死者的家庭成员，也不属于送葬家人行列。唱挽歌者是一个被雇的歌手、诗人。她有自己的死者，对死者的命运她保持缄默。她的所有悲切是为了火葬柴堆上的尸体。然而，悲切的悼词还是尖叫着说了出来——她深沉的声音，她在空气中的呼吸、尖叫声，时而低沉，时而高亢——其他妇女一个个加入。每个人都在私下哀悼自己的爱人，如同《伊利亚特》告诉我们的：歌者的心灵在普遍的哀伤之中敞开。

一个未婚而死的姑娘被打扮成坟墓的新娘。为她的地下婚礼，她会穿上白色还是黑色的衣服？歌谣中暴怒好斗的男人抢走黑色的大地作为新娘——柯莉就是那个神秘新娘，那个已经种下死亡种子的神秘新娘。在仪式上，男人们每年都会用鹤嘴锄掀开大地，把她释放出来。尽管她不能怀孕，但她如绿色的泉水般流畅，在阳光中成熟。死神和他的女王没有孩子。

> 埃及埋葬仪式的最后环节是掰开死者的嘴。死者的儿子或者牧师郑重地掰开嘴，这个行为能让另一个世界的死者述说、倾听、移动、观看。在亨利·穆尔的最后巨作中，嘴已经变成母亲的乳头。
>
> ——约翰·伯格

送葬的人挨个对家庭成员说到，祝你新生。家庭成员彼此也相互这样说到。这是古希腊戏剧中歌咏队左右方向舞蹈时唱的词句。

在屋子里，残留的烤鱼烤得焦黄，让人充满食欲。烤鱼的鳍，白色的眼珠和脊柱都能让人想起她弯着的臂骨做的竖琴，一个鞠躬微笑的躯体。这副躯体是一个多世纪以前从青铜时代的一个古墓里挖掘出来的，这个古墓坐落在贝福德郡的白垩丘陵中。浮凸雕工和长爪组成网状，半鸟半人般地蜷缩着，温柔亲昵的神情——是的，在肋骨组成的巢穴中有第二个头骨，碎裂成鸡蛋大小的一块，可能还没有出生，或者还没有断奶，依偎在弯曲的脊柱上。它们一定是这样被放进裹尸布，肉体用纱布裹起来。母亲和孩子像一尊雕像，里面的野生酸苹果被环切成星状。象征不朽的苹果？——只是它们根本不是苹果。它们是海胆、化石、头骨化石，它们在很久以前被小心地收集起来。在一幅水墨画里，这些犹如有五个花瓣的海胆被刻画得非常仔细小心。她看了一眼就喜欢上了，复制它，裱好它，把它挂在过道里。她心不在焉，敞开的手压在髋骨部位的裙环上，沉思着，觉得很累，叹着气——她是不是最好把它取下来，想想？好比有人去世后，会把屋里的镜子裹起来？不，有什么必要那样做呢？

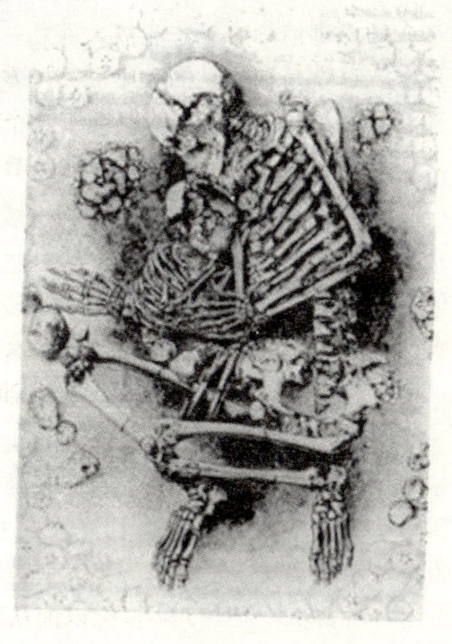

我们从来没有看见过身体内的灵魂，但我们相信灵魂的存在。尽管一些人刚好相反，认为灵魂在身体的外面，身体在灵魂的里面。为什么不呢？如果它有生命，活着，能动——灵魂暗含在这些词语中——那么灵魂就存在？我们走进生命的载体，脉动、呼吸就是它的机体组织。

我的朋友正在因癌症走向死亡，她不时发作，进入昏迷状态，产生幻觉。一天夜里，在浴室她的病情发作，瞪着灯光，她看见自己早已去世的母亲，曲身从镜中出来，嘴里念叨着鼓励的话语。

蜂蜜在仓库随时可取。在一个有底座的钢制的圆桶里，像一艘船的信号灯。在那里，一个球体正在燃烧，蜂蜜因为加热而加速流动；同时用蜡烛照看，像一个新鲜的鸡蛋。因此蜂蜜从一条绳上滴下来，每个污点都清晰可见，尘埃，花粉，像一连串的气泡，像闪光的星系。这就是在流动的火中展开的花蜜的真理。在蜜罐中，蜜流逝着，像红色的金子。这就是蜂蜜的真相，蜂蜜赤裸裸地存在于液体的火焰中。格兰尼亚关掉水平杆，最后一缕蜂蜜悬挂着，像一个小男孩颈后披着的金发。当一缕蜂蜜收缩成尖点，她就用手指把蜂蜜抹掉，吮吸到一丝甜蜜，这是一种呛人的甜蜜，是冬天的花蜜。她知道那是鸢尾花蜜，尽管不是每个人这个时候都种植鸢尾花。在希腊，他们只是种植百合花，还有野百合，死亡之花。冬天临霜绽放，这是鸢尾花的本质。

> 这样，花蜜或液体蜜有两种：一种是硬的，白的，甚至像糖果，因此被称作石头蜜或者玉米糖蜜；另一种很柔软，能流动，因此被称作流蜜。
>
> ——查尔斯·巴特勒《女王》

在整个欧洲，在野草茂密处或雪中，到处都有从石器时代遗留下来但被毁掉的小坟茔。在冬春之交的一天，雪化之后，一块像杂生烟叶的草地被雪盖了几个月后显露出来。我碰到在一个土丘上的两个坟头，这个土丘在一连串的岩石中，能俯瞰明亮的大海。在土丘的腹地，有两块狭长的洼地，挨着岩石，连着裂成小块的积雪；高高的岩石投下的影子映在一团团的雪上。这是能看见的最后的雪。好像石头在哪里，冬天就仍然在哪里，而且只会在那里。一座低矮的坟墓位于更远的内陆地区，在光秃秃的榉木林中。这是丹麦，距离两千多年前埋葬图伦男子不远的地方。像吃饱了的婴儿靠在乳房上那样，他脸冲地摔得粉碎。坟墓有石头堆砌的门楣，上面布满了有污渍的苔藓。山坳中最后的雪堆投下深蓝色的阴影。黑洞，仿佛是冰的呼吸。

五叶地锦自己在墙上蔓延着，呈现出红色。

在丹麦的那些日子，我看到像蜜一样清澈的红金色阳光照进我的窗户。我早晨做的第一件事就是洗个淋浴——现在是三月底，妇女节的日子——一道阳光像一只大手照在我裸露的后背上，其力量带走了我的呼吸。

我们在舒适中醒来。白天精疲力竭，晚上重振精神。因此，生命存在于这间屋子里，存在于时间里。黎明破晓，太阳出现了。

洞穴是第一个神庙，它有紧凑的入口，就像蜂巢口对着阳光而获得重生一样。圆顶坟墓、鸡蛋、腹腔、火炉融为一体：以母亲子宫的形式神奇地躺在坟墓里，子宫如石头般光滑，像青草一样毛茸茸的。然后，丧失亲人的人们开始在坟墓边恸哭，所有的人像失去母亲的孩子一样。死者像腹中的胎儿一样被包裹着，掏空内脏，涂上焦油，晒干，腌制，变成一具骨骸，灌装在象征永恒的蜂蜜中，乘坐死亡之船在大海上漂流；或掩埋于地底；或在两者之间，在女人子宫般的沼泽里。尸体上掩盖着红色的赭土，像再生的血液，为了养育或保护之用。她知道他们这样做是为了她自己。油、谷物和酒、牛奶和蜂蜜、厨房用品、盔甲和金子都奉献出来；一只被宰杀后用来祭祀引路的纯种狗，套着挽具的马匹，一个女佣人，能让他们飞向天堂之岛的女海妖塞壬，石棺内墙上新漆的景象，天堂，灵魂的居所。

> 用平和的色调，以厚涂颜料的绘画方法，粗糙地涂画。墙是苍白的紫丁香，地板是不连贯的褪却的红色，椅子和床是铬黄色，枕头和被单是香橼的淡绿色，盥洗台是橘色，脸盆是蓝色，窗户是绿色。通过所有这些迥异的色度，我想表现一种完全的恬静感，你看……
>
> ——文森特·威廉·梵高

水能融化且具有浸透性，是灵魂的镜子和起点。现在我明白了，故事从不以波浪或其他形式那样展现。它自始至终是一种在某个时刻不变的定格，是内核炸裂、大汽锅爆炸、死亡砰响的时刻——因而更像是坠落下来、刺破水面、使水激荡的石头。不是水，而是一块块晶体形成的珊瑚般的霜粒。像雪和衣服上的血斑，如大理石那样冰冷——一个死亡的面具，一道红色的绚丽云雾。

死人是流逝的水，有大理石碑上曾这样刻写。它们是汩汩流动的泉水，是送葬者的眼泪，徐徐地流淌到地下，给干渴的死者解渴。

在爱尔兰的纽格莱奇古墓，冬至的阳光能穿透巨石通过梁上的裂口，沿着石墙射进一道亮光，像金片，像烛光的光泽。这是复活的火焰。

在梦中，谨慎且清晰的甜蜜话语像金子般流动，不需听见就能理解。我醒来，什么都不记得了。我在窗边，看着雪花。鹅毛般的雪花慢慢地上升着，朦朦胧胧的，像白色的蜂群。有些离我很近，我能看见它们翅膀的光泽。现在，我沿着修道院踱着步。大雪覆盖下的修道院呈笼状的四边形，是一座寂静的墓穴。除了阴影的笼罩和一些干枯的茎叶伸展出来，没人注意到雪。这些茎叶长在融化的水坑里。修道院的圆柱上闪烁着微光，然后像捕获的鱼的皮肤一样暗淡下来。我睁开眼睛，看见一道剑光照射在门上。

黑暗中所见

只要我们的肉眼能够看到它，尤罗斯就存在。

——亚历山大的普罗提诺

天鹅湾上空两抹灿烂的红霞相互连接，似振翅欲飞的巨鸟，又似鲜红的巨型伤口。水面被染成血红色，一直延伸到斜山脚下的树林边。天鹅在小水湾里嬉戏，荡起一层层金色的波纹。映入眼帘的，还有零星的灯光和死一样沉寂的灯柱。巨型翅膀、金色、血红、簇簇的羽毛，一切都像燃烧的火炭。

沉寂的海湾里未见到任何鱼的影子，直到一条银鲈游出了水面，不过，那也可能是一条白鲑，或是一条银鱼。一眨眼它就隐没在了一队鱼群里，鱼群像一枚枚摆开的青铜针，浮游在昏暗、杂草丛生的海底。一场暴风雨即将来临。地面、天空、海水、海滩都屏住了呼吸。又有一条鱼游了上来，紧接着一大群银鱼都游出了水面。不一会儿，雨便沉沉地落了下来。

在落日余晖里，灯塔里射出的光异常刺眼。

高高的树冠，时而葱翠，时而浅黄，总处于四季不断的更替中。树下是一片死一样的沉寂，树干像雕刻在寺庙里的佛像，或许被水淹没过，冲刷掉了色彩，但是它们却坚如磐石。那是一些运笔粗糙而大胆的裸身佛像，仿如由石灰石或砂岩石刻成，在昏暗中成形，又在昏暗中模糊。

拿出一个血红的橙子切成几瓣，然后皮朝下摆开。一滴滴的果汁淌下来滴在了洁白的果盘上。在午后的斜阳下，这八瓣橙子像八艘喋血的船只。我拧上封闭式果汁机的盖子，凝视着上面的一点亮光——阳光照在上面的一滴水珠上所致。橙黄的果汁也渗上了血红色。从窗口看去，太阳已经落山了。我努力凝视，准备调好三脚架、按下快门，就在这一瞬间，它的光彩却变化了。没半秒钟，蓝色的夜幕便深深地垂落下来。当夕阳完全消失，我把每一瓣可以清咳润肺的橙子放到嘴边开始用力地吸起来。蛰居了好久，我感觉身体僵硬，眼睛干涩，可是一闭上眼睛，便仿佛看见八道火光像炉子里火红的热炭在我的胃里熊熊燃烧。

太阳是看不见阴影的。

——列奥纳多·达·芬奇

海浪的拍击将洞穴在睡梦中唤醒，空气中弥漫着咸咸的味道，暮色降临。屋子里充满了飞舞的灰尘，像远处纷飞的雪花。衣橱门、灯罩和屋里的一切，看起来像一张斑驳的照片里模糊的影子。闭上眼睛，斑驳和昏暗依旧可见，却看不见一些形状和层次。其间出现了一片灰色，灰色渐渐变成一串串蓝莹莹的水晶球，闪烁着光芒。它们在我的视觉里挤碰，忽明忽暗，出现一些窟窿样的东西，似井口又似眼睛，一会儿又消失得没有了踪影。这与梦幻无关，我认为，更希望它与视力无关，只是因为专注太久才生成的影像而已。这种影像在梵语里被称作“相”（“nimitta”），据说禅修的人经常会有这种体验，佛教弟子相信一切事实都毫无意义，只有产生万千世界的虚空才是永恒的真实。性爱之后人的身体会感到热情和兴奋带来的悸动，还会听见血液在耳朵里奔流的嘭嘭声，灵魂之眼如雷达般扫视着内心，这只眼睛好比灯塔里倒映在海面上的灯光。那么，既然这些水晶球只是在闭上眼的时候才能够看见，我们怎么来确定它们的确存在呢？它们又为何总是蓝色的呢？失明的人是否也能看得见这些球呢？黑暗中，盲人却看得非常明了。那么不管是天生失明还是后天失明的人都能看见吗？抑或是因造成他们失明的原因而会有所不同呢？但是现在无论我看任何东西，都会看到周围一片悬浮的粉尘，时而浓厚，时而淡薄，即使戴上眼镜它们也非常明晰地飘浮在空中，它们是我生活的痕迹。

有人的（相现起）如星色，如摩尾珠，如珍珠；或者（现起）而成粗触如绵子，如树心（所作）的针；有的如长腰带，如花环，如烟焰；有的现起扩展如蛛丝，如云翳，如莲华，如车轮，如月轮，及如日轮。

——《清净道论》

就景象而言，我对于肉眼的质疑不会超越我对于窗户的质疑：我透过它观看，而非用它来看。

——威廉·布莱克

真理无形。

——珀西·比西·雪莱

《蓝色》

778 黄色往往带给人明亮，那么我们也可以觉得蓝色带给人晦暗。

779 这种颜色有一种无法形容的特殊视觉效果。作为一种色彩，它给人以强力的感觉，不过是一种负面的力量。当蓝色最纯最浓时，它能够给人一种消极而强大的力量。因此，蓝色是一种既能让人感受到宁静又能够刺激人兴奋的色彩。

780 因为我们看到的苍穹和远山都是蓝色的，所以蓝色给人疏远的感觉。

781 既然我们会对眼前飞逝而过的美好事物紧追不舍，那么我们自然会喜欢凝视蓝色，不是因为蓝色会凑到我们眼前，而是我们无法自抑地想追随研究它。

782 蓝色是一种冷色，因此它让我们联想到阴影。我们在前面已经提到过，它近似于黑色。

783 如果屋子里挂的是纯蓝色的窗帘，那么屋子会显得较宽敞，但与此同时，也会显得更空旷和冷清。

784 透过蓝色的玻璃去看事物，会显得晦暗和阴沉。

——歌德

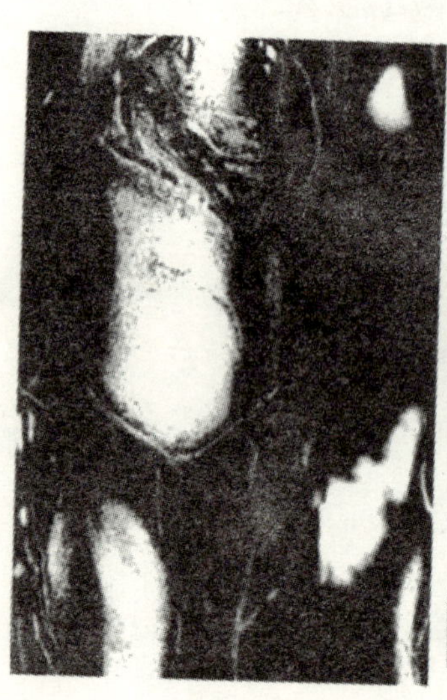

一个长期以来熟悉的意象突然涌现心头，记忆犹新。怎么会这样？为何会这样？退潮的时候，我在灯塔下停住了脚步，期待

一条银鱼从石湖的波纹间浮现。平静的湖面倒映着云朵、岩石和灰蒙蒙的天，偶尔荡起一些波纹，水面下是深深的海水、岩石、岩石上的帽贝、水草和海星，突然银光一闪，一条银鱼跳出了水面。随着它的闪现，一整群银鱼在水面下都清晰可见，粼粼如脊骨般有序地游着，直到此时我才知道其实它们一直在水面下游着。文字图像也是如此，突然有一天灵光一闪出现在你的脑际，可是当你刚刚意识到它，它便又一闪而过了，不过透过它的形象，我们到达了它的含义。不需刻意记起，只需灵光在脑海里一闪，我们就得到了启示。

除光所照到的实体外，光的存在可以用这样一些光学词汇来形容：光亮是一件物体折射出来的光芒；另一方面它往往被形容为光照，强调的是光落在物体上这一动作和过程本身（它并非是光亮的反面）。还有光的单位：流明和坎德拉。光照，光亮，“空的”或“不可见的”红外光线和紫外光线。虹彩、磷光、超微光。光明是用来形容裸眼所能够主观“看到的东西”时使用的词语，与通过光学器械描绘出来的光亮刚好相反，包括连续的和间断的光。

> 自然并不只是你用眼睛所能看见的一切，它还包括用灵魂才能看到的内在图像，这种图像是在眼睛后面的图像。
>
> ——爱德华·蒙克

鱼类终年生活在冰冷死寂的深海处，长年与古生菌为伍，是最古老的生命。只是在愿意的时候，它们才会纵身一跃跳出水面，看见水面上的世界，同时也被人看到。会发光的灯笼鱼和别的鱼类却毫无退化的迹象，视力极佳。

棕色的窗帘把强烈的日光挡在屋外，桌上的玻璃花瓶外面罩着木罩子，整个屋子一片棕色基调，显得红色的山茶花炽热如火。三脚架相机的可伸缩脚架被风刮开又聚拢，镜头也被关上了。阳光照在花瓶的边沿上，照进花瓶里平静的水面上，照在娇嫩的花瓣上的水珠上。这些在星罗棋布的叶脉和经络上，在叶片和猩红的叶幔以及黄色的花蕊上的水珠，是那么珠圆玉润、熠熠发光。

在火红的海天之间是泥泞的海岸，暮色降临，成群的天鹅在水里懒洋洋地游弋着，它们那悲鸣的叫声充斥着整个海岸，蔓延到海里。我的脚下突然溅起一簇水花，随之打了个漩涡，露出两条黑黑的脊背——鱼的背鳍，这时我才看清原来是条班卓琴鲨，正扑腾着水花。一团又一团的水花渐行渐远，最后形成了覆盖半个水湾的网络。红色已经完全褪去，在矮山的倒影上仅有银白色和黑色的波纹一浪又一浪，一棵松树和两盏街灯的倒影穿刺在波纹之上，本来它们相隔甚远，可是倒影却聚拢在一起，看起来像三条垂悬在水面上的钓鱼竿。

韧性见于曲折和摩擦。

一棵冬日枯树，不，实际上是一排清瘦笔直的松树，倒映在夕阳下长长的海湾里，随风摇摆，还咕嘟咕嘟地冒着气泡。在我的脑海里，还有一个这个倒影的倒影，那是一幅黑白画面，画面里白炽的波纹和深黑的水面形成鲜明的比照，像一个乳白色的精灵。

镜头上软软地滴下一滴水珠，黑色的树枝变成了灰白色。在古老的墨尔本公墓上空掠过一抹黄色的云彩，掠过我母亲的爱尔兰先辈们墓地上那残破的碑石和疯长的杂草。他们当时出生在芒特拉斯的科克郡，在饥荒年代乘船来到了这里。据我所知，直到母亲去世，除了从一张照片上看到过她的先辈们外，对他们一无所知，她甚至连他们的名字都不知道，先辈的历史成了一个家族之谜，因此我们的家族也是个谜一样的家族。在我出生之前，祖父母就已经离世了，不过妈妈的祖母范妮一直活到我十一岁那年才离开，她就住在墨尔本，我却从未听起母亲谈论过她。难道她不知道范妮吗？她应该知道的。范妮出生在里士满，她的父亲在伦敦扫烟囱，她的母亲，也就是我的曾祖母，是一个洗衣女，她是家中的第七个也是最小的孩子。范妮靠给别人做披风维持生计，至少在她的结婚证书上她是这样自豪地写着的，她嫁给了一位已婚的爱尔兰鞋匠，他用了一个假名字同她办理了结婚证，结果他因重婚罪被关进了监狱。在二十岁那年，范妮生了个儿子。一夜之间，范妮失去了丈夫，也失去了名誉，但是她坚强地活了下来，并努力养活了她亲爱的儿子威尔。她再婚了，嫁给了一个鳏夫威尔士铁匠。威尔随了继父的姓，但是后来他可能知道了自己的真实身份，因为他虽然拥有一个温和的威尔士姓氏，却长成了一个粗野的爱尔兰壮汉。刻有家族姓名的石头久经风雨，摇摇欲坠，旁边还有一个专门为纪念第一次世界大战中牺牲在法国战场上的士兵而立的石碑，在这两处石碑上都无法找到他的生父，那个结婚骗子、败类的名字。我从来不了解的祖父威尔自己在第一次世界大战期间也加入了法国战场，我仅知他是那许多无名地死去的士兵中的普通一兵，他们的尸首后来终于被找到，埋葬于斯。无论承认与否，亲人们的残骸现在就在我的脚下，我和他们骨肉相连。我不知道母亲对她父亲究竟知道多少，不过，至少我知道他们在何时何地被这样如婴儿般放进安息之地。

银白色的云彩、沙滩、岩石、水面在水湾里还依稀可见。黑压压的虫子簇拥在岩石上，嗡嗡的叫声在水湾里回荡。一只太平洋鸥拖着沉重的翅膀盘旋在海面上，燕子，还有一只鹭也在那儿徘徊。惨白的暮色，水中和岸边的倒影在一艘小船划过时被揉做了一团。这样的时刻让我想起了斯堪的纳维亚副极地地区那明晃晃的情景。冬天的丹麦里斯科夫地区会出现明亮与昏暗交织的现象，位于蒙克的家乡奥斯陆峡湾的诺斯特兰、阿斯加斯特兰和克拉吉罗等孤岛上，终年都是雨雾茫茫与艳阳普照交织的天气。

在萨格菲尤尔海湾也就是北极圈上空，有一个花岗岩，岩上有一个石器时代的雕像，刻着两只驯鹿，人只有小心翼翼地沿绳子爬到岩石边才能看到这个雕像。那么当日刻画它的时候想必工匠们也只能这样用绳子吊着晃来晃去。他们紧紧地攀附在悬崖上，把工具悬挂在自己的脖子上，一笔一画地在悬崖峭壁上刻画出别人无法发现的图案。无论人们从悬崖上还是从过往的船只上都无法看见这一图像，像冬日午夜的太阳般让人无法觉察到它的存在。然而这样的图像本来就不是雕刻给人看的，和那些洞穴中刻画的动物图腾一样，它们只有在黑暗的时刻才能发挥作用。潜伏在岩石上的雕像图腾是猎人用来召唤动物的神灵的，待猎物出现后将它们赶下悬崖，直到现代依然还有人采用这种方式捕猎。

月亮眼看着一点点地变小。昨晚整个房子都沐浴在银白的月光之下，月光从房子的缝隙里照到了暗房里，不过还不至于把照片弄花。在这样的月光下我依然可以到外面拍照，在一张纸上放上树枝、花瓣、叶脉，让月光把它们的影子投在纸上便可以做出月影图，或者叫组合图。但那究竟要花多长时间呢？你必须要对每一张照片的曝光时间做记录：你首先需要在暗房里把每一张相纸背面做上编号，然后用一个黑色套管把它们拿到屋外，平放在草地上，然后开始计时，再拿另一只套管带回来冲洗出来就行了。像蜡纸印出来的杰作，图像出现在黑底上，如夜空中的月亮，有一种朦胧之美。

宇宙如网，将它所触及的一切水中滋养的万物包罗其中，然而它本身却并不作为，只是随海浪翻滚而飘逸其间……

——普罗提诺

一档无线电广播节目曾报道，实验证明，人的身体迟滞于人所研制的时钟，人体更适应一天二十五个小时，也就是说，如若不是因为钟表，我们将晚一个小时醒来、吃喝和休息。而这一时间正好是月亮的运行以及由它而引起的潮汐的时间规律。这是否说明人体不仅仅是根据太阳的运行而作息，还跟随月亮的运作而适应一种更缓慢的非循环性的潜意识时间呢？

路边的无花果上有一片叶子被骄阳烤得卷起了叶边儿，看起来像一叶扁舟乘架在细枝上，一丝棕色的细纹从一侧划过，叶子上所有的斑点和纹脉在翠绿的树叶上都清晰可见。

太阳依然高挂着，却突然来了一阵强风，一股凉意从南而来，大海看起来像一幅黑白水墨画。灯塔下方的海滩上，一只小海豹的尸体已经膨胀，看起来像一个胀鼓鼓的灰袋子。小海豹的一块皮毛被擦掉了，绿头苍蝇围着它的尸体呜呜地飞旋，它的脑袋亮晶晶的，唇腭边肌肉发达，有其种类特有的沙壳，眼腔空洞，黑黑的后脚蹼伸得直直的。这是一只出生不久的海豹，也可能是难产降下的死婴。这时候海豹群正慢慢地爬向木头金字塔——行船海峡区的标志，爬上那里之后，它们会扎进古老的河床里。这个地方的海水比海湾里其他地方都要深。在拥挤的海峡里，它们努力一边游着，一边伸出头来。有可能就是在那里，在尚未学会呼吸之前，小海豹就从母亲的子宫里滑向水中。初生的海豹皮肤之上的毛发纹路精致，假如我用鞋子轻轻地动动小家伙，它会颤颤巍巍地摆动，吐出一大口海水来，可是这一只却不行了，光滑的炮铜色皮毛摊倒在地上，像一张熠熠发光又脉络隐约可见的小网。

艺术家爱德华·蒙克生长于奥斯陆克里斯蒂安尼亚一个厄运丛生的家庭。我从家族遗传了人类的两大至敌：肺结核和精神分裂。病魔、疯狂和死亡是围绕我摇篮的天使并且它们伴随我一生。他如此写道。

我们都因自己家族不同的“馈赠”而有各自的生活，而他的家族带给他的命运却是同死神较量的一生。

眼睛的工作原理：瞳孔、瞳仁、晶状体构成的眼球犹如一泓黑潭，在眼睑打开之后光束进入眼球后部的组织也就是视网膜，视网膜则由复杂的脉络构成。这么说，眼睛难道就是第一架针孔照相机？其实不然，早在地球上出现有眼睛的生物之前就有光束通过缝隙照射到洞穴中去。像柏拉图的影子寓言里讲述的那样，先于柏拉图千万年前，针孔成像现象已被许多人所知晓，甚至在史前时代人们修建巨石阵让阳光照射进长长的通道之前就已经被人们发现了。在漆黑的地方，光线从一条缝隙中照射进来，于是出现了一个带光环的亮点。其可见度与光线照射的距成或反比：除非裂缝已经超出视野范围，否则受到光线刺激瞳孔便会缩小。眼睛这个奇妙的天窗表现了与照相机暗室全然相反的过程，好比一个在洞穴中的人既不通过裂缝往外看，也不去看裂缝本身，而是从裂缝后面的墙壁上看到这个世界流动的影像。这些影像看起来是那么微小，好比山巅的众神眼中的世界：那是一个倒置的世界，悬浮在头顶的天空，犹如一幅光的画作，是一种神迹、神启、神的造化。洞穴之外和洞穴之内的黑暗之地属于神，在黑暗中如酥油灯般闪亮的是一种在场，时而有形，时而无形，是不同世界间的阈域，是巫师和神棍的领地，只有他们才看得见。

何以与清醒时的想象状态比起来，眼睛在睡梦中更容易看清世界？

——列奥纳多·达·芬奇

《奥德赛》里很神秘地提到基克拉泽斯群岛的叙利岛为太阳往返转折之地。也许那里有一个类似于巨石阵的石群，其最初的用意是要寻找至日的踪迹，也可能是一个类似于爱尔兰纽格莱奇古墓或奥克尼群岛麦豪石室那样的洞穴或蜂窝庙，也有可能是一个海中日晷。（也许“叙利”这个词与梵语里的“太阳”，即*Surya*有关。）

天鹅湾看起来像上了一层白色的浆液，像冲刷过的纸鹦鹉螺，又像破碎的蛋壳。

我今天为暗室添置了一盏安全灯，为了安全起见，作为备用。我曾经在某处读到，第一位观测到月食的人是一位一千多年前的阿拉伯天文学家，至少他是第一个记录下这种天文现象的人。他用了一个不具有任何说服力的短语来定义月食。微弱的月食何以显现？既然整个夜空都是黑暗的，又有谁在乎月食与否？

另一方面，暗箱（拉丁语里人们称其为“暗室”，*camera clara* 或*camera chiara*）是一个仅有两百年历史的发明，出自一位英国发明家之手。同詹姆斯·乔伊斯一样，这位发明家从一只破碎的镜子里得到了灵感。他目光异常敏锐，曾经甚至在泰晤士河上观测到海市蜃楼。然而，我们称之为“光室”的事物却并不具有房间的形状，只是为了和“暗室”搭配才如此称呼。照相机的暗箱是由一个斜放的镜片和一个与眼睛保持水平高度的棱镜构成的，人们以前经常利用它来作画。随着时代的演进，这种器具的体积也逐渐缩小，成为一种安放有镜片的小木匣子，专门为捕捉图像而使用，这便是照相机的前身。

低低的太阳能够照见水面下的每一条水母。有一条圆圆的僧帽水母透明得像水晶，其中部有一个烛光一样的亮点，透过它的身体看去，沙砾都有被上升和放大的感觉。

小海豹被潮水冲得翻了个个，在我的照相机里，它的手脚和眼睛都非常清晰，右眼被放大了，眼睛看起来时而是大红色，时而是橘红色，有时候还是黄绿色，却毫无光彩。我使用的胶片具有红外线感应，我总是开着红色滤镜拍一张，然后再关上滤镜拍一张。只有使用红色滤镜的负片上才能感应红外光谱，在冲洗负片的时候，我期望两者有所区别，能够显露出原色光来。小海豹在海面上空出生时的胎膜居然清晰地映现在负片上。海市蜃楼与奇迹，灵与气，光热与腐朽。

早期的摄影师在工作室里用猫来作测光表，根据光度的不同，猫的瞳孔会放大和缩小。但是他们是如何让猫一直保持清醒的呢?

在昏暗的屋子里，唯一的光源是一盏油灯，油灯是用一个黑色的钢制三脚架和玻璃碟子做的，由烛台托着。先往里加上一些水，再用火柴点燃灯芯，滴上一些柠檬或玫瑰香油，燃烧的灯火周围荡漾起一圈圈的波纹，油迹凝结，在水面上漂浮着，又汇到了一块儿。火苗在白蜡上跳窜，在布满油脂的水面上摇曳，像特写的镜头。

海面上撒上了一层银白色，像镀上了一层明胶。我的脚步搅碎了平静的湖面，激起一圈圈绿色的波纹，透过银色的水面我的腿看起来也粗壮了许多，我一头扎进黑暗的海底，激起了更多的波纹，新的波纹覆盖了旧的。我和滚动的水融为一体，成为海水的一部分，是海水圆睁的眼睛。

一个重要的事实是，即使我们人类……那美丽的晶状体也是由表皮细胞聚集的胚胎形成的，皮肤起到囊括这些细胞的作用，玻璃体是由皮下组织的胚胎形成的。

如果我们非要把眼睛比作任何光学仪器的话，我们可以想象一种厚厚的透明组织，中间充满液体，其下部有对光敏感的神经，然后假设这一层的每一个部分的密度在缓慢却不间断地变化着，以分成不同密度和厚度的层，各层之间的距离不同，并且每个层的表面也缓慢却不间断地变化着。

——查尔斯·达尔文

整个下午，阳光照耀，微风轻抚，外面一墙之隔的地方，母鸡昏昏欲睡，偶尔会突然发出一些咯咯声，有时还会因为生产的疼痛而爆发出有节奏的哼唱。在我借来的小屋里，密不透风，夕阳染红了水面，偶尔传来潮水轻轻拍打船舷的声音，船上，我的负片正在迎面飘荡。这里俨然是一个子宫样的退隐之地。

古希腊有一个哲学流派，认为心脏在血液的海洋中来回荡漾，激荡起人的思想。火是纯粹的精神，而血液是我们体内最接近于火的物质。

光和物质的转换是完全遵从自然规律的，而自然规律则表现为自然演变。

——艾萨克·牛顿

科学是光谱分析；艺术就是光合作用。

——卡尔·克劳斯

已故诗人圣亚尼斯·里佐斯曾被政治流亡到一个干涸的爱琴海岛屿上，他总是将写好的诗句装进密封的瓶子里，然后将瓶子埋进土里。诗人还找来光滑的石头，为石头描上脸谱，便是爱神的化身。他将这些意象种进什么植物都不会生长的土壤里，因为那是一个没有水的岛屿。诗人在他对沉默吟诵的诗句里写道：这里没有水，唯有光。

（母亲将孩子带到人间也给予她的孩子光明。）

鬼魂是一些阴影，在古老的欧洲，它们是黑色的。何以现在的人们却认为鬼是白色的呢？

大榕树有数不清的枝丫，发达的根系和无数银色的树干，我漫步其间，用照相机拍摄着裸眼不能发现的魅力，不过是另一只啁啾哼唱的鸟儿。虽然在我们的感觉里它们生长得那么缓慢，简直和石头没什么区别，每棵树却有自己的历史。如果有一架时光照相机，为这棵树千百年来的历史中的每一年拍一张照片，我们能够看到大榕树抽枝长叶，其根须缠绕编织，时光涤荡净它的主干犹如水流的冲刷，必像一个灰色的庞然大物在舞蹈吧。

锁定时间，逃离时间。我父亲的旧波纹管相机放在轨道上酷似玩具火车的发动引擎，取景器是一个尘土飞扬的倾斜旋转玻璃镜眼，这种照相机只能拍出一些小小的灰色照片。我手里这张湖边风景照就是这么一张旧照片，湖上的划艇里有两个人影，那个表情严肃的小孩头部看起来像白色的茸球，服装鲜亮与背后黑暗的树丛形成鲜明的比照，那时正值树木茂盛的时节。她生硬地奋拉着双手，按照父亲的要求做着动作，远处湖边的人影正做着两腿分开跨步的动作，那时母亲正对着镜头走来，那小女孩浑身僵硬地坐着，甚至未能对母亲挥挥手。父亲背对着镜头，看了看树，又看向了远方，手里握着船桨，却没有滑动。如果负片还在的话，用药水处理一下，那白光晕里的孩子的脸现在应该还能清晰可辨，可是父亲和母亲却早已化为灰烬，在尘土和空气中荡然无存。50 年后的秋日下午，湖边已经没有了人的踪影，沿着湖边日渐变黄的宁静树丛行走，我却成为手握照相机的那个人。我穿过大篷车公园，路过有许多船舶停靠的地方，来到铅灰色的水域边，有几只鸭子在我的脚下嬉戏着，还有一只鹈鹕在水面上滑行冲刺，身后的波纹将水面上树木的倒影搅成一把黑色的折叠扇。

照片中的湖泊在我们一次度假的一个金矿小镇的郊区。一天下午，父亲带我去参观昔日采矿时遗留的提升头和矿渣。我们在石英堆里徘徊寻找到很晚，直至夜幕降临才离去，希冀从里面寻找出金子来。后来我才知道，父亲的祖父曾经在那片矿场工作过，他的父亲约翰·詹姆斯就出生在那里，直到 1871 年我的曾祖母玛丽因难产而死去才搬离了那里。玛丽出生在林肯郡，在那片矿场去世的时候年仅 37 岁。初生的婴儿威廉在十天后也夭折了，与她葬进了同一个墓穴。那是她所生的第 11 个孩子，也是第 5 个死去的孩子。死去妻子的约翰带着长子李维将帐篷搬到了昆士兰的金矿，在那里他又娶了一个挪威寡妇，生养了另一窝孩子。后来约翰抛下孩子在一条叫做玛丽的河中溺水身亡，追随了多年前自己的父亲所走的道路，他的父亲也就是我的曾祖父年纪轻轻的时候便淹死在了斯旺河里。小约翰·詹姆斯同姐妹们一起被送去了他们的母亲玛丽的家人那里。

关于玛丽，我的父亲对这位祖母一无所知，他更不知道她的骨骸现在就躺在他的身后。父亲也许知道在这个小镇上有我们的至亲骨肉，但是他却从来对此只字不提。也许他曾提起过，只是我那时候太年幼记不得了，因为祖父母于我自己而言也是很陌生的人。但是我们的确从来没有靠近过埋葬我们亲人的公墓，那所公墓就在路的尽头的一块平坦的土地上，高高的橡胶树被风刮出低沉的咆哮声，树底下却是死亡一般的沉寂。门廊旁侧的地图上标注有玛丽的坟墓，就在后边的围栏附近，然而，尽管繁茂的杂草已经被割得很浅，草丛中却并不能再寻找到坟墓的影子。围栏的旁边有一排粗壮的树桩，玛丽当初埋进这里的时候，那些树桩都还不过是一些幼小的树苗，在彼此缠绕的发达根系所组成的蜘蛛网形状的摇篮里，盛放着玛丽那一堆长长的白骨，在这堆白骨的胸前还有一堆小孩的骨骸。

在去昆士兰探望他的伯父李维的汽船上，父亲结识了母亲。母亲向他借打火机用。

父亲曾亲眼目睹一位游伴溺水而亡，从此之后他对水甚为惧怕。

语言和诗歌所激起的画面浮现在我们的脑海里，颇似水中的倒影，可是水对出现在自己身上的倒影又了解多少呢？影子只是浮现在水面上，水却无意去洞悉些什么，即使是最模糊的印象都不会留下，便流走了，没有留下哪怕一点点痕迹。

在 1640 年的圣诞节晚上，也就是冬至日，约翰·唐恩对圣保罗大教堂的会众讲道，主题是天堂里只有永恒的秋日。

> 万物都是神经性、纤维性或理性生物中的一种。禽类身上的羽毛每年都要更换，除狮子和猫以及其他类似的动物的胡须外，兽类身上的毛发绝大多数也要更换。田间生长的青

草、树上长出的叶子，大多每年也都要更替。因此我们可以推测大地也有自我更新的魔力，土壤就是它的肌肉，连绵不绝的岩石和山脉就是它的脊骨，海洋湖泊里的水便是它的血液。海水的涨落是大地的呼吸和脉搏的跳动。大地最强健的生命力当属遍地分布的火，火是人类聚居地的创造精神，大地的许多地方喷发出温泉、硫矿和火山……

——列奥纳多·达·芬奇

大地是一个子宫里能够喷火的怪兽。

秋日的阳光特别适合摄影。在宁静的中秋时节，早晚的光线斜斜地照射，有一种原味的美丽，既不奢华也不简陋，恰如其分，光芒柔和，热气已经消退，淡淡地照射在事物上。白日的时光变得短暂，万物都浸染得湿润而平滑，即使夜晚牛乳般的月光也柔柔的、碎碎的，像苍蝇的翅膀。蚊虫和蜜蜂的嗡嗡声不绝于耳。树在阳光里都日渐褪去了衣裳，裸露出焦焦的树干来。每一棵树上都有纺织娘在织网，这些网若隐若现，若非在阳光下很难被察觉到，微风一过，网便颤巍巍地舞动起来，像极了影子。白天，蜘蛛躲在干枯的树叶下，到了夜间，每一张网里都有一只蜘蛛在整晚忙碌，一旦用电筒光照上去，它便像装在琥珀里一样一动不动。

眼睛必须要适应它所看到的事物，并且与此有某些相似之处，事物才能被看见。

——普罗提诺

在图书馆里受到了题目的吸引，我信手取出了罗兰·巴尔特的《照相机暗室》。我认为这部著作原来的法语题目更妙——*La chambre claire*，比拉丁语更朗朗上口。这本书的风格和我预想的一样，浮华又很干削，充斥着修辞和自创词汇，处处都是括号所做的注释，晦涩得仅能勉强阅读。事实上，要不是对作者的热爱，因为他是如此有影响力的思想家，对人文领域的思考有那么多真知灼见，我很难继续读下去。而这部著作碰巧也是他的最后之作，记录了作者对死亡和摄影的冥思。

> 真是一个文字游戏，我们说“冲洗照片”，但是药水所作用的对象是不可能（被）发展的①，是（伤口）的原质，不能够改变，只有在（不断的凝视之下）才能再次被发现。这就让（一些）照片具有俳句的特点。俳句也具有不可发展的特点，一切已经完满，无需再添加任何修饰成分来进行扩充。我们可以认为（必须认为）照片和俳句都具有高度的不可更改性：与一个细节相关（引爆器），在文本或照片中产生一个爆炸的火星：照片和俳句都不给我们“幻想”的空间。
>
> ——罗兰·巴尔特

与其说是冲洗，毋宁说是显影（在拉丁语里还含有顿悟和启示的意思）。在希腊语里，我们是让相片显现，也就是说让潜在、先在、业已存在的事物现身。无论是在负片上还是在照片上，它们都与绘画不同，不是通过从无到有的增长，而是通过去除掉不相干的部分来显现。在这一点上，冲洗照片倒是与木雕和石刻有些相似。一旦曝光成功，照片上的影像即已形成，其余都不过是后续工作了。

首先，将曝光胶卷从贴有天鹅绒的金属胶片盒里取出来，用启盖器撬开，捏着胶卷干燥的一端往外拉出。取出的胶卷必须要用片轴挂在完全漆黑的屋子里，对于胶片来说，任何一丝大于照

---

① “冲洗照片”在英语里是“to develop a photograph”。

相机缝隙的光线都有闪电般的威力，使胶片上的影子消失得无影无踪。此时，胶片上什么影子都看不见。

把片轴放进完全避光的罐子里，这罐子叫显影罐，有注液口和盖子。之后，便可带到有亮光的地方进行下一步操作。将显影液注入罐子里，让药水充分涂抹在片轴周围，注入显影液，倒出显影液，定影，再用水洗，每一步都要做好计时。之后，将洗过的胶卷在亮光处打开，挂起来进行干燥，在胶片一端坠上夹子使胶片伸直，只要不触摸，这时候的胶片是可以观看的，看起来颇像蛇皮。用手电筒照射，在放大镜下，可以在水流中清晰地看见胶片上的影子。

希腊语里 Εμφανιζω 一词表达英语里的“develop”（“冲洗”）是非常严肃和中立的。德语里的 *entwickeln* 一词是把事物从“线圈”（*wickel*）解开、打开的意思，德语词 *wickelband* 是一种纱布绑带。英语里的“develop”一词来源于法语里的 *voluper*，意为包裹。法语里还有 *développer* 这样的词语，罗兰·巴尔特的著作可以为证。

法国人表示这个意思用的另一个词语是 *révéler*，这个词语比“develop”更为确切，因为它体现了短促突然地爆发这一层意思。在摄影师的手里，像短小的日本俳句那样，一瞬间的火花，影子从隐形的胶片里出现，赋予摄影师巫师或天使的神力。

蜡光纸给人光亮柔滑的感觉。

在暗房里，借着安全灯的灯光，将一串负片放在放大机前，通过滤镜聚焦，检查出所有介于黄红色到蓝红色间的阴影，再用手提式斜面展望镜，检查出负片上所有的银颗粒。一粒粒微小的银颗粒像血红色的橙子，游进我们的视野，像云母一样闪光，又像被遮挡住的月亮。关掉放大机的灯光（如果里面有内置红色安全灯，相纸不能感光的话，也可以不关），放好相纸，移开安全灯，保持灯光继续亮几秒钟，至于究竟是几秒钟，则只能靠估算，主要依上面的感光涂层的灵敏度而定。只有放进显影液之后，相纸上才能显示出影子来。一旦显影了之后，要很快将相纸取出，放进停显液里，然后进行定影，再进行冲洗。照片在流水中卷曲，上面的影子也被扭曲了，黑白相间，像极了珐琅。将照片一张张取出，用夹子夹住挂起干燥，所有流动、变化的可能都不存在了。影子也不可以再消除，这是化学药水的作用。

从洗液里轻轻拿起来的照片，尾部先着地平放好，看起来像一只表面白色、里面黑色的翅膀。

黑白照片虽然没有彩色照片那么容易掉颜色，但是由于含有银，也会变得模糊。如果要想让它更不易褪色的话，可以先漂白一次，然后再重新冲洗一次，然后放在金水或硒调色剂或乌贼墨颜料里定影。

摄影完全是所指的投射。从一个实体（他在），最终投射到我这里（我在）。投射的过程不重要，如桑塔格所说，那照片里没有捕捉到的东西，犹如迟来的星辉牵挂着我。在所摄物体和我的目光之间仿佛有一根脐带牵系，那就是光，虽然无形，却是实实在在的物质，我和所有物体都沐浴其中。

仿佛在拉丁语中“photograph”这个词要说成 *imago lucis opera expressa*，意思是在光的作用下，影像像柠檬汁一样被显现，“提取”“凸显”和“表现”。摄影给人一些神秘的感觉，这一象征蕴含着丰富的含义：我们喜爱的事物在银这种稀有金属（银给人古老和华贵的感觉）的作用下定格为永恒，而且像其他任何可以通过炼金术提炼的金属一样，银是一种活跃的金属。

——罗兰·巴尔特

照相机的镜头是由玻璃片凹凸有致地组织在一起形成的，既清澈又黑暗。让镜头上的光圈时而聚集，时而散乱，还可看见镜头深处。*Flou* 这个法语词是“模糊”“弄脏”的意思，这个发音有趣的词语是由佛兰德斯语的 *flauw* 一词演化而来的，*Le flou* 指的就是我一早醒来戴上隐形眼镜之前的裸眼。

在亲水性的镜头上滴上水珠，便出现了一轮轮的光圈。利用玻璃上的光点投影在白纸上便可描绘摄影测量图，将白纸在深黑色的纸上显影之后就会显出白色的光圈来，而玻璃上的水珠子黑黢黢的就像海豹的眼睛。

柔光镜尤其喜水，要是不注意，忘了将它们浸泡的话，它们就会变得像干鱼片一样。放在手指肚上，蓝莹莹的，犹如一个水淋淋的披风，像水母一样，跳闪闪的，企图把自己包裹起来。

冲洗之后，蓝汪汪地滴着水，水痕也是蓝色的，水痕在湿润的时候是毛茸茸的，冷却了之后就变成一道道的纹路。这些像枝丫或口型的纹路，使整个柔光镜看起来像白胖胖的东西在睡梦中一样如梦似幻，松松散散的，像张着口的贝壳一样莹白。一旦浇上一些水，便恢复丝一样柔滑光洁的样子。它的表面是极度亲水的，一捧水足以让它们浸润得像花儿一样舒展，湿透透的。

我小时候就患了近视，但因为我总是一个人待在屋子里，好些年都没有被察觉。衣物在我眼里是模模糊糊的一团，若摸到硬物我要拿到眼前仔细分辨。哪怕是一支铅笔，一张纸，我几乎都只能靠感觉来分辨，世界在我眼里像蒙上了一层纱般朦胧。一轮新月和周围的光晕，在我看来与草丛、树枝、树叶上的冰霜并无二致。私下里我发现，把毯子披在头上或从头上套衣服，就像把自己藏进了一个小小的帐篷的时候，我反而能够看到一种模模糊糊的清晰，衣服上的孔隙看起来像一粒粒的水珠，如直线般串在一起，如蜂巢一般。

患了近视，眼睛就得眯起来，从眯紧的眼缝里看才能让眼睛看清事物。

> 为何日光穿过像柳条编织物这样的四边形，它的影子成形不是方形的而是圆形的呢？
>
> 为何我们透过筛子或像梧桐这样的阔叶树的树叶看去，或者两手交叉的指缝中间看去，日光的投影却是新月形状的呢？光线通过方形窥视孔其投影却是圆锥形的，是否与此同理呢？…… 但是，无论圆缺，月光却不会出现类似的现象。
>
> ——亚里士多德

新月（*cresens* 或 *croissant*），意味着逐渐丰满的意思。在古希腊语中，写作 μηνισκοs，拉丁语是 *meniscus*，μηνη 这一词根是月亮的意思，特指镰刀形的弯月。亚里士多德指的是日光从树叶间的小孔投下的一些小阴影，并不是我们日常生活中看到的普通光点。这种投影仅仅能够分辨而已，因为树叶没有严重遮挡光线，所以并不很分明。

希腊语中，Θαλασσα 是海洋之意，πελαγοζ 指广阔的大海，与法语中的 *la mer* 和 *le large* 同意。

萨福写道：Τω γριπεει Πελαγωνι πατηρ επεθηκε Μενισκοs

κυρτον και κωπαν, μναμα κακοζοιας. 意思是：

> 作为他浪迹生活的留念，渔夫珀拉工的父亲孟尼斯科斯为其编制一个长笼渔网，还送给他一只船桨。
>
> ——萨福

在几年前的一个早上，一个黑色的小物体钻进了我的眼睛，开始我以为是一粒小尘土或者一根眼睫毛，后来发现均不是，怎么也弄不出来。突然间，因为近视的缘故，我的眼前居然出现了一个模模糊糊的长影，像只蜘蛛一样，硬硬的，黏黏的，又像是一个皮影戏里的小木偶，高高地挂在我的视野上方，仿佛在视野之外，但又的确在视野之内，眼睛一眨动，它便也随之抖动。除了因为眼疲劳引起的头疼外，倒也没有什么疼痛感。直到两天之后，我去看眼科医生，他用灯光探视眼睛内部，告诉我在我的眼睛里的确能够看到一片膜状物，但是仅仅是一片水膜，因为我高度近视，所以可以直接分离。医生向我保证不是任何硬性的玻璃体，而仅仅是一个小水泡，不会影响到视力，也不会恶化，而且在取出的时候并不会伤到视网神经。那个医生还在一间暗房的墙上通过检眼镜的投影功能向我展示了我自己的眼部构造。在我的脑海里，那画面至今记忆犹新。他还告诉我我的另一只眼睛也有可能长了这样一个小水泡，甚至比那个还要严重。那个东西只会随着时间渐渐地被吸收却不能被取出，但是并没有任何影响。然而，我却将信将疑。每天我都能够看到自己眼睛里这个小东西造成的阴影，却并没有再去理会它。现在我几乎完全能够看见它了，也许有一天它会让我这只眼睛完全失明。

曾经看到过一条新闻，一种住在墨西哥湾海岸边的岩石缝隙里的鱼类，它们不具有视觉功能，千万年来在漆黑中生长和老死。就像人的尾巴一样，它们的眼睛在胚胎中便消失了。然而，其他生活在接近海面的同类鱼却具有正常的视觉器官和功能。当有人做实验把这些鱼的眼球晶体移植到岩石鱼的皮肤下面之后，不出几天那眼球晶体就开始生长，两个月之后居然还长出了瞳孔、虹膜和角膜等。但是移植的眼睛是否具有视觉功能呢?

星星在白日虽不可见，却可从深井底看见。

——ABD 阿尔-加巴

从医生的墙上我看到凹陷的眼窝里一个绿色的眼球和一个后像。然而在我的想象中，眼球却是红色的，眼球后部的红色肌肉投射在上面，仿若空中飘浮的球体，又似交织在一起的血河网络上一轮苍白的满月，至少更微小罢了。血液不断流向眼球，为视觉神经输入足够的养分。

在备忘录中，我首先要计算出地球和太阳之间的距离，其原理是根据一束阳光通过一个小孔照射到暗处的投影的范围来进行计算，除此之外，通过水珠的圆周面积来计算地球的体积。

选取午夜月光最皎洁的时候，再用类似的方法也可以测量月球。

——达·芬奇

水珠的圆周面积（*aqueous sphere* 或 *la spera dell'acqua*）。在此情况下，水被看成具有固体性征了，从另一种角度来说，我们在照片中的确能够看到水荡起的一丝丝波纹，一种具有整体运动的形式，在岩石上，同沙一样，被相机捕捉并定形。从水中穿越看过，直看到尽头，却什么也看不见。

无论它能够让我们看到什么，也无论它是怎么让我们看到的，胶片本身却是不可视的，我们看到的永远不是它本真的面目。

——罗兰·巴尔特

世界在我们的眼中，从来都不是纯粹的黑色和白色，而是根据不同的“灰度级”展现在我们的视野中。“灰度级”是一个新词汇，在我的打印机上就印有这个词，这个词给人以美好的联想，总是能够让我想起银鱼来。用一双新眼睛来看这个世界会是什么样的感觉呢？譬如两只眼睛各成一个系统，一只眼睛看到冷色，另一只眼睛却看到暖色。或者完全用新的眼睛去看，比如通过狗的眼睛，或通过完全褪去颜色的琥珀眼睛（也可能仅能见到红色），或通过蜜蜂的多面体眼睛——清晰的网状眼睛（仿效托马斯·布朗爵士华丽的辞藻来表达），可以对冷色看到紫外线那么遥远，却不能见一丝红色，红色却变成了黑色。如果有只能看到紫外线的眼睛，那么这个世界将没有任何阴影，每一个石头都会像宝石。或者只能看到红外线的眼睛，那么整个世界看起来都像要燃烧起来一般。诸如猫头鹰和蝙蝠这样的生物，它们适应了黑暗，在白日的阳光下眼睛却感到昏花，甚至什么也看不见。还有如蜻蜓、蜂鸟、翠鸟这样飞行速度很快的生物，它们习惯了在快速飞行中看东西，如果让它们慢慢地看，估计和我们将胶卷展开在面前看的感觉类似吧。当翠鸟俯身下冲的时候，水面上会出现它的镜像，羽毛渐渐降落，直到真实的鸟儿冲入水中叼起鱼儿，波光粼粼的水面上将再次出现它的身影，倒影与真实的鸟儿同步，简直就是一只鸟儿的三次重复。

在整个《伊利亚特》和《奥德赛》中，保护奥德修斯的女神名叫 γλαυκωπιs Αθηνη，通常译作“鹫眼雅典娜”。但 γλαυζ 即“glaux”，指的是她忠实的鸟儿——一只小猫头鹰，所以雅典娜的眼睛应该也是猫头鹰的眼睛（赫拉的眼睛是牛眼睛，即

βοωπις)。不管是否如此，根据她在不同的地方，她的鹰——一只纵纹腹小鸮，也被冠以格劳斯、萨巴雷、莉莉丝、索里图迪尼斯、斯皮罗加斯特拉和索马琳西斯等不同的名字。

雨后初霁，阳光布满无花果树叶，亮闪闪的。

灰度级是我在黑暗中看到的光点，无论我们的眼睛是闭上还是睁开，我们都能够看见。这一点也不足为怪，对此还有一个术语，叫做*Eigengrau*，被用来指“脑灰白质成像”“主观性灰色”“内部暗光”“黑暗之门”等不同的现象。

> 如果你想看到没有色彩的世界，你应该早点起床。
>
> ——让·阿努伊《安提戈涅》

几个月以前，不，应该是几年前，我就曾在正午的太阳下，对着湖边麻黄色的一卷卷白雾拍了一整卷胶片。现在在暗室里，这些装在红色盘子里的胶片呈现出雾网、芦苇和叶尖等形状，上面的尘土犹如花粉般毛茸茸的，像树眼里的一簇小亮片。那天我发现了一个灰暗的形状，之前它一定就已经存在了，只是我一直没有发现，那形状的颜色一点点变深，原来是水中倒映的一团云朵，起初很难辨认，但是用水冲洗之后，随着一口一口吹干，那倒影便渐渐明晰起来。

幻觉又似真实——οπτασια。

潮水渐渐低了下来，落日下悬崖上的岩石上，浅色的蜂蜜在湖水中的倒影却变成了深色，比它们在空气中尚湿润的时候颜色还要略深一些。

《暗室》的封面上有一个戴着圆顶黑色礼帽的人，他的面部几乎很难看清，只见他一直用金边勾勒的眼睛注视着照相机的暗室。那压根就不是照相机。事实上，他一点都不懂照相机，所以才会有那种完全不专业的注视方式。相反，他表现出来一种观察者的习惯，仿佛是在观察一些别人拍下的或旧或新的照片，一些照片在书中以原始的黑白色进行了展示，他讨厌那种黑白色，就像他讨厌尸体的假发和淡红或原黑色和白色上的污点。重要的是真实性，然而，在那一天，几乎是有些神秘的，仅仅是一些在某种物体上反射的光线吸引了他这个观察者。他争辩道，人们从胶片中看到的从来就不是胶片本身，而是事物——所指（在我们今日的数字图像中这种确定感很难再被感知了）。尽管如此，我还是禁不住思量，就从他的视野看去，我们是否能够将事物和图像之间连接起来。一旦成为摄影家，哪怕你只拍过一张照片，我们便失去了观察者的纯真，而成为了解摄像知识的人。通过摄影者那幽灵般的眼睛和快门上的手指以及暗房里通红的双手，摄影者期望胶片化为其脑海中潜藏的一种概念。在一次黄昏后，我冲洗了一张又一张湖上风景的照片，直到一整卷胶卷都冲洗完毕了，都未能得到与我头脑中的概念相符的照片。我心中所想的是经过好几个小时的照射，应该有一束锥形的光束依然悬挂其间，在阴影间晃动、躲闪才对。可是，我得到的都是一些我渴望得到的效果的各种变异。

> 摄影有复苏的意味：即使不能和拜占庭人所流传的关于基督复活的故事相比，但是它也并不是出自人为之手？
>
> ——罗兰·巴尔特

将视网神经上的一个投射反映到胶卷或亚麻和丝质的相纸上，有何改变呢？将现实转译成一种特殊的人眼能够感知的静默语言，有得还是有失，抑或是两者兼有？同大脑一起，眼睑吸纳了这些、熟知了这些。

在奥克兰一次纪念高更百年诞辰的展览会上，有一个“太平洋专题”展览了一些小心保护的作品，是一些纸张和木刻作品，还有一些水墨画，这些画原本是收集在一个小册子里的，在展览的时候便都拆卸开来悬挂着，像暗室中悬挂晾干的胶片一样，一页页看上去就像泛黄的细胞膜，虽然颜色淡淡的，却有一种教堂里色彩斑斓的玻璃那样半透明的感觉。发给参观者的小册子上有艺术家的亲笔签名，巴黎的保罗·高更等字样赫然映在眼前。墙上还挂有一句高更的话，是这样说的：到我舍下来参观的人看到了一些画作，万分为难地，他开口向我索要一些作品。要我给予他我的作品，我是万万不能的！因为它们是我的书信，是我的秘密。每一个人都既具有公共性也具有隐私性，我能让人看到自己光光的身子吗？毫无疑问，不可以。那么，这些作品的展览便具有了在昏暗的灯光下剥掉他的衣物的意味了。

在病入膏肓的最后时刻，高更居住在波利尼西亚的希瓦瓦岛上，来往的友人也很稀疏，他曾将一个在那里制作的木刻作品赠予一个匈牙利画家，当时的情景是，高更让这位画家在整个三小时的拜访中都躺在这个作品之上，后来这位画家对此情景进行了描述，在作品的背面他写上了“以最原始的方式”这样的字句。他的最后一幅作品是一张版画，名为“站立着的裸体女人”，在午夜画家去世的时候，画作上的墨迹尚未干，散发着艺术家男性的汗味，还留有他的余温，这幅画作蕴含了作为公共人和私密人的高更。它是艺术家在世时的最后一部作品，然而这幅值得纪念的作品现在流落何处？

在他回法国做短暂停留的时候曾创作过一个面貌凶残的塑像，被命名为“奥维奇”，即野人的意思，此塑像并没有被卖掉。在艺术家去世之前的三年，他曾写信要求将此作品寄往塔希提，他想将此塑像置于自己的墓顶，却遭到了拒绝。现在在他位于希瓦瓦岛上的坟墓边，有一尊此雕塑的石膏仿制品立在旁边守护着他。在坟墓旁，被命名为奥维奇的女性裸体塑像代表了死亡女神，另一边还有一个雌雄同体的塑像，是作者的土陶自塑像，那塑像瞪大眼睛活像一具尸骨。在奥维奇的腹部周围还紧卧着一只狼崽。在她的脚下是一只成年狼的塑像，正张着血盆大口嚎叫。要是艺术家还在世，他也许会告诉我们那是一只孤狼，是像伊索寓言里那样骨瘦如柴却不愿意受到任何束缚的狼。躺在地下的艺术家此时已经是堆身影长长的白骨和一排雪白的牙齿了吧。

我能听见远处的湖水里有一只划艇的声音，不过只闻其声不见其影，此外还夹杂着滴水声和其他一些空洞的声音。在漆黑的夜空下，湖泊看上去像一间昏暗的屋子，各户人家传出的声音也分外静谧。

胶片静默的语言在黑白照片里却显得更加沉淀，这是为何呢？难道是因为黑白纯净的世界远离我们现实的尘嚣？沉着、深邃、富于表现力和纹理性等都让胶片看起来像裸露的皮肤。上色了之后，事物的影像就变得清晰起来，在色彩对比中，世界也得到了显现。几乎所有的图片都具有这样的特点，在光线下，透明胶片的图像就不再受到任何束缚地暴露在我们的视线里。照片和胶片在清晰度和感情色彩上均有区别，照片上仿佛蒙上了一层牛乳，而胶片看起来却似水似冰。用胶片拍摄如在空中用纯粹的光与影作画，头脑中的想象瞬间被捕捉。

“半透明”这个词的希腊语单词是 διαφανηs。

一只密封起来的蜘蛛居然有人那么大，也许它是一个神灵，是灯塔里照明的火焰，也许是温哥华水族馆里的一条太平洋章鱼。我用一整天时间观察它，遗憾的是居然忘记了举起相机来拍照。这只蜘蛛还依然活着。蜘蛛的寿命很长，它的肉身虽然被禁锢了，但是它的灵魂却如大海般自由，毕竟它是一只海洋生物，此时依然还是一副冲向大海的姿态。最初它在休息，几乎看不见，站在水池外，你只能看得见一个岩石的洞穴，然后有几条小鱼游过，突然之间岩石上鼓起了一团东西，毛茸茸的，还有角，长长的触须上长有葡萄样的斑点，在幽暗的深水处，它的眼睛像两条口子，还有一张猛禽一样的尖嘴。在橱窗里，它阴森森地注视着你，眼睛一动不动，但是脑子里却装满了诡计，这只生物在这个世上活了很多年了，记忆在它的大脑上一定留下了深刻的褶皱。它汩汩地冒出泡来，身上的岩石便松动了，那是一块紫红的石头，有很多波浪一样的纹路。那蜘蛛看起来像一张美丽的沙丽，是黑公主蒂劳柏迪身上那件在风中不停飘展、闪闪发光的沙丽。它撒起欢来，抱紧了自己的触须，高高地漂浮着，用它那坚硬的头不断地撞击着橱窗的玻璃，撞了一下又一下，就像一朵盛开的卷丹花，又逐渐收拢。它的身体里本不该有一滴血，却染红了一缸子的水。

阳光透过一片低矮的云照射到湖面上，一只水鸭静静地游过湖面，身后留下一串鱼鳞样的波痕。一对丝鹭从我身后踱步过来，小心翼翼地观察着我，当我一凑近就蹬着优雅的长腿飞走了。

要是一个人渐渐或一夜之间无法识别颜色了该会怎样？这样的事情的确在一些人身上发生过。如果世界完全失去了色彩，那将意味着比起彩色来毫不逊色的黑白二色的魅力你也无法再领略了。黑白二色具有非常奇特的魅力，是如雕塑一样去除掉冗余的颜色。

胶片和照片具有被称为“色彩感”的因素，而色彩感是可以被描述的。它表现为一系列文字中的一个图像，又如黑土上的一堆白鹅卵石，或是电灯丝周围的光环。

> 尽管光更轻也传送得更远，为何声音可以穿透密度较高的事物，光却不能呢？是否因为光是直线传播，所以遇到障碍就完全被堵住了，而声音却可以绕道而行呢？
>
> ——亚里士多德

雾翳笼罩的海湾里只能微微见些太阳的光晕，然而远处号角的声音却听得分明。

等式的各种变量有光的强度、透镜的直径、距离、曝光的时间等。投射的影像穿过透镜和小孔会成倒影。从物体上投射的光圈，无论多小都被称为模糊圈。根据小孔的大小，模糊的程度有所不同，最小的孔可以吸收进一些松散的光线，照射到等同于视网膜或胶片的墙壁上，我们看到的不是光点而是光圈。孔越小，模糊圈则越小，图像就越清晰；孔越大，模糊圈也越大。如若其足够大的话，模糊圈就会重合，就会像近视眼看东西一样模糊。比如，将一个头戴黑帽的人的两张全身像放在屋子外面，分别从墙上的一个小孔和大一些的孔向对面的墙照射。在两次照射中，全身像的冒顶到脚底会交叉形成两个三角形，在小孔处会出现两束背靠背对立的一模一样的扇形光。经过小孔的光紧密地聚集在一起，形成倒立的全身像，图像上像蛙卵一样聚集着许多光圈。然而从大孔投射的光却很模糊，光圈看起来像水中的雨点，在模糊圈中渐渐消失了。

维梅尔可能已经使用过照相机暗室。在《戴尔福特之景》中，船身直到右边的远景上都有许多光圈，看起来像网眼织物，这是相机暗室典型的特征，但是这唯一的证据也并不具有很强的说服力。那种画布上紧致细密的画法所得到的似远又近、似是而非又很空灵的奇妙感觉，包括那些光点，是两百年后亨利·福克斯·德宝用他的箱式相机才能得到的效果。那种纯净的光影在德宝的后继者卡特林的《阳光风景照》中得到了更好的表现，如那张蜻蜓点水照里，如镜的湖面上的倒影如水墨画般。许多人持维梅尔使用了达·芬奇使用的那种镜子这一观点，有些人甚至认为维梅尔压根就没有使用过任何光学器材。

> 在1930年的5月，蒙克右眼的一条血管破裂了，他左眼的视力本来就很虚弱，这几乎让他完全失明。他只好利用同心圆光谱来作画，他在一张纸上表现自己受损的眼睛，在中间受损的部分，他往往画上一只飞鸟。
>
> ——阿尼·艾哥穆

> 死亡必定是漆黑的。光和色是具有同一性的。画家就是利用光线进行创作的人。死去，应同被取走眼睛差不多。再也不能够看见——应同被扔进地窖般。
>
> ——爱德华·蒙克

西西里阿科拉加斯的恩培多克勒将眼睛比作防风灯，防风灯上的护栏和窗格可以保护灯不受风雨的侵袭。人的眼睛也是如此。瞳仁是那重要的火，被包裹在眼膜和其他精密的组织下，这些组织可以将水隔绝开，却让光透进来。

偶尔，蒙克会画一些深蓝色的作品，那是一种深夜里一浪又一浪的深蓝。他曾经告诉一个朋友，他很吃惊为何古希腊人会认为死亡是蓝色而不是黑色的，这种想法应该只有终年生活在灰暗的北极天空下的人才会有，而希腊人常年受到阳光普照。他曾在《伊利亚特》中读到这样的诗句：蓝色的死神让他闭上了双眼。

然而，《伊利亚特》中一个接着一个，死亡都是黑色的，比如死亡的阴翳、黑暗的死亡、死亡的黑暗，还有死神的下颌、手和尸布也是黑暗的，我却并没有看到任何有关蓝色的死亡这样的说法。莫非黑暗和蓝色是同一种意思（比如穿着蓝色的披风吊唁）？不过，暮光毕竟是蓝色的，灯烛、夜间的灯笼以及所有金色和红色的火焰周围都会有长长的蓝色火苗。另一方面，有些学者认为希腊人对蓝色的看法与我们并没有差别。荷马时代的天空是金色的，海洋是黑色、白色、紫色或绯红色，酒也并不是蓝色的而是黑色的。黑色在希腊语里是 πορφυρεοs，明显具有蓝色含义的单词是 κυανos，是深蓝色的意思。那么在一个失明的人眼里，天空完全有可能是正在融化的火炉，一罐子美酒也可能是苦水，诗人往往拥有与常人不同的眼光。在《伊利亚特》中，他的确提到过 κυανos，那是在忒提斯看到赫克托尔骑着黑色的骏马奔跑在特洛伊的土地上时，用来描写她那深色的面纱的。蓝黑色、黑蓝色，抑或是蓝色和黑色是相互替代的？

κυανoχαιτηs——指深色的鬃毛，浓密的毛发和形容波塞冬的。

κυανoπεπλos——描写谷物女神得墨特尔哀悼她的女儿时脸上的面纱。

κυανos——是青金石。

κυανεos θαλαμos——冥后佩塞芬尼的寝宫。（萨福诗歌）

萨福的名字并不来源于蓝宝石（“sapphire”），而是青金石，因为她皮肤黝黑，眼眸深邃，头发浓密。“Φερσεφoνας κυανεos θαλαμos”即佩塞芬尼黑暗的寝宫，是从一句碑文而来：此处是蒂玛斯的尸骨，在其未及婚嫁之妙龄被掳进了冥后佩塞芬尼黑暗的寝宫。Φερσε 是掳人者，φoνas 是－φoνη 的形容词，－φoνη 不是声音“phone”，“phone”中间是 ω，写为 φωνη。φoνη 是死亡、杀害、屠杀的意思。这个寝宫实际上指的就是黑色的大地、土坑、子宫、冥府、基督在逾越节期间用耙子翻动的地狱这一类的事物。

佩塞芬尼类似于盖尔语中的女妖卡利亚哈，即被称为“蒙面修女”的女巫王后。她生活在山顶上，传播冬季恶劣的天气，在面纱下有一张青黑色的脸，但是仿佛这个干瘪的老妖婆（“Crone”）又是春神的娇妻。

“Crone”即“carrion”，它们两个是同一个意思。

亚里士多德的彩虹（ιρις）有蓝色（κυανος）和绯红（πορφυρεος），以及泰尔红紫。在深渊和壕沟和血红色中，在明朗的夜晚，火把和星光辉映的时刻，他一定发现过北极光，北极光是在幽蓝的夜空里绚丽多彩的现象，是天空的光亮被迷雾遮挡和折射汇集所致。柏拉图描绘的冥河发源地也与蓝色有关。难道死亡的色调真的一直是蓝色（比如将死之人总是面色青紫）？在《伊利亚特》中，至少有一个有关死亡的词汇是紫色的，即πορφυρεος θανατος。

《红色》。

792

我们一直遗忘了介于黄色和蓝色之间的颜色。我们来构想一种纯粹的红色，如白瓷上面变干的深红色。为了便于区分，我们将这种颜色称为洋红色（“purpur”），虽然我们清楚远古时候的人们所认为的紫色更接近于蓝色。

——歌德

黑暗蒙住了他的双眼。

在温柔的九月，在舒缓、忧伤的米迦勒，
并不是每个人家中都能够看到龙胆草。
巴伐利亚的龙胆草，高大、沉稳，但却阴沉，
如火炬般发散出冥王似的阴郁，
令白日也变得晦暗，
那些地狱之花，任随强风逗弄，
却卓卓而立，舒展开来，连绵的叶子铺成一片蓝色的海洋。

——D. H. 劳伦斯

像墨翟这样的中国古圣先贤就曾经用小孔成像的实验来研究光的直线传播，但他并没有研究为何小孔成倒像。埃及人和希腊的各学派都竞相发展了光学，还渐渐发明了几何学，但那仅仅是建立在猜测和盲目追求的基础上。亚历山大港的图书馆对勤学好思的人来说是一座灯塔，也是学术的圣地，然而却在大火中几乎毁灭殆尽。幸而柏拉图和亚里士多德学派的作品保存了下来，这些书籍中包含了他们所关心的许多问题，许多为什么。比如光与影的秘密，还有小孔现象。但这些谜团一直未被解开，科学的灯火在整个欧洲已经逐渐熄灭，小孔成像成为一个无法解释的谜。

在中东地区，科学之火却气数未尽，阿拉伯的学者、文士、数学家、天象学家保留着科学的火苗，竭尽全力打捞着古希腊的思想成果，他们把古希腊的思想文明翻译成阿拉伯文，在他们所到之处传抄、研究和留下这些成果。其中最著名的学者是艾布·阿里·阿尔-侯赛因·伊本·西拿（即阿尔哈森），他以学识广博、思路清晰和经验科学的头脑而闻名。在9世纪，他生于巴士拉，但是他的职业生涯大部分时间在开罗，他是继欧几里得和亚历山大的托勒密之后几百年里最重要的科学家，是伊斯兰世界最重要的天文学家，另一个托勒密，也是西方的光学奠基人。阿尔

哈森仅有少量手稿存留下来，若非一个偶然的机会，一位西方翻译者从阿拉伯世界得到了一本他的著作《光学书》，此书也会永久掩埋在沙漠里不见天日。这位翻译家将《光学书》翻译成拉丁语，点燃了西方几位奇思妙想的头脑，罗杰·培根就是其中之一。

培根是中世纪之子，却怀有文艺复兴时期对实用性知识的追求。他不仅是一个炼金术士，还热衷于搞各种光学实验，做过透镜、棱镜、平面镜、火焰镜、烟花和从小孔观测日食等诸多实验。他虽然是一介僧侣，却本着实验的精神而非空想和信仰来进行科学研究。为了做科学研究，他曾在一个夜晚，将自己从福利桥上投进牛津的伊塞斯河，测量星星的高度和距离。其他方济会士将之视为邪灵术士，而将其投入监狱，直至14年后惨死狱中，但他从来不曾后悔过。

> 一言以蔽之，人创造了数不尽的非凡事物，他们能够修建横跨在大河之上而无任何支撑物的桥，还能创造许多之前闻所未闻的器械和引擎。
>
> 但是物理的构想却更加奇妙，如果我们用许多透视镜和平面镜来看事物，我们就会看到很多这种被观察的事物，如果我们观察的是一个人的话，我们就会看到一整队的人，还能够通过这种办法看到许多的太阳和月亮。使用这种方法，我们大可看到尽可能多的事物，使用这种方法，我们甚至可以让数个太阳和月亮同时出现在天空……
>
> ——罗杰·培根

虽然这些研究仅仅是《光学书》的一点影响，但是却足够引燃火焰。另一大损失是阿尔哈森对托勒密《光学》中一篇遗失的手稿所做的总结也遗失了，托勒密的手稿是在9世纪的时候从希腊流传到阿拉伯世界时消失的，否则后来的学者会从那篇文稿得到更多启示。双重的损失，就是一个损失加上另一个损失，就像镜中镜的图像消失了一样。阿基米德的文稿《论镜子》是另一个长久消失的镜像，这篇文稿讲述了阿基米德如何用镜子在塞浦路斯港烧毁罗马的一整艘战舰。奇迹般的，这一古老的瑰宝在现代再次露面。1906 年，在伊斯坦布尔，偶然中发现了一份希腊语的羊皮手抄稿，之前仅有部分拉丁语的译文为人们所知晓，其余部分则从未有人见过。那份手抄稿意外地被一位技艺高超的僧侣藏在祈祷书里。祈祷书日益损坏，在 1204 年君士坦丁堡被占领之后，这位僧侣开始进行修补。他求得了一块羊皮纸，利用羊皮纸原理，将文字用药水和牛奶等洗刷掉，再用胆铁油墨写上祈祷文，却无意中保护了手稿。他的处理工艺并没有将原文完全抹去，《论镜子》及其他原文都完好无损地保存下来。其后的六个世纪里，这部祈祷书经历了一切天灾人祸，在马沙巴修道院保存下来，其秘密也无人知晓，直到 20 世纪被贩卖或偷盗并失踪，现在又再次出现。通过红外线和紫外线下的磁性和多普线成像等技术，其内容得到了解读。

> 让可见的事物不可见，让不可见的事物可见。
> 艺术不是生产可见之物，而是让不可见之物可见。
>
> ——保罗·克利

> 我们是隐形之王上帝的工蜂。我们忙碌地采集可见之蜜，是为了将它们累积在隐形的上帝伟大荣光的金色蜂巢里。
>
> ——里尔克《书信》

在拜占庭的圣像中，长相甜美的幼年基督坐在圣母的大腿上，俨然成年像的缩影。他们的眼窝深陷，圣母看起来很老，但是基督身上却没有任何岁月的痕迹，一个看不出年龄的缩微像，一点都不像小孩，更不像文艺复兴时期的婴孩塑像。看起来是那么的不和谐，然而，塑像的雕刻家同朝拜者一样深刻地明白，这些塑像是要将人的精神境界带往超越世俗的神秘神圣之地，胖乎乎的圣婴不能达到这种意境。

在基督教统治的欧洲，主流文化受到古代哲学思想的浸染，充斥着自我塑像、圣像、外皮、外壳等可视图像，与此同时，眼睛也发散出光芒，内在的光焰与外在的光焰相接，让一切可视的事物得到理解。在加仑看来，这些光线是同蛛丝一样一条一条的线；对欧几里得而言，这些光线构成以眼睛为顶点的锥体；对亚历山大港的托勒密而言，这些光线构成金字塔。然而阿尔哈森在11 世纪的时候证明他们都错了。可视的光线不过是一种幻觉，眼睛仅仅是一个接收光线的器官。他还对比作了详细的分析。

在阿尔哈森的时代，开罗笼罩在光与影的奇妙世界里，那时的开罗充满了各种新奇的玩意，是皮影流行的时代，也是《一千零一夜》诞生的时代，是一个幻象和真实层层交错的时代。幻象和真实能够分辨吗？光的幻象就是光的真实！虽然他本人也近视，却有如此洞见。阿尔哈森密切地关注和剖析后像。亚里士多德认为后像乃是由于人们梦中之所见被滞后感知造成的，却未注意到后像都是色彩颠倒的，黑色变成白色，红色转成绿色。歌德也曾短暂地对光学后像做过狂热的研究。

阿尔哈森研究了视网膜上的盲点，因光线组成的图像在晶状体上经交叉之后进入眼眶，他认为晶状体就是视觉后座，在此图像是颠倒的。但是我们看到的图像却并不如此，又是在何处图像正过来的呢？在有实验证据的情况下，他宁可不相信自己眼睛看到的真实情况。他是一个谨慎的实验者，暗室对于他而言就和集市上的皮影一样熟悉。他曾采用亚里士多德观察新月图像的方法，利用暗室来观察日食，他还证实太阳的投影图像对眼睛没有任何伤害。他甚至捕捉到了新月投下的新月形状的影子，虽然那只是非常模糊的阴影。其方法是在远处按不同角度放置一排点燃的蜡烛，观察烛光通过同一个针孔留下的影子，并对这些影子进行测量和记录。但是他是否曾观察到颠倒的图像，是否观察到了晶状体后面的秘密，我们今天仍不得而知。

52

天色渐晚的时候，我走进了一家小旅馆。一个姑娘走进了我的房间，她肤色白皙、神采奕奕，一头乌黑的长发，身着一件猩红色的紧身衣，样子非常招人喜爱。在光影交错之间，我仔细地打量着她。当她离去之后，在我面前洁白的墙壁上，居然赫然印着一张黑色的脸面，周围包围着光亮，之前猩红色的裙子也变成了海绿色。

——歌德

仿佛一切事物都有一个隐秘的、幽灵似的相反的自我，只有当真实物体离开之后的一瞬间才会被察觉到。蒙克也有过类似的经历。他看见一张红色的弹子球桌变成了绿色。这是一种什么样的幻象啊？不是和浮士德的梦境很相似吗？

在阿尔哈森去世四百年后，列奥纳多（即达·芬奇）宣布眼睛为一个活暗室。他修建了一个小房子，捕捉和记录从针孔射入的光线在半透明的屏幕上的影子，眼睛具有与小房子一样的成像原理，他以此来说明太阳光下的事物是如何被剪切和颠倒的，并将其命名为假眼。除此之外，还有阴暗议会等其他说法。开普勒将小房子缩小成可以携带的大小，我们称之为照相机暗箱的事物便诞生了。后来终于发展成相机里面具有视网膜功能的零件。

充满了视觉想象的双眼，似契诃夫笔下的爱，是一个神圣的谜。

开普勒自己的墓志铭：

我曾测量天空，
现在测量幽冥，
灵魂飞向天国，
肉体安息土中。

Mens，即*mensus*，测量之意，为何总是被翻译成灵魂呢？

（普罗提诺也是一个具有双关意味的词语，既有爱又有视觉之意。）

英语里的招魂术（“necromancy”），即让死者起死回生的技艺，到中古英语因受到拉丁语的影响，演化成了*nigromancie*，意为黑色艺术、黑色魔术。

在我们的罗马市民中，流行着一种庄严神圣的习俗。将垂死之人的双眼合上，在其断气后，将尸体带到葬礼的火焰之前，再次把眼睛打开。这一习俗的意义在于，死者在最后的时间里眼里不要再装尘世的活人，但到了天堂之火面前，则是睁开双眼的时候了，这时候再紧闭眼睛也是有罪的。

——老普林尼《世界通史》

22 眼睛就是身体的灯。如果你的眼睛健全，全身就是明亮；

23 如果你的眼睛有毛病，全身就都黑暗。如果你里面的光变成黑暗，这是多么的黑暗！

——《马太福音》

罕见的日食，黑暗的阴影如潮水般将日光缓缓淹没，鸟兽躁动，植物低垂，然后，整个世界一下子静了下来。人们起初因恐惧黑暗而发出震耳欲聋的惊叫，但是逐渐在一种眩晕般的感觉中，遗忘了白日的喧嚣，仿佛世界已陷入永恒的黑暗。即使用镜子照也无济于事，此时镜子跟石头也没任何区别。在中世纪，人们使用染色玻璃，太阳看起来就是暗暗黑黑的样子，还有许多蜂窝眼、纹路什么的。但是依然有一些严肃的天文学家，如牛津的培根、巴黎的圣克罗德、阿尔勒的拉比·列维·本·格尔森、墨西拿的马若利科（诨名“黑狼”），透过针眼去观察日食现象。

即使在文艺复兴时期，意大利教会也曾下决心改革日历，以便一劳永逸地解决长期以来无法确定复活节日期的问题，对天文观测发挥了重要作用。逾越节是一个移动的节日，复活节是根据当年满月的日期和春分的日期而变动的。当然，月亮阴晴圆缺，变化无常，遵循自己的节奏。纵然这种节奏是有规律的，却并没有或没有明显与太阳的节奏保持一致。月亮有阴晴圆缺等变化，而太阳是直线行驶的。但如果观察和记录下一年中每一天正午时分的太阳的行动轨迹的话，或许会看到它以一条直线的轨迹，逐渐从南半球撤退而向北推进，那么它的行动轨迹便可以非常清晰地被观察和记录，春分的确切日期也可以定下来，复活节的日期也就随之确定下来。

这一观测工作需要在一个穹窿高又很黑暗的房子里进行才好。一些卓越的天文学家利用教堂屋顶某一特定处的小孔进行观测，以便在殿楼里透过小孔观察正午的太阳。最著名的例子是在博洛尼亚圣佩特罗尼奥教堂所做的实验。圣佩特罗尼奥教堂是一个以玫瑰赤褐色和象牙色为主色调的美丽教堂。这个有庄严色调和蜂窝路面的教堂，被当作一个巨大的暗箱，然而，里面却并不是特别暗黑。炎热的太阳，透过通风较好的屋顶和柱子照耀下来，只能看见一些像筛子一样的亮光和阴影，光亮在其间回荡。

在正午的时候，通过屋顶的小孔，观察和记录下盛夏和隆冬之间太阳运行的轨迹，夜间则可以在教堂大理石路面上进行星象观察，将两者结合起来，对此问题便有了一些答案。

以教堂为暗箱，加之小孔、太阳、大理石等，使一切都具有了神圣色彩，好像某个神或天使在捕鱼，那黑暗的小孔便是水井，神用来刺比目鱼的金枪便是日晷。

犀利的目光还将看到一些别的东西。太阳的图像沿着这条线，随着与地球距离的变化而不易察觉地发生着一些变化，距离地球越远，它的图像也就越小。开普勒说得很对，太阳运行的轨道是椭圆形而非圆形，这一见解为天文学的发展做出了伟大的贡献。那是对太阳的顿悟，是对教会中心说的否定。

在 1906 年隆冬一个阴冷的早晨，年轻的诗人里尔克作为罗丹的秘书与罗丹同去沙特尔大教堂。一个天使的塑像引起了他的注意，他在诗歌里将这个天使称为“日晷天使”（“*L'Ange du Méridien*”）。被称为日晷天使的雕像是一尊石像，日夜守护在教堂里，圣洁而不食人间烟火。突然袭来一股冷风，天使一脸祥和地端着手中的日晷，仿佛太阳永远都在他的眼中，而站在他面前的雕塑家和诗人却似两个受诅咒的灵魂……

> 仅仅在一刹那，我们看见天使大斗篷一般升起的姿态，纤巧而饱经风霜的他伸出日晷迎接一天中的每一个时辰。在风霜中他的容颜日渐衰落，然而，他祥和的微笑里却全是顺从和接受，纯净得像天空的倒影，无限的美丽。
>
> ——里尔克《书信，1892—1910》

> 在任何一个太阳照见水的地方所滋生的生命都能看得到太阳，还能看得到太阳投下的影子。
>
> ——达·芬奇

希腊东正教认为唯一的太阳只在顶点存在，即天堂。那个太阳具有人形，即全能的基督，一个黑暗的太阳。

鹦鹉螺是一种软体动物，又名“水手”，其外壳如盘在一起的线圈，在海水深处活动。外壳呈虎斑纹状，壳内有一圈又一圈的凹槽，和贝壳内壁一样平滑，是一种活化石。摇晃着像一个人头。鹦鹉螺是船蛸和墨鱼的近亲，但是没有可以喷出墨汁的黑色墨囊。它时左时右、时上时下地摆动，以此来搅动洞穴里的水和空气。它们面对面交配，九十来条触角相互缠绕。它扁平的眼睛向两边倾斜以保持图像稳定，没有水晶体也没有角膜。鹦鹉螺的眼睛是原始生命的眼睛，具有最原始的特点，仅仅是一对小孔，水甚至可以在这对小孔里流进流出。如果整个大海是一只眼睛的晶状体，那这只眼睛会看到什么样的景象呢？

> 有一天，当他们庆祝完弥撒之后，看到了海上有一根柱子，看来那柱子似乎并不遥远，但是他们却用了三天才接近它。当上帝的人走近它，试图看到它的顶端，他却不能，因为那柱子是那么的高，直入云霄。另外，它的外面还套着一张织得很松的网，包裹周围。网眼很大，船都可以通过。他们无法得知那网是一种银色的什么材质织就的，但是却比大理石还要坚硬。看起来像明亮的水晶柱……
>
> 当他们走进去四处查看，从里面向外看大海仿佛是透过玻璃看去一样清晰，水面以下也清晰可辨。他们甚至还看得见柱子在海底的底座和渔网的底部。海底的太阳光与海面上一样明亮。
>
> ——《修道院院长圣布伦丹之航行》

在充分的月食下，能强烈地感觉到明暗的对比。太阳的光芒被地球阻挡，红色的日光从大气折射到阴影锥和正在接近的月球上，像缓缓地往地球的阴影里镶嵌一面铜镜一样。

> 让我们看看史前时代人们的宇宙论基本观。生活在欧洲西北部贸易路线上对科学感兴趣的人，能够较容易地收集到来自遥远地方的信息。他们可能听说过在安斯特岛北部月亮会在极地附近停驻几天。人们都可以观察到自己头部的影子，无论落在任何形状的事物上，都变成球体。一旦观看到船只后退了，便知道这种现象消失了。但是如果人们爬上一座小山，船只会再次映入眼帘。人们知道，发生在满月时候的月食，任何穿过月亮的阴影都是圆形的。这可能导致他们这样的想法："我的头是球形的，它的影子是环形的。太阳在我身后。也许我看到了地球投在月球上的影子。"关于消失的船只和球体形状的月亮的记忆，启示了他们地球也有可能是球体。
>
> ——亚历山大·索姆

在月食中，地球在月球上投下的新月形影子证明地球也是一个球体。根据书面记载，这一观点最先由亚里士多德提出。恩培多克勒认为，太阳的本质并不是火，而是火的折射体，类似于水中映现的火影。而且他认为，月球上充满火燃烧后的气体，因而其表面坚硬如冰雹。月亮的光线是从太阳获取的。阿尔哈森在论文《关于月球表面上的痕迹》中指出，月亮是唯一不发光的天体，提出了月球表面黑色的物质是云，地球上的海洋和山脉的投影和月球上的山脉及月球是一个半透明体，而黑暗形状的阴影是天空中某个在其后面的天体的影子等诸多可能性。月球的某些部分可能会比其他部分密度高。列奥纳多在他的笔记本上做过这样的猜想，比如其中一部分是雪花石，而其他部分则像水晶或玻璃，能够吸收和反映更多的光。列奥纳多不同意亚里士多德的观点，理由是在这种情况下，随着太阳和月亮的转动，黑暗的部分和光亮的部分就会一起变动。在他看来，月亮是一个水体，一个可以吸收阳光和制造云雾的大水球，我们看到的阴影是月亮上弥漫的大雾。月亮上的黑夜，即旧月亮被新月牙所包围的时候，实际上是地球上的海洋的倒影。

> 如果眼睛是月亮那么大的水球，那么在这个光滑的水球表面将会映现整个太阳的光辉形象。
>
> ——列奥纳多·达·芬奇

> 如主脚下的奴仆，
> 海没有一丝躁动；
> 明亮的巨眼静默地
> 凝望铁铸的苍穹。
>
> ——塞缪尔·泰勒·柯尔律治《古舟子咏》

镜头收集和反射光。毕达哥拉斯学派的斐洛劳斯是另一个认为地球围绕其转动的太阳不是火构成的而是水晶岩构成的科学家。他认为太阳是一个巨大的晶状体，吸收其周围我们无法看见的天体发出的光，而那种光才是真火的来源，才是这个世界真正的炉膛，是宙斯的哨所和会晤场所，是众神之母，也是圣殿，在宇宙中散发着光芒。那个不可见的太阳加上我们看到的燃烧的晶状体共有两颗太阳，通过折射到我们眼里的光线让我们感知的太阳则是第三个。那是影子的影子，比柏拉图的洞穴还远了一步，是一个不可见的太阳。另一方面，亚里士多德认为地球是宇宙唯一固定的中心，而诸如太阳、月亮和星星等其他星球都是一些以地球为核心旋转的晶体。比他早些和与他同时代的其他人则认为这些星球都是一盏盏天庭里忽明忽暗、周而复始的灯盏，从海上发散的雾气不像是水变的，倒与燃烧的火把或岩穴神庙里的香火散发的烟雾颇为相像，因而他们认为那是天堂里点放的灯盏排出的烟雾。水、空气和火融合在一起，物质达到某种不稳定的平衡，产生蒸汽。萨满教的临界状态、彩虹和日落都让人想起这种蒸汽。杀祭祀的牛羊时，用来接住牲口的鲜血的盆子里也有蒸汽，那也是一种临界状态。

邪魔是活着的火。

——普罗提诺

渐渐的，亚历山大的托勒密作为数学天文学的集大成者被认为是伟大的天文学家，阿拉伯的后继学者将其尊奉为最伟大的，他们在伟大前面加上“al”这个前缀，简而言之，即为“最”的意思，也是他们让托勒密成为世界知名的天文学家。托勒密写道：我在脑海里搜索成千上万按照漩窝轨道转动的星球。

继亚里士多德之后，托勒密学说的宇宙观普遍接受了宇宙充满球形星体的观点，他们认为地球是宇宙的中心。阿里斯塔科斯——一位出生于萨莫斯、在亚历山大工作的天文学家，挑战了这一说法，提出了太阳系，但遭到托勒密的漠视。托勒密那时是权威，他的思想与各主教联手，缔结成不可摧毁的体系。罗马天主教的势力使这一观念在欧洲禁锢人们的头脑达几千年之久。如果当时没有这种禁锢，现在的文明程度可想而知！要不是突然有一天一个托勒密看到了太阳是静止的，整个中世纪欧洲的灵魂便将是另一番光景。

（这样的世界也不会有但丁！没有《地狱》《炼狱》《天国》等诗篇。）

与埃及人一样，阿拉伯人在沙漠里定居，而不是靠近海边。战地诗人阿穆尔为哈里发赢得了胜利，作为总督的阿穆尔未受到大海的吸引，而严攻这个内陆港口，致使其城里的人们落荒而逃，却保留下这个港口城市，即后来的开罗。阿穆尔一直希望能够从一个思维敏锐的人那里得知临死的感受，于是就在那里，在他将死的时候，一位朋友问了他这个问题：人之将死是什么滋味？阿穆尔回答道：我感觉整个天堂与人间拉近了，我身临其间，从一个针眼里呼吸。

阿拉伯人并不是野蛮人。在阿穆尔攻破这座城市之前，阿拉伯的城市早已消失，她的文化随着时间的沙漏也逐渐流失了，这都是拜罗马人所赐，他们将这些沙漠祖先连同他们的信仰一起消灭掉了。在阿拉伯人的手中，这座城市并没有完全苏醒，和许多大理石堆砌的城市一样，一半在阳光里，另一半则浸泡在海水里，仿佛被施了魔咒一样，几千年来沉浸在“阿拉伯之夜”的睡梦之中。

无论是在白昼还是在黑夜，整个城市看起来都是黑白色的。墙壁和路面都是白色大理石砌成的，而来往的行人都穿着黑色的袍子，大理石散发出耀眼的白光，僧侣们只好穿着黑色的衣物。因此晚间出门最为痛苦……在那里的夜晚，裁缝不用照明即可穿针引线。每个人进来都会蒙上自己的眼睛。

（现在在那里，男人们从头到脚都是白色的，女人们从旁边走过，倒反而像是影子。）

不久后，七个古老的奇观之一的灯塔倒了。首先，灯笼坠入海中，然后地震让整个大理石塔都倒塌了，整个中世纪将这一事件视为神迹。

第二层是八角形的，除了螺旋式的楼梯，没有别的空间。第三层是环形的，再其上是那个最重要的灯笼。灯光的位置是不确定的。游客们在谈论一种什么神秘的“镜子”，据说比灯塔本身还要神奇。什么是这个“镜子”呢？是不是一个用于在夜间反射火光、在白天反光通信的抛光钢板呢？有些说法认为那是用做工精细的玻璃或透明的石头做的，并宣称坐在石头下面可以看到肉眼看不见的船舶。难道是一个望远镜？有没有可能是亚历山大学派的数学家们发现了透镜原理，随着灯塔的倒掉，他们的发现也被人遗忘了？很有可能。

——爱·摩·福斯特《亚历山大港》

废墟孵化传奇。拜占庭皇帝使用魔镜夺回这个城市的企图被粉碎了之后，又派出一个间谍秘密告诉哈里发亚历山大的财富埋葬在地基之下，企图诱骗哈里发将整座城市拆掉。塔坐落在一个巨型的“水晶螃蟹”上，那螃蟹异常庞大，曾有一整个骑兵部队进入它身体内的一个裂缝之后，全军覆没在海水之中。福斯特写道：灯塔指引海上的船只，也指引着人们的想象，尽管灯塔已经长期熄灭，它依然在人们的脑海中发光。厄尔·马纳拉赫（即光塔）是一个名副其实的称呼。

当灯塔垮掉之后，那宝贵的巨型银光巨镜是否消失在茫茫大海之中？还是被人盗走后现在已经安放在某处远离海岸线的某个灯塔里？

站在塔底，望向高高的圆顶，朋友们看上去像天空的星辰。

我脚下的波涛犹如云朵，我仿佛踏上了通往天国的阶梯。

——厄尔·德鲁克

第一座灯塔的名字来源于它所坐落的港口小岛，后来经罗马人的语言传递，推而广之，用来称呼所有的灯塔。整个地中海到大西洋地区的先民都要在山峰、海岛和岩石边点灯，同这些灯一样，最初的灯塔也是用木头作为燃料的。罗马人修建了不计其数的灯塔，还在悬崖边挂了许多防风灯，这些灯光好比帝国的眼睛。（传说中，灯塔的发明者是居住在安那托利亚海边的米西亚人帕拉墨得斯，他曾经随同希腊盟军参加了特洛伊战争。）果真如此的话，是否需要滑轮？或者需要长长的坡道和驴子队伍运送木柴和灰渣？我们无法从灯塔的废墟中找到这些秘密的答案。螺旋形的楼梯填满了整座塔的空间，事实上，有人认为灯塔应该是双螺旋结构。渐渐的，所有的灯塔都改成在玻璃或牛角罩子里点上蜡烛或油灯来照明。同原来的灯一样，这些改进后的灯也是被固定的，闪光灯、明暗灯、隐显灯等都是现代的发明。

在灯塔故址修建了一座宏伟的图书馆——亚历山大图书馆。图书馆是我们时代的智慧之窗和航标。但是我们是否会在什么时候将这盏新灯装在老塔楼上呢？老灯塔才是神话传说的来源。

ϕαpos这一希腊词语有布料、床单、窗帘、披风、面纱和帆布之意。

《奥德赛》中，法罗斯岛的国王是老海神普罗透斯，他居住在海边的岩石洞穴里，是一个百变之神，通晓神谕，有人认为他同埃及的奥西斯是同一个神，又有人认为他就是狄奥尼索斯，而赫拉克利特认为狄奥尼索斯不是别的神，就是冥王哈迪斯本人。

> 一个神，从水中掩面走来，踱上山顶……向四周观望。他往上望见了太阳，透过太阳，他还看见了另一个隐形的太阳，那是创造太阳和这个世界的那个太阳，也会在某一天向

饮一口水一样，把这个太阳和世界吞没。

——D. H. 劳伦斯

所有的神都是多面手。随着岁月车轮的转动，他们在这个被普罗提诺称为由许多明灯点亮的世界，忽明忽灭，在灵与肉之间变换穿梭。宙斯之子，狄奥尼索斯在出生的时候头上有角，被一堆蛇缠绕。泰坦们将一面魔镜放入他的两腿间，企图捕捉他的另一个自我——他的灵魂，他百变的形状没有将这些敌人吓跑，他们反而将他撕得粉碎，在一个大锅里炖来吃了。也有人说是将他生吃了，他溅在地上的血液长成了一株石榴树。但是他的祖母瑞亚让他起死回生。普罗提诺曾好奇，为何所有的神都想拥有比他们低级的人类的肉身，他认为这都是爱欲之神尤罗斯的过错，尤罗斯用狄奥尼索斯的魔镜向诸神展示他们在凡间的爱人，这些神从这面圆镜里看到了他们在人世间的影子，一眼便爱上了自己的影子，热烈地渴望与自己所钟爱的影子结合，这是另一个关于堕落的伊甸园故事。

马克西姆·泰洛斯说苏格拉底的爱神是女巫，而萨福的爱神是"虚构和编织"。

——埃德温·马利翁·考克斯

已观山中画，更观画中山。

——中国谚语

中国宋朝有一位神秘的有识之士[①]，他生活的时代比阿尔哈森略早，曾通过一座塔子附近的一个小孔观察到塔子的倒影，起初他认为产生这种现象的原因必定在于塔子坐落在海边的关系，

---

① 作者此处指的可能是中国宋朝科学家沈括。

是湖水上面的倒影所致，可另一个有识之士让他意识到光线均在小孔处呈桨叉状交叉的，把手在下，浆锋朝上。

但丁写到：之所以事物能够映入我们的眼帘，乃是因为其光线透过像玻璃这样透明的介质传播。是我们瞳仁中的水让我们得以看见……就好比镜子后面涂上了铅层，光线无法继续传播，只好转向发生折射。

早在16世纪，望远镜和显微镜都还没有出现，也许曾经出现过，到那时还没有被再次发明，弗罗伦斯一位绅士做了一件人人都可能做的极为平凡的事情。他通过一个凹透镜将一只蜜蜂进行了放大观察，并写了一首诗来记录此事，诗中提到蜜蜂在凸透镜中仿若在琥珀之中一般变大，此诗并没有引起任何人的关注。没有任何人察觉出任何不寻常的意味来。年轻的迪拉波特. G介绍了诸多戏法的著作《神奇的自然》（*Magiae Naturalis*）引起了公众广泛的关注。在此书中，他向读者介绍了许多光学奥秘，例如凹透镜中间的一个小孔可以让焦点更清晰，这有利于作画，也可以用来偷窥邻居。假使你想让寄宿在你家的客人在不安的夜晚也不会受到打扰的话，可以在一张白色的床单下面放一个相貌狰狞的东西，再利用火把和墙上的小孔制造出悬挂在房子中央的图像，就可以把偷窥的人吓跑。波特的书在罗马曾引起强烈的轰动，他没有被审判为异端邪说真是足够走运。

此书再版的时候，从内容和视野上都做了较多扩展，还描述了亚历山大港的法罗斯灯塔里那个灯笼里的平面镜，即因被称为托勒密（此托勒密指的是建造了埃斯内神庙的施主托勒密）的“镜子”或“望远镜”而远近闻名的那面镜子，是一面反光镜，而非折射透镜。阿拉伯人都认为最初灯塔里有一个凹透镜，夜晚的时候，用来折射灯光，白天的时候，用来观察海面上的情况。

老塔装新灯：但往往崭新的理论都很难立即得到承认，老观念就像残留影像一样徘徊在人们的脑海里，难以立刻去除。

在大英博物馆底楼的一个展览窗前，我曾看到一系列花瓶、油灯展览，还有清真寺用灯，这些灯可能是从埃及也有可能是从大马士革运来的，但尚未有人确定，那是一种可以随着一天的时间不断变幻的灯，时而烟雾笼罩，时而光明清朗，时而如铜似水，上面的雕花看起来仿佛阿拉伯漂浮的珐琅，悠悠的倒影，发散着光芒：

> 真主是天地的光明，他的光明像一座灯台，那座灯台上有一盏明灯，那盏明灯在一个玻璃罩里，那个玻璃罩仿佛一颗灿烂的明星，在吉祥的树上燃着那盏明灯……

以上引文来自《古兰经》关于光的章节——《努尔》一章，最让人惊叹的是，据其后的讲述，那棵吉祥树居然是一棵橄榄树，橄榄树里可以提炼出一种燃油。

> 真主是天地的光明，
> 他的光明像一座灯台，
> 那座灯台上有一盏明灯，
> 那盏明灯在一个玻璃罩里，
> 那个玻璃罩仿佛一颗灿烂的明星，
> 用吉祥的橄榄油燃着那盏明灯；
> 它不是东方的，也不是西方的，
> 它的油，即使没有点火也几乎发光——
> 光上加光——

梵高认为他画布上的向日葵是清雅中的清雅（*clair sur*

clair)。那时他刚离开主宫医院的病房，时值暮春时节，金黄色调的夏天已临近，那也是他所经历的最后一个夏天。啊—噢—噢—噢，唱起来要比说起来容易，淡忘得烟消云散最容易，从嘴巴吹出来的语句，空洞，不似铜管，也不似小号，却更像双簧管，但也只有用法语念才有这种感觉。

那时，梵高每天日出而作，向日葵花很容易凋谢，因此他必须一气呵成。

灯火如今已熄灭沉寂，和平面镜背面一样黑暗无光。当今大英博物馆崭新的玻璃屋顶设计让它看起来也像一盏明灯。其屋顶由数以千计的玻璃拼装而成，屋顶透着天光，微微倾斜，反射放大，使整个屋顶像一张撒在海面上的巨网。在阳光下，格子状的玻璃看起来又像一张蜘蛛网。像轮辐一般散开的阴影映照在墙壁和柱子以及明亮可鉴的地板上。在星月灿烂的夜晚，那里该是多么美啊！图书馆中庭的白塔是原有的图书区，那是一个被淹没在水中的灯塔般的设计。在高高的拱形透明水槽设计的屋顶之下，赫然瞥见那像把阳伞的圆形花窗结构，便是图书区了。让人纳闷的是，整个博物馆的建筑都改成玻璃格子的现代风格之后，这里却依然保留着古老的石头建筑风格。

被淹没的灯塔。或者是望远镜？……或许吧。在伦敦大火之后，从原有的废墟中重建的圣保罗大教堂，是建筑家克里斯托夫·雷恩的作品，整个建筑采用圆形屋顶、色彩厚重的设计风格，其间有一个钟楼，专门用于放置天顶仪，天顶仪是一种幻望远镜，有些不太真实，同子午播放器一样，是宗教信仰与科学技术融合于一体的仪器。

昨晚，在梦里，我来到水仙花盛开的池塘，黑压压的鸟群从上空飞过，忽明忽暗之间，我看见一只又一只的眼睛，直到满池塘都是眼睛，一个寒噤，我醒了过来，发现自己依然还活着。

里尔克的儿子挥霍无度，直到后来穷困潦倒，浑身都是溃烂的疮疤，这些疮疤被人形容为苦难深渊之眼，那都是一些看不见光明、流淌着血液的眼睛啊。

在希腊语里并不是 οφθαλμος 而是 Mατι 这个词表示“眼睛”之意，既指邪恶之眼，也指可以辟邪的蓝色玻璃珠和石头，还指植物的小嫩芽。αυγο ματι 是摊鸡蛋，ματι της 是海漩涡，ματι νερου 指上涌的泉水或呈环状翻腾的水。

太阳下山之后，随着月亮从我的肩头升起，开始涨潮了，一浪又一浪的海水涌动上来，海面上的小划艇被路过的汽船冲击得左右摇摆，纷纷往岸边驶过来。泥滩被涌上来的潮水浸湿了，待潮水退去，会干裂成窗格和贝壳的样子，上面会有海草和小鸟留下的爪印子，像土陶的图案，还有螃蟹洞，如果你一不小心踩上螃蟹洞的话，里面会突然冒出水来。一只海鹭往洞穴里张望，叼出来一个周身腿脚都在挣扎的东西，那是一只螃蟹。旁边一只鸬鹚伸展开自己的翅膀，鹈鹕拥挤着向夜间的栖身之所游去。燃烧的天空汇作海湾里的一个点，水面上映着一列树的倒影，缓缓淡去的流光闪烁着，直至幽暗的双翼将整个世界覆盖。

阿佩利斯是一个无可比拟、无人企及的奇迹。他将桌子画好了之后，用某种黑色的涂料刷在画上，然而他的技艺之精妙，使得这些黑色的涂料在画面上最后只留下薄薄的一层，既让画面在色调和光泽度上得到了提升，又使画面免受灰尘和油污的浸染。一般情况下，除非凑近仔细打量，涂料层很难被察觉到。除去让画面色泽更好这一原因之外，他使用这种涂料的另一个原因是改善原来涂料刺眼的颜色。有了这层膜之后，我们仿佛是透过玻璃来欣赏画面，这样就赋予那些太俗艳、太耀眼的颜色更加庄重、深沉之感，达到了较好的平衡效果。

——老普林尼《世界通史》

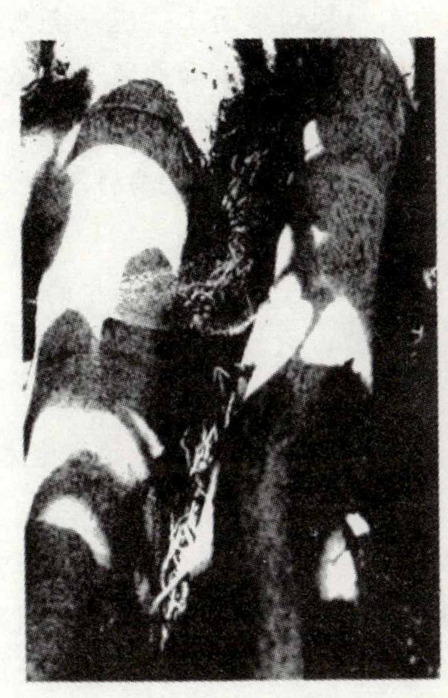

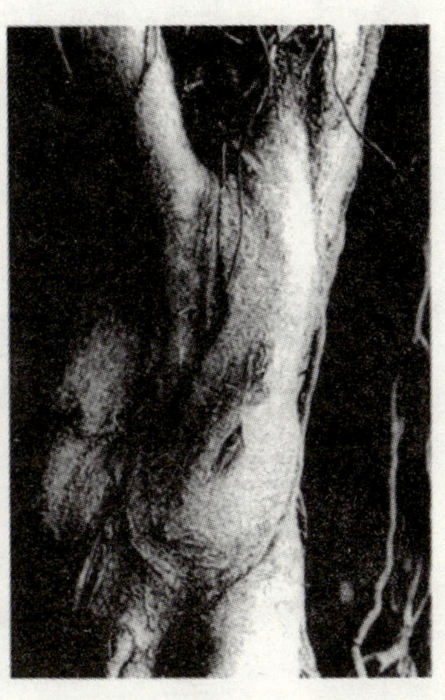

当你接近方尖石塔（这种塔的花岗岩石外壁往往闪耀着古老稳重的黄色光辉，就在这种塔上雕刻的象形文字的凹洞里，尤其是在反复出现的鹰形图案里，残留着一些深蓝色的颜料，像调色板干涸后的样子，这种颜色曾受到古埃及人的青睐），大道赫然出现在眼前……

——《关于塞尚的书信》

瓜尔迪也用黑色，当禁止张扬色彩的律法要求画家采用黑色之后，明亮的颜色里也无法避免要用黑色，但是黑色在瓜尔迪的作品里，仅仅是个可以衬托其他色彩的镜子，本身却并不是一种颜色。

——里尔克《书信》

那个国家并没有作画的人，如果有人想为朋友画一幅像、临摹一幅画或画一张风景画什么的，就用巨大的金银材质的大盆盛来水，将欲作画的东西放到水面上。不一会儿之后，水就凝固了，成为一面镜子，在镜子上面就留下了不可磨灭的图像。

——费内伦《特里马科历险记》

银是一种纯净得接近完美的物质，是由水银诞生的，水银是一种纯净、白色、稳定的物质，它性质稳定，不活跃，颜色和重量都不易发生变化。

——罗杰·培根《镜子的炼金术》

（伊里斯）看到海伦在宫殿里，正在编织一张紫色的网，那网有两幅宽，在这场因她而起的战争里，发生在善于骑射的特洛伊人和冶铜业发达的希腊人之间的诸多战役都被她编织进了这张渔网。

——荷马《伊利亚特》

是的，孩子，艺术就像一面魔镜，让我们隐形的梦想显现出影子来。我们用一张玻璃镜子照见我们的面孔，用艺术作品照见我们的灵魂。

——萧伯纳《回到马修撒拉时代》

经期妇女照镜子的时候，碰巧镜子异常清晰的话，镜子里会出现血红色的云雾。在崭新的镜子里这种污迹可以轻易去除，旧一些的镜子则很难去除……因在月经期间，妇女的眼睛和其他部位会充满血丝，所以她的眼睛也会发生一些变化，妇女的丈夫没有察觉出来这种变化，因为他的精子也具有与妇女的月经类似的性质……而铜镜，因其明察秋毫的光亮度，对此却分外敏感。

——亚里士多德《论梦》

身体从灵魂而成，
灵魂是理念，身体是造物。

——埃德蒙·史宾赛《美的咏叹》

有各种各样的水晶，有一种被当地人称为奥比斯蒂安纳的石头，颜色分外黑，却能透明，看起来厚重而朦胧。人们用这种石头立在墙上做镜子，但仅隐隐约约能够照得见人影罢了。

——老普林尼《世界通史》

梧桐树看上去像张牙舞爪的章鱼。

池塘边点着灯的那间屋子里，正在举办一个来自荷兰莱顿的先民生活展，准确地说是死亡展，以伊特鲁里亚挖掘的古物和收藏品为主，包括兵马俑骨灰坛，作为随葬品的耳朵、手脚和半个头，还有一些铜镜、珠宝、水壶、玻璃和搪瓷等物件。还有庞大的罗马大理石，是古代石匠不朽的作品。在这些展览品中，还有一尊有黄色污渍的维纳斯塑像，从海面浮现的阿佛罗狄忒，是阿佩利斯备受人们喜爱却长期失踪的本尊的复制品，上半身半裸，头部低垂，她的胳膊原本是要抬起去整理自己的卷发的，但是都消失了，塑像下的大理石上散落着一些云母，仿如从她身上洒下的水滴。

一张有两幅宽的紫色渔网，我猜想那是否是用蚕丝织成的，（作为一个女神，她即使不能编织人们的命运，也许她能够预见或预示命运?）近日在锡拉岛的阿克罗蒂里的女子众议院展出了一个别开生面的丝绸艺术品，是爱琴海人用蛾茧制作的，蚕蛾的翅膀上有大大的眼睛形状的花纹。在这座火山频繁喷发的岛屿上，在特洛伊战争前的四个世纪，阿克罗蒂港城被葬身在火山灰之下，从墙上的壁画中我们得知妇女的衣饰布料轻盈、华丽、精密。仅在一个房子里就发现了数百台织机，还发现了一个海蜗牛壳，那是罕有的象征尊贵的紫红色唯一的来源（印染又被称为海生、海技术）。壁画上还有妇女和女童在黄色的田野间采摘藏红花。有眼睛图纹的蛾子是这艘名为“西方之家”的船上的船首斜桁上的装饰物，也有可能是一个商标，但也不排除护身符和其他神圣符号的可能性。

普林尼所说的“晶体石”，即所谓的“镜石”是白云母，还有普通云母、钾云母或云母等称呼，用于做玻璃窗。它还有一个称呼叫月光石。

铜镜上有血样的雾团。

> 午夜，月亮和普勒阿德斯七姐妹都已歇息，时光流走，而我却孤枕一人。
>
> ——萨福

在海潮即将来临的时候，我来到冲浪的海滩边，跳进海湾里游了一会儿。没有足够的勇气往更深的水域跳去，但无论如何，我在水面激增、水流越发猛烈的海面上坚持游泳。那里有一些鱼，还有一串串像钱币一样的东西，扎进黑黑的水草里。水草来回翻动，一忽儿打滚，一忽儿横扫。在暮色下，海浪冲击沙滩的样子有些像群集的珠子，又有些像一忽儿出现一忽儿消失的变形虫。白色的海浪，像一个懒洋洋的展开的吊床，又像扭曲和编结在彩虹周围的带子，还有些像时开时闭、时紧时松的金色笼子。

有两架直升机在我的上空穿梭和抖动，其中一架蓝色的是警察局的，当飞机降落到我的头上之后，里面戴着面具的人用力拉我的双臂，飞机重重地往下沉了沉。当我回到家之后才从新闻里得知，那天一个去那里游泳的人被海水冲走了。

今天早上的新闻里播报说潜水员们在靠近海岸的地方发现了一具尸体，那是一个海外留学生，死者的姓名还未确定。

今天下午，待潮水稍微退去，海面也稍微平静一些之后，我从开放的海岸沿着渠道游到浪花的边缘，海水冰冷刺骨，交杂着沙石和杂草迎面扑来，有许多鱼儿躲藏在干草堆一样浓密的水草群里，那些水草有的像流苏，有的像狐尾，有的像棕色丝绒，长着黄色的枝丫和豆荚，郁郁葱葱，又像长着白色绒毛的常春藤。

今天的海潮和暴风来袭有些相似。团团的海水聚集在一起，汹涌着、咆哮着，一瞬间将岩石冲刷得一尘不染，只留下一些清晰可见的螃蟹洞、牢牢地扎根在水里的杂草和一些流沙的痕迹。随着每一次的潮涨潮落，杂草任凭海水冲击，一忽儿缠绕在一起，一忽儿又被分开。我大口大口地喘着气，每一根头发上和浑身每一个毛孔里都沾上了泥沙。

正如空气浸透水分，
那别处射来的光线反映在自身，
从而变得七彩缤纷；
这里周围的空气也是这般光景，

它渗入一种形体，

那形体正是依然存在的灵魂用成形的能力打印在空气当中；

它那新成的形体也类似一道火焰，

紧随烈火四处蔓延，

那形体也便紧随精灵移转。

既然灵魂随即有了它的外形，

这外形便被称为鬼魂；

因此，灵魂也便把各种感官、直到视觉一一组成。

——但丁《炼狱篇》

最原始的摄影技术是玻璃干版照相法、锡版照相法和银版照相法，虽然那时的技术是那么落后，但是即使从我们今天的审美眼光来看，这些照片也都是完美得无可挑剔的杰作。那时的摄影技术对准确性的追求具有深刻的意义。银版照相简直就是实物的再现。不是艺术作品，而是生活的杰作，是太阳下最真实的影子，一面可以将瞬间定格为永恒的镜子，浑然天成而无一丝纰漏。戏剧性反讽存在于现实生活中，却在照片里得到更加显著的体现。随着时间的推移，我们观看照片的眼睛也在不断发生变化，我们现在知道的永远比过去的多，而且我们知道相中人所无法知道的一切，他们已被定格在过去的那一瞬间。其实，照片并没有任何变化，只是随着我们的成长，我们回首过去的印象总是在发生改变。相中人有可能是我们完全不认识的人，但是我们的眼睛为他们而停驻，去想象可能发生的一切；也有可能是我们所熟知的人，我们知道发生在他们身上的故事；也有可能我们并不了解真相，却以为自己了解。艾米莉·狄金森那幅唯一的银版照片上是一个眼神朦胧、脊背挺直的十七岁少女，照片既清晰又朦胧，与日渐成熟却又依旧青涩的相中人非常吻合。

当然，并不仅限于肖像，在人类之初的各种文明里，人们都有去寻求已经消失的世界的面貌、古老土地上的风光、人迹罕至的荒原或遥远的城市文明等踪影的企图。在那些早期反映城市生活的照片里，长长的街道、攒动的人群、牲畜、马车等一一毕现，既是对细节的极度忠实性再现，又具有现代技术无耻的虚假特征。先不论这究竟是艺术还是技术，在这些照片里，生活碎片与高雅艺术在摄像机下完美地融合在一起。法国摄影家格罗斯1851年拍摄的一张泰晤士河景明信片，采用的是银版照相法，照片里晨曦初露，迷雾渐淡，一片如梦似幻的景象。在画面的最近处则是一只非常逼真的划艇，紧紧地停靠在河岸边。稍远处是一座拱桥，从我们的角度看去，桥身是斜的，仿佛悬挂在天边一样，再远处是圣保罗大教堂浅色的圆顶。画面看起来是那么纯粹、真实、古老，具有黑白照片特有的清晰明澈之美，因而有些如《代尔夫特之景》里荷兰风情的韵味。

要说清晰，第一张“阳光图片”，学名叫“物影成像”，是亨利·福克斯·塔尔博特在1835年拍的一张快照，那也是一张美丽而神秘的照片。与银版照片比起来，物影成像不过是一个小小的亮点，一个小小的格子，柔和的色泽接近一小块木炭。照片上的风景是他当时所居住的一个古老的寺庙的一扇凸窗。这张他用捕鼠器样式的相机暗室拍摄下的胶片迄今依然清晰如故，冲洗出的照片清晰度依然不减当年。照片上的窗户完全是光的杰作，取景的位置也十分恰当，使整个画面看起来非常真实。

> 亲爱的米特福德小姐，你听说了最近出现的一个奇妙的新发明——照相技术吗？我的意思是你是否已经看到过任何采用这种技术拍摄的肖像了呢？试想一下，让一个人坐在阳光下，仅仅在一分半钟之后，就可以把他的所有轮廓和影子完全复制下来，定格在一张纸上！利用催眠术使人的灵魂出窍也不会让我感觉有如此的神奇。最近我观看了几张美妙的肖像，看起来有些像版画，但其细腻和逼真的程度是任何雕

刻家都无法企及的，我真是渴望为世上我所珍爱的一切人拍上这么一张照片来作纪念。但是这些照片吸引我的地方并不仅限于它们很逼真，还在于一种亲密感，那人的一切都被定格在照片上，便可留存直至永远啊！

——伊丽莎白·布朗宁

布朗宁的书信里体现了巴尔特的核心思想，过去的光将会像迟来的星光般照亮我，这句话是一篇关于德拉克鲁瓦的文章里写的，曾被苏珊·桑塔格在札记里引用，讨论的是一张在剑桥拍摄的织女星银版照片。织女星的光经过二十多年才到达地球，直到达盖尔发明了照相术，这些光才终于完全与它原来的星球分离……那就是马丁·杰伊会给照相机暗室命名为“冰冷的哀悼”和“死亡之眼”的原因。

19世纪流行着这么一个神话，杀人者如果被死者看到的话，在死者的视网膜上会留下他的图像，经检眼镜一查便可辨认出凶手。因此，曾有谋杀者将死者的眼睛挖出。

艾米丽·狄金森对自己的银版肖像非常不满意，从此之后再也不愿意坐下来拍照了。她不喜欢被固定的感觉。巴尔扎克也有类似的恐惧。伟大的摄影家那达曾说道：每一个自然状态的人都是由一系列灵魂似的影子组成的，这些影子裹在肉眼无法看到的胶片里，层层相套便组成了人形……银版照相就是要捕捉到这些影子，将它们分离开来，最后集中定位到某一层影子上。他的观点同“外皮分离说”这种前苏格拉底观念颇为相近，但是随着科学的发展，这种说法早已被推翻。罗丹为他雕刻了一座身体微微后仰、衣冠楚楚的宏伟铜像，不知道他对此有何看法。据里尔克讲述，他在拍照的时候会描绘出各种各样的姿态，然后对所有这些姿态进行完善，直至将这些姿态最后都融入一个令他满意的完美形式，那是一个不断增补修改的过程。

“蝶蛹”这个词在希腊语里指一个金黄色的昆虫仙女，在词典里又有“新嫁娘”之意，代表了一种处于变幻的状态。在亚里士多德的时代，还指发展初期的金色心理。

希腊的色萨利岛的名称是“灵魂”的意思，在1881年曾发生过这样一个故事：一个年轻的姑娘刚刚去世，她的尸体也刚刚被放入她的安息之所，为了保证死者的灵魂永远不灭，在她的墓穴里应该点上一盏漂浮在燃油之上的玻璃水灯，这盏灯会在以后的四十年里长明不灭。正当姑娘的母亲往灯里添油的时候，一只蛾子在窗户上扑闪着翅膀，她立刻惊奇地无法呼吸，那位母亲认为蛾子是她女儿的灵魂，直至现在我们还会在希腊听见母亲们称呼自己的女儿“我的小鸟”“我的眼睛”“我的灵魂”“我金色的”等。蛾子是母亲的灵魂啊。

在那位母亲能够从惊异中清醒过来之前，那只蛾子已经飞走了，但是第二天晚上，它又飞回到油灯旁边，扑闪扑闪的，像镀上了一层黄金，并没有被火焰烧掉，这只蛾子又不见了。第三天晚上，它在母亲的头顶飞了一圈又一圈，直到母亲说：“我的灵魂，不要离开我。”她幸福地看到蛾子飞向了油灯，吸了一口油，然后消失掉，再也不出现。

这个故事的名字是一个文字游戏，希腊语里“我的灵魂”和“一只蛾子”是同一个词，这个当时希腊纯文学的新古典主义风格故事，利用了ψυχη这个词的“飞蛾”“蝴蝶”“灵魂”等多种意思。但是现在已经不再是这样了。在时间的长河中，口语渐渐进入主流语言，现在“飞蛾”和“蝴蝶”是从“花瓣”这个词——πεταλουδα演进而来的，ψυχη这个词则专指灵魂，在翻译的时候，蛾子这层意思已经消失了。然而这种消失仅仅是对读者而言的，对于这个文化传统中的母亲们而言，尽管她们并不懂得任何修辞技巧，但是古老传说的记忆还是会让她们偶尔用上这个比喻。虽然已经与肉体脱离，灵魂还是会化为某些会飞的东西回到它原来所居住过的地方吗？早在语言起源之前的洞穴里，就有灰烬和蜡烛，还有引起人们爱意的蛾子。

> 在床的尽头没有花瓣可以再撒上，像燃烧的蜡烛，它们只能够美丽一瞬间……（我突然意识到，夜间的蝴蝶该不会以为蜡烛是花朵吧?）
>
> ——里尔克《书信，1892—1910》

在弥留之际，雕刻家为身着裹尸布躺着的约翰·唐恩雕塑大理石纪念像，这尊雕像放在圣保罗大教堂的纪念堂里，是忏悔和死亡的象征。在那场让原来的圣保罗大教堂化为灰烬的大火之后，这尊塑像因为刚好在一个水瓮上方而幸免于难。尽管葬身火海，身着裹尸布的塑像却平安地躲过了一劫。

蒙克的油画《暮色》在1896年于巴黎展出，他的密友奥古斯塔·斯特林堡写道：日光褪去，暮色降临，暮光下的人们都有些鬼魅的样子，他们回到家，钻进裹尸布里，沉沉入睡。

> 我们清醒之时见到死亡，睡去之后见到的仅有睡梦。
>
> ——赫拉克利特

哪怕是接近于破旧盒子里的一只眼睛这样简易的设备，在技术高超的人手里也会出神入化。小孔照相机并没有镜头，但是却可以用胶片、相纸之类拍摄黑白或彩色的任意照片。这种照相机里要是有多个小孔，便可以照出多个影像来。它们总是有无限潜力的，但是这种设备只有在高对比度下才能显影，影像也有一些超现实的特点。

我曾经读过一篇关于岛屿风景的文章，其中一幅插图是著名的格陵兰岛摄影家皮娅·阿尔克用小孔照相机拍摄的。她曾搭建一间小屋子，那小屋仅能供她一个人和一个照相机容身，那是一台体积巨大的照相机，像里尔克第一首赞美俄耳甫斯的十四行诗里描述的那样：一间屋子也盛不下这首诗歌/那是间用黑色的渴望搭建的屋子/屋檐颤巍巍……后来皮娅将这间小屋移到她在格陵兰岛上定居的第一个家中。在那个黑色的小房间里，她拍摄了陡峭的海岸、平静的大海、布满灰线条的天空、闪亮的浮冰等照片，这些照片寄存了有关她童年的点滴回忆。

一本摄影杂志里介绍了一位名叫阿维拉多·莫雷尔的美国摄影师的另一个创新。他将一个普通的相机放在小孔照相机里。里面的相机拍摄的图片上有一部分是小孔相机，而小孔相机拍摄的是外界的景象，两个照相机一起拍摄出来的景象异常复杂和神奇，物体与影子相重叠，与我们所看到的现实世界大不相同。

他往往在人迹罕至的高山地区或者在曼哈顿的顶楼上找一个大大的空房间，在里面进行拍摄，房间越大，小孔便也相对越大，同时又可以保证成像清晰。在拍摄之前，他要用黑布把屋子的墙壁围起来，做好遮光，然后再钻出一个大小合适的小孔来，通过这个小孔，阳光照射到一定的时间就会显现出诸如树冠、塔顶、有许多窗户的摩天大楼等各种图像来。随着太阳的运行，影像上的阴影也会渐渐消失。在漆黑的屋子里，小孔像夜晚的星星和水珠般闪亮。向里观看会看到什么呢？有从舷窗观看时画面向我们扑面翻滚而来的感觉，光线倒立着投射在黑布上，不过我们的肉眼很难去分辨。隐形的图像进入镜头，就会被一点一点吸收，然后在胶片上成形。

不像皮娅守在屋子里，莫雷尔往往在布置好相机、打开快门之后，锁上房门就离开了。在他完全不在场的那个小时里，只有照相机和三脚架，曝光完全是顺其自然的，在胶片上照相机和三脚架会留下白色的轮廓，其后是外面的风景。当然，图像是倒立的，天空在底部，地面在顶部。冲洗之后，图像呈柔和的灰色，清晰又不失飘渺，如薄雾上的幻景，一半的墙壁和屋顶是弯曲的，弯曲处颜色尤深，像光线发生折射的水面或玻璃界面。椅子和灯等仿佛从地面上悬挂起来般，而天花板和外面的风景又是正常的。

整个画面看起来就不太正常了，画面中两种图像并存，一种简单而清晰，另一种复杂而朦胧，但是却有一种完美的和谐感，使这种照片具有一种独特的魅力。但是那种感觉却不仅止于两种不同的曝光所造成的错位。城市在光与影之下显现，两个不同的世界彼此融合，造成一种令人难以捉摸的梦幻般的感觉。

> 灵魂是稳定的。只有在遗忘中而不是回忆中，身体才会造成灵魂的变动——记忆缺失只有在这种意义上才能够被理解，记忆是灵魂存在的依据。
>
> ——普罗提诺

维特根斯坦曾如此写道：人的身体是灵魂的最佳写照。意思是说，身体是灵魂的外部体现，是灵魂的顿悟，而且仅仅是一种可能的存在形式。

在一个名为《别样之河》的连载里，美国摄影家罗妮·霍恩展示了一些河流的近景照片，画面上光线阴暗，是现代城市的河流均具有的普遍特征，浑浊的河面上波纹和漩涡的反光看起来像一张张砸吧的大嘴唇。后来又以同样的标题出版成书，那本书用了两页来展示画面，页面底部配有注释、散文诗和引言等文字说明。书本里偶尔插有空白页以及一些让天使都会感到难以接受的死一样的画面。那是一种就事论事的拍摄风格，将别样的河流展示在我们眼前：水面污浊、黏稠，像火山熔岩，站在伦敦任何一条河上我们都会看到这样的河流。

> 光是纯洁的，我们原本也是纯洁的，可惜被行走的墓穴即我们称为身体的东西污染了，像牡蛎的壳，我们的灵魂受到身体的束缚。
>
> ——柏拉图

普罗提诺在讨论灵魂和肉体究竟孰被孰束缚时，提出两者互为表里，相互融合，灵魂像光一样，经过一个又一个身体，本身却不受熏染。

他所讲的鬼魂的智慧到底所指为何呢？

> 任何不能享受自己生命的人，即使他依然眷恋自己的肉身，我认为他也不过是尸骸一堆。
>
> ——托马斯·布朗爵士

采用塔尔博特的技法，城里举行了一次盐版和日光版照片的研讨会，由一位现代艺术大师教授方法。我带了一捆水草去，有些人带了放大的胶片、蕾丝花边、鲜花什么的。我们首先把一张纸放进盐水里浸泡，然后将其晾干，再往上涂抹一些隐形墨水、溶解后的氯化银，在较为光滑的一面再次进行涂刷，然后晾干。然后我们把胶片和其他物件放在木匣里，再把木匣放在处理过的纸片和玻璃之间，再把这些东西搬到正午的太阳下进行暴晒。十分钟之后，纸就开始从白色变为靛青色和深褐色，但是还没有变成黑色。运用这种方法，影像在光天化日之下而不是在黑暗的屋子里出现了。取回来之后，可以对胶片进行正常的冲洗，也可以放进盐水里再次浸泡。晾干之后，还可以重复利用。我保留了自己制作的第一张，第二张我用盐水浸泡之后发现与原来相比完好如初。但是两张都无法长期保留，像水上漂浮的油，时间久了就会消散，日光版照片过了一段时间就褪色了。那位大师说，与其他永恒的照片不同，它让我们更感觉到了生命的本质。

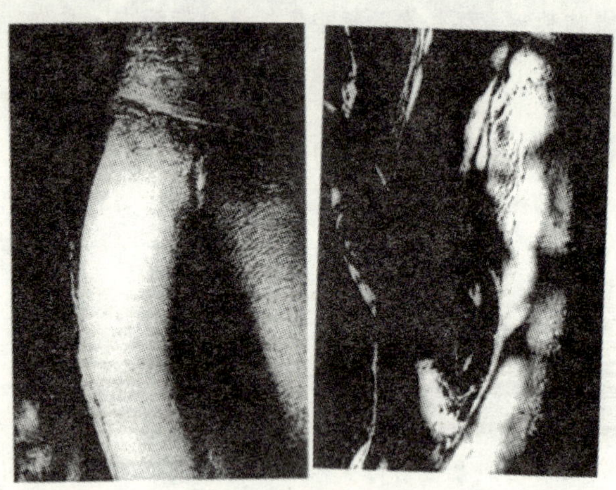

我在猜想月光可否也留下影子，那又需要多少时间呢？

那天下午，天际出现了暴风雨的迹象，海滩上暗暗地出现了一些凸起，原来是一些水母。三个蓄着胡须的年轻人没精打采地坐在鱼竿旁边。路过第一个人时，我差点踩进他的陷阱里，两条鲻鱼被头朝下尾朝上埋在沙里，鱼鳍耷拉着。鲻鱼短短的尾巴，比银白色的鱼鳞颜色更深，与沉重的天空上灰蓝的云朵交相辉映。尾巴较小的那条鱼，一动不动，但另一条依然在动，扑打着，虽然很微弱却一直坚持摇动着尾巴。

1904 年夏天在瑞典，里尔克的同伴射杀了一只海鸥。

你应该看看它……或许你会画下它的一只翅膀。那构造细密得像灰色的丝绸，美极了；但你应该画翅膀的下部，那儿更美；翅膀下部的一切都更精致，像新堆积的云一样，无法言喻，无与伦比。这些轮廓如此细密，没有一丝多余，羽毛重叠着羽毛，像罗丹的画一样精致。又像日本画，起色调总能引人去回忆往昔。翅膀是白色和灰色的，但是它们的过渡非常的精妙，很难找出白色和灰色的界限。白色犹豫着渐渐转成了灰色，渐渐又转变成黑色，灰色闪烁着，仿佛要变回白色去一样，那是鱼鳞的灰色、水的灰色及潮湿天空的灰色——多么奇妙的保护色。

——里尔克《书信，1892—1910》

在银版照相法和光力照相法发明后不久，大量画家蜂拥去研究摄影者那些神奇的装置。公众都喜爱上了照相机。谁在乎摄影是不是艺术呢？反正公众不在乎。对于艺术家而言，照相法是一个威胁和利用光学进行的骗术。大约一百年以前，爱德华·蒙克便拥有了一个便携式柯达照相机，用来搞研究和自画像的。按下快门、摆好照相机，再用黑帽子来控制曝光。在那些《命运照片》里，他永远是孤独一人坐着，面对着仿佛是从一个小房间里投射出来的光线。

追溯到他1895年的那幅油画，题为《一只骨瘦如柴的手臂的自画像》，展示了一只残缺的手，那是一只命运之手，那只筋骨毕现的手放在框架底部，看起来像是放在窗台上似的。我出生时就险些死掉，他这样写到。在一些照片上，他的昏暗轮廓因为动作而模糊不清，有些照片已经磨损，似幽灵般的光线，半透明以至于墙上的油漆都能看到，有些是将自己的形象曝光两次的照片……戴着黑色的帽子。时间是其中的一个要素，它缓缓地将孤独蒸馏掉。

不久之后，也就是在1902年9月，蒙克与拉尔森的恋情以失败告终，他的左手中了枪，彻底被毁掉了。在基督教伦琴研究院做完X光后显示子弹仍在手指里面，从他的笔记中，我们可以看出一种绝望的心情。

—— 手上的绷带已经拆掉

—— 全身不禁颤抖

—— 一个巨大而丑陋的东西

—— 一只可怕的不能动的手臂

—— 曾经完好无损的手

—— 曾经工作时的一个助手

—— 受到了阻碍，极其丑陋并且毫无用处

——阿纳·艾加穆

照片传达的信息比我们所见的要多，它能透过乳白色的皮肉看到骨头去。为何不能照见灵魂？为何不能照见灵魂的光圈和灵魂的外衣？在柏拉图的影响下，自普罗提诺以来有不少人认为身体包裹在灵魂之中。

18世纪80年代发明了鬼魂照相术，这种照相方式如今已经被遗忘了。在当时，蒙克和斯特林堡都为此而兴奋不已。往往由一个媒介作用的人坐在椅子上，在他的身后或旁边死者会像一道光一样出现，只能隐约辨认出形状来而已。人们相信死者的灵魂可以在照片上看到。斯特林堡有一张魏尔伦临终前的照片，在上面可以看到一系列鬼魂般的形象。1886年，当蒙克致力于油画《病中的小孩》的时候，他很可能受到了鬼魂照相术的吸引。直到1907年，古斯塔夫·谢夫勒仍然记得蒙克能看见人的周围有许多光晕一样的形状。蒙克在瓦尔内明德曾拍了很多创新大胆的照片，他经常受到这一想法的吸引，以下的笔记可以证明：

有灵魂吗?

我们理解我们所看到的

因为我们有这样独特的眼睛

我们是什么

动量聚集——燃烧发出的光——带有灯芯——心灵——外层火焰——还是一种无形的火焰——如果我们的眼睛是与众不同的——我们将像 X 光能看见内部结构——骨组织——如果我们眼睛天生有所不同——我们能看见外部结构吗——也能看见其他人和事物的内部结构吗?

为什么——我们周围其他由更容易溶解的分子组成的事物——

死者的灵魂——

我们的灵魂——罪恶的灵魂

——阿纳·艾加穆

在那段日子里，和同行者正在柏林和巴黎之间遭遇自我流放的不幸时，斯特林堡利用摄影进行试验，用星状与螺旋状白光引起曝光。在德国的海滩上，沐浴在夏日的阳光下，自由自在地作画，蒙克摆脱了他人生的阴霾，在一张偶然拍下的照片上，无意间抓拍到他裸露着的男性身躯，强壮而不可战胜。1908 年，他住进了哥本哈根一家精神病医院。里尔克畏惧治疗——他担心自己的天使也可能会离开。(高更会怎么选择? 梵高呢?) 蒙克的天使，他的那些黑暗天使，他的魔鬼，他们也是他的死亡之神。即使是休克疗法也会把这些魔鬼赶走。蒙克选择了生命。他愿生活到灯尽油枯、才艺尽失的衰老时刻。在挪威奥斯陆海峡的家中，他渴望自己的作品像家人一样陪伴在周围，他将这些画作年复一年地放在露天里，使它们变得坚硬，然后从远处为这些作品拍照。这些照片里有黑色的冬日枯树，院子里及膝的积雪沉静而刺眼，墙壁上一排装在画框里的血红色斑点看起来是那么的和谐，比在蒙克过世之后摆放它们的博物馆里和谐多了。还有陈列在奥斯陆大学大厅里像一只蜘蛛停在钟面上的壁画，是蒙克画的太阳，周围是燃烧的火焰般的大红色，像一只没有指针的大钟。不是如蜡烛般的残阳，而是一轮早晨的红日，突然映入我们的眼帘，强烈的光线，在悬崖间，穿越海湾，宛如一个破裂的水晶球。

奥斯瓦德（坐在扶手椅上，背对着风景，没有移动，突然他说道）：妈妈，我要太阳。

阿尔文夫人（在桌子旁边注视着他）：你说什么？

奥斯瓦德（用一种沉闷单调的声音重复道）：太阳，太阳。

——亨利克·易卜生《幽灵》

竹蛏，竹蛏。

事实上太阳还没有到访我们北方。

——文森特·梵高

当高更快要死的时候，他在札记本的封底上贴上了《督尔的骑士、死亡和魔鬼》，这些苍白的形象也是他的马克萨斯群岛海岸骑者的形象。

文森特那燃烧的黄色火焰般激情四射的灵魂永远地升离了他的肉体。

这个贫穷的荷兰人充满热情和狂热，读《塔拉斯孔城的达达兰》让他相信伟大的米迪就是火焰。

洛金在油画上已经泛黄，在阳光之下淹没了整个卡马格平原。

在我黄色的房间里，有着紫色眼睛的向日葵特别显眼：

花梗的末端浸泡在一张黄色的桌上的一个黄色的罐子里。在油画的一角有画家的签名：文森特。金黄的太阳，透过我房间黄色的窗帘，径直照射到花上，早上当我在床上醒来的时候，我想那阳光闻起来应该会非常不错。

哦，是的！他的确爱上了金黄色，这个来自荷兰的画家文森特。太阳的微光温暖了他的灵魂，驱散了他对雾的恐惧，满足了他对温暖的渴望。

那时我们二人在阿尔勒争执不休，彼此毫无理智地就美丽的颜色持续地争吵不休。我喜爱红色，哪里可以找到鲜红色呢？而他，突然用紫色的画笔顷刻将墙壁改换了颜色：

我有健全的头脑，

我是圣灵。

——保罗·高更《奥维里：野蛮人的选集》

在奥斯陆被雪困住的寂静的一天，没有任何寂静堪与大雪相比。开始我的靴子有些夹脚，像冰冷的枷锁紧紧地缚着我的双脚，接着是一阵暖暖的无痛的悸动，几乎可以说是舒适的，一只脚跟便在充满血的关节窝处皮开肉绽——让我回想起了童年在鞋店的X光机下看到的我的脚的景象，长长的，浅绿色的，厚厚的关节慢慢前行，我的骨头摇晃着，那情景像死神的舞蹈。

在大城市里，你采用了一种特殊的方式来看待世界。那是一个偶然选择的聚焦点；当你看沙漠或浮水的时候，又会用一种不同的视角去审视。对整体的喜爱可以不在乎细节，这种方式反映出一种不同的现实，如果你以这种方式看某个人的脸，就会有所转变。

以这样的方式来看，人在寒冷气温里的呼吸——比如在零下8度的气温下由冻结的水珠形成的冷酷面纱，——不仅仅是从鼻孔到五十厘米的距离所产生的现象那么简单。那是某种包罗万象的空间结构的改变，在一个热血的生物周围所形成的细微却实在的热量变化。在一个没有星光的寒冷的冬日夜晚，我曾见过猎人在浓雾围绕中瞄准二百五十米以外的雪兔。

——彼得·洪恩《司米娜小姐的雪之感受》

用来遮盖陌生人遗体的薄纸传到了我的手里。老照片中的伤感似云雾又似霉菌，有无数的斑点，又像银鱼激起的水纹，软软的角边已经破碎，呈现出一种衰败。物质与非物质，盲人努力地注视眼前人的脸颊，却无法认出谁是谁，镜中的灵魂无法意识到它们的死亡。

我用凸透镜观察我的手，手指宽大，像缓慢地戴上手套似的，又似乎是一个潜水面罩。

《病中的小孩》是蒙克纪念妹妹的一幅画，最后蒙克去除了所有的背景，孤零零地突显着妹妹乳白色的身影和红色头巾下头发的光晕，同道的艺术家仿佛感受到画家在心灵深处伴着狂热和希望的一声脆响。

金色的天空祥和而平静，天鹅湾周围的海滩也是一片金色的宁静，一只低飞的小鸟是一个机敏的家伙。小鸟在海面上的投影像一把作画的刷子，轻柔地掠过水面。

光线射入眼角不会引起视网膜的震动吗？

——伊萨克·牛顿《光学》

膜层、视网、眼睛似乎是海面上的浮标，有着测量性很好的膜。一个词源学的网站说，模糊的拉丁语视网膜可能是从“网状的覆盖层”翻译过来的，而“网状的覆盖层”这个词本身又是从希腊语里来的。用来修饰眼睛，这是一个如此奢华的词（似乎又是唯一合适的词）。

视觉在希腊人中是一种伟大的神话和推测的资源。恩培多克勒和伊壁鸠鲁赞同毕达哥拉斯的看法，认为眼是由类似火的元素组成的，眼睛也会发出光线，不能看见的根据所能看见的来推测。另外一种观念认为所有的物体不断发出影像、幻象、自己的轮廓、流明、光亮，并以思想的速度充满空间。进入眼帘的，正是我们所看见的。德谟克利特认为眼的元素是水，眼睛就像一面水镜，反射出景物——尽管在那样的情形下，亚里士多德争辩称，那为什么在所有可以反射的物体的表面，只有眼睛能看到？柏拉图认为，眼睛恰似灯笼的火光，灵魂的光如流水般流出，和微妙的白昼的火光混合在一起，物以类聚，内焰和外焰，产生视觉（而不仅是轮廓）；夜和黑暗，要熄灭它。亚里士多德很严厉，尤其体现在“熄灭”上。他说光是瞬时的（虽然这一观点遭到开普勒的否定，却得到阿尔哈森的赞同）。视觉不像其他知觉，没有包含任何运动。光本身就带来了它的影像。（但是怎样带来的呢？）

可见光，一种神秘的投影，至少已经把光学带进实用几何学领域，在一个充满着外皮的视野里重叠着存在了数个世纪。卢克莱修提取了伊壁鸠鲁思想的精华，于是有了《自然地理》中的纯粹的诗歌。卢克莱修将它们看做影像、幻影：

> 胶片刻画的是事物的外表，在空中漫无目的地漂浮；同样的，在失眠的夜里与我们相遇，恐吓我们的头脑；在睡梦中也是如此，当我们平静地睡着的时候，对死亡的美好想象时常浮现，令我们恐慌；唯恐我们会偶然想到鬼魂从地狱里

> 逃出来或者幽灵在活着的人们头上飞来飞去，或者我们死后还有东西会留下来，一起出世的躯体与灵魂在中途解散，回到各自的起点。因此，我说，那个细型的东西被扔出了它的外表皮……每当蝉在夏季褪去它们整洁的外衣，当初生的小牛挣脱外层的胎膜，当光滑的巨蛇在棘刺中脱下它的外皮（我们常常看见棘刺中充满着飘扬的战利品）：当这些事情发生的时候，一个细型的影像必须被抛弃，从物体的外表面被抛弃……最后，不管我们在镜中，在水中，或者任何光亮的表面看到任何的相似，因为它们同原来的事物有着相同的外观，所以必然包含从这些事物中丢弃的影像。

即使是神也在抛弃他们的幻象，只是这些被抛弃的东西，不仅在梦中、在幻想里，并且在世俗的眼中都很美好。然而，神的幻象会刺伤视力。

> 眼睛不能直视发光的事物。如果你试图抬头直视太阳，会让眼睛失去光明，因为太阳的力量如此强大，所以它的幻象可以穿越空气射入眼睛，扰乱它们的构造。此外，任何刺眼的光都会灼伤眼睛，因为这些光包含了许多火种，会令眼睛疼痛。

对于人类而言，幻象就是全部。在这些大量的暗喻中有任何实质的东西吗？在通常的理解中外皮只是一个壳，一个荚，而“幻象”，用希腊语来说，只是一个幻觉。在荷马看来，幻象只是一个纯粹而简单的幻觉，如在《伊利亚特》中，帕特罗克罗斯的灵魂避开阿喀琉斯的拥抱；在《奥德赛》里，奥德修斯曾被派往冥府去请提瑞西阿斯预卜未来。他在奇墨里埃人的海岸边献上了供祭祀的羊血，还看见了自己母亲的灵魂。他原以为她在伊萨卡的家里很安全；但现在当他充满悲痛地张开双臂想抱紧她时，她却像影子一样悄悄溜走了，这像一个梦，萦绕在他的心头，他的心被刺痛了，疑惑而大声地询问这是否真是她的灵魂，还是只是冥后珀耳塞福涅派来捉弄他的幽灵。（如果黑暗像洞中蝙蝠一样向他一窝蜂涌来，他将逃回到船上，以免看见珀耳塞福涅在上面悬挂的蛇发女怪戈耳工的头颅。他只要一看见那头颅，如若没有偏转镜，就会变成石头。）但他的母亲说这只是对待死人的方法，与珀耳塞福涅无关。肌肉不再将骨和肉连在一起，人一死骨与肉就在熊熊烈火中丧生了，灵魂就像梦一般飞走了。

（咒语……）

我身体的影子，当我九点点灯时来找到了我，将我带回到……

——卡瓦菲斯

灵魂、神像、幻影、物种、幽灵、妖怪、鬼、亡魂、精灵、鬼影、幻象、鬼怪、魂、魑魅、阴魂、鬼魅、魑魅魍魉和罗马语中的化身、神怪、死者之魂和幼虫好像蒙太奇中凶神恶煞的虚构怪物。

文森特梦到的画像如此逼真，看起来就像活了一个世纪之久的幽灵。

这人有着灰红的脸，绿色的眼睛，苍白的头发，布满皱纹的前额，嘴周围是僵硬的、木质的，胡子红得厉害，有一点呆板，一点哀伤；但嘴唇很饱满；一件粗糙的蓝色亚麻布衬衣，调色板上有柠檬黄、朱红、绿土、艳蓝等，除胡子的橙色外其余都是纯色。头后面是灰白的墙。你会说这看起来有点像死者的头颅……

——文森特·梵高

他自己买了面镜子来画画，用自己的形象代替模特，这比温和的老式画像风格（更不要说摄影师的黑白幻象）有了更深层次的相似性。他用柠檬、朱红、绿土、艳蓝等色彩来宣泄那个时代人们的思绪、激情，仿佛在等待，又仿佛要发出尖叫。

《文森特·梵高书信集》收集了画家的书信，出版的时候未作任何改动。他给弟妹乔的信中，“cri”往往被写成“cru”，被翻译为“生长”的意思。但“cru”在这个意义上只能被用于植物；“生的”是主要的意思。在他那个时代有一个用法“d'un cru”就吸收了这个意思，“d'un cru”的意思可能是无经验的、粗糙的，或指公开的、公然的、直截了当的、脚踏实地的，这在上下文中读得通。在给妹妹威尔的最后一封信中，他继续把格切特描述为“悲伤但富有绅士风度，拥有清醒的头脑和智慧”。那里没有任何尖叫的冲动，连暗暗的、暗地里的尖叫都没有。（即使是这样，难道这一切都是笔误吗？“cri”和“cru”，一个在另一个内部，只有一点点区别，稍微捋捋胡子想想都可以发现。）

对于柏拉图笔下的苏格拉底来说，艺术家实际就像卖二手货或假货的——伟大的诗人荷马他自己也就只是鬼怪的创造者，他所创作的文字只是个影子。根据同样的原因，书写文字是生活中语言的影子。谁会拿只笔在水里写或去把种子种在墨水而不是土壤里啊？（那么，如果苏格拉底不是柏拉图制造出来的影子，他对我们来说又会是什么呢？）

“σκια”：阴影、影子。

“σκια”：肉身的“幻象”。

“σκιαγραφια”：素描、黑白画、轮廓。

“σκιαγραφια”：在《柏拉图》一书中创造了使对真实现象产生幻觉的图像。

“σκιασμα，φωτοσκιασις”：底纹。

神可能看起来像人类，但他们实际上完全是火，不是肉体，而且没有影子。

空心南瓜灯、鬼火、神喻战衣、磷火、圣艾尔摩之火、海市蜃楼。

希腊的巫婆摘下月亮酿成波欣酒。普林尼知道一些单凭裸眼就可以施法的人，她们可以通过长时间的注视夺走人的性命。可以利用双瞳孔来识破巫婆的身份——她们的两只眼睛都分别有两个瞳孔——而且她们不能流泪或溺水。他把她们比作民间传说中尖叫的猫头鹰。根据传说有一只猫头鹰不怀好意地用胸部贴着孩子，可生蛋的就不会长乳头。据传说，尖叫的猫头鹰胸口流的血在一个女人睡觉时滴入她胸口，就会使得她全盘托出内心的秘密，即所谓的气味相投、物以类聚。在奥维德的故事中，“*strigae*”与拉丁字符中的“*strix*”以及希腊字符中的同义词要么代表外形像鸟的巫师，要么指笼中被捕的鸟，它们变身到紧闭的屋子里，贪婪地啄食婴儿的灵魂，现实中的婴儿被施了魔咒，一天天消瘦而死。8世纪的希腊国父大马士革的约翰，由于雄辩得到克里索霍斯的诨名，意为“流淌的黄金一样的人”，就曾提起过这种闯进家中吃掉人的肉身或灵魂的东西，“*strix*”这个词在现代被用为骂人或泄愤的话，另一个与它有相同词根的希腊词代表尖叫声。

在布满“邪恶之眼”的地方，钟上或缝在衣服上的镜子能使之折射。然而新娘不仅戴着面纱，而且往往周围不允许放镜子。产妇房间里有镜子也是危险的。即使是在孩子出生后，在接受宗教仪式之前，产妇和她的孩子在天黑后和第二天天亮前必须待在门窗紧闭的屋子里。“邪恶之眼”隐藏在镜子后，所有的镜子，包括水和夜晚的星辰都可能成为它们的藏身之所。

> 这种毒可能是从蛇怪的眼睛射出的。在不同作者讲述的故事里有不同的说法。在一些故事里毒是从空气中吸入的，另一些故事则认为毒素是从被咬坏的伤口里进入的，这都不是不可能的事。眼睛接收到对方发出的具有攻击性的物质后，可能会相互攻击；看得见的物种不仅无形地撞击了我们的感官，并且以人体射线的方式流入，的确带入了来源物和它们通过的介质所具有的性质。比如通过一块绿色或红色玻璃我们看的任何事物都会显出同样的颜色；又比如患了眼疾的眼睛会传染到健康的眼睛，然后又会彼此交叉感染，发炎的眼睛长时间通过镜子凝视镜像也会加重病情；魔力就是这样产生的……
>
> ——托马斯·布朗爵士

阴府中的幽灵和死者之魂也没有影子，它们也不眨眼睛。

他们仍然流连于这些古老的寓言，这些古老的信仰如空气中的尘雾，随着我们的每一次呼吸进入我们的脑海，即使是列奥纳多也未能幸免。仅仅通过晶状体，以倒立的形状进入他肉眼内黑暗之室那狭小的瞳孔。

> 无论是在光线或昏暗地点的任何一个人都会使周围空气里充满无限个他自己的形象；而这些形象，通过无限个扩散在空中的金字塔，通过空间和局部代表了这个身体。
>
> ——列奥纳多·达·芬奇

那些看到最早制造的相片的英国人会因此想起德国古老传说中愚夫和他可以分开的影子的故事。这似乎是一个奇迹，这无限的进入眼睛的影像现已可以被抓拍到纸上并不断地被买卖。

就像大脑的眼睛（内部的、精神的、鬼般的眼睛）一样，肉眼将看见并不在那儿的东西，且看不见在那儿的东西，竭力看到比自己所能更清楚、更深、更远的东西。最敏锐的眼睛，一点错也没有（所有可能中最好的眼睛）却是不可靠的。

而透镜却并不如此。通过透镜看到的画面是镜像的镜像。人们是如何发明透镜的呢？也许是从雨滴、露水、水母、水晶碗、依然镶嵌在岩石里的晶石等事物上得到的启示，经过长时期的试验和矫正，人们发现纯净透明的玻璃片在打磨成新月形状之后，可以准确地对事物进行放大、缩小、折射，还可以用来点火。起源于何时呢？那时候"流明"和"拟像"都尚未出现，更不要说玻璃，在特洛伊、埃及、希腊、迦太基、罗马和其他的地方，人们从岩石里取出晶体进行打磨制造透镜，一些透镜在博物馆里被标上宝石的名称而积满了灰尘。我们总是相信自己的眼睛所看到的。

整个欧洲在文艺复兴早期，一直将透镜视为危险的玩物，甚至还有人认为透镜是巫师施展巫术的道具。异端邪说的恶名让人们不敢从事任何光学实验，否则就会受到革出教门、上绞刑架和断头台等遭遇。天文学家布鲁诺手中的望远镜断送了自己的生命，他被活活地烧死了。伽利略被迫改变自己的观点。1610 年，利用伽利略的望远镜进行天文观测的开普勒收到了奥古斯丁带有双关意味的通牒——噢，苍白无力的加利利人，你们已被征服！[①] 从此之后，古典光学的大门便在欧洲关闭。

伽利略晚年失明，在黑暗中度过了人生的最后四个年头。

---

① 原文是"Vicisti，Galilaee! Thou hast conquered，Galilean!""Vicisti Galilaee!"即"苍白无力的加利利人！"是基督死前所说的最后一句话，在此与伽利略的名字谐音。

至于列奥纳多，则是一个公开的秘密，他是一位公认的天才，不过人们只推崇他在绘画方面的才华。至于他在其他领域的杰出贡献则被尘封在那令人费解的札记里，不为人所知晓。札记本上都是一些怪异的镜像、图表和绘图，在他去世的时候，像飘落的树叶般散落在他的遗体周围。至今，这些札记依然不能见天日，不过是出于保护的目的。这些记录了思想家人生的古籍是那么枯黄和易碎，却又如此美丽。在光照下，像凯尔特使徒和他的绘画作品，但是这些图画却与故事本身无关。

黑暗是阴影的第一个步骤，光明是最后一个。

——列奥纳多·达·芬奇

弗朗西斯科·马诺利科神父独身一人在墨西拿做科学实验，揭示了诸多科学奥秘，其中包括对小孔成像原理的研究，他解释了树下出现日食斑点这一自古以来便困扰人们的光学难题。他还描绘了包括焦散曲线在内的光的曲线传播路径。出于偶然，在镜片的后面涂上一层硝酸银，硝酸银是炼金术士发现的一种银的结晶物，不过是化合物。在炼金术里，银代表月亮，金代表太阳，因而将其称为“luna”。银会失去光泽，因为这个品质（抑或是缺乏高品质），银被认为是不能与金媲美的金属，因此才有了以银为基础元素的摄影术，用硝酸银来做照相乳剂，是利用其可以形成部分感光和部分遮光的效果。

虽然不能定影，但早在1802年柯勒律治的朋友托马斯·韦奇伍德就发明了制作太阳照片的窍门，他在纸或皮革上涂上一层硝酸银将其制作成感光纸，把树叶和昆虫的翅膀放在感光纸上，然后在太阳下曝光就得到了大小完全相同的影像，这种影像极其精致，树叶的每一根叶脉和昆虫翅膀上的每一个纹理都清晰可见。

焦散曲面、渐屈线、渐伸线、蜗牛线、蚶线、心脏形曲线、螺旋线、肾脏线、蛇纹线、星形线、螺线、回旋曲线、阿涅西箕舌线等都是美丽的形状和曲线，火、贝、蜗牛、重要器官、天体、神秘生物和提取的化石往往具有这些美丽的形状和曲线。

> 我们看到光线透过云层的底部照射下来。过了一会儿，我们看到太阳扫清了云层，普照大地，仿佛是以很快的速度在航行，在云层中清扫出一道鸿沟来。透过雾蒙蒙的望远镜，我们看到了一轮新月状的火烧云，只过了一瞬间便又快速驶入云层里去了，只能见一些红色的飘带样的痕迹，一瞬间后便只留下了金色的阴霾，是我们在天空经常见到的那种金色云雾。时间一分钟一分钟地流逝。我们以为受到了欺骗，看了看远处的羊群，它们是那么安详，没有一丝畏惧，猎犬在周围巡逻，人们站成长长的一排，一脸严肃，眺望着天空。我们像世界诞生之初的远古先民，是站在巨石阵前的德鲁伊祭司（虽然这个想法在白光开始变暗后更为贴切），身后是深邃的蓝天白云。可是，一瞬间蓝色的晴空便暗下来了，云也变得黯淡了许多，一片暗暗的红色。山谷深处是一缕红黑色的碎片，一缕光划过，便只留下云层，非常美丽，色彩极为微妙。云的后面被遮住了，什么都看不见。24秒钟很快便过去了，天空又恢复了蓝色，非常短暂的时间之内，所有的颜色都已褪去，狂风大作，天一点一点地黑了下来，光亮一点一点地沉没，我们嘴里一直喃喃地说着："这就是日影。"正当我们以为已经结束了的时刻，突然之间，天一下子又黑了下来。我们仿佛往下沉沦，没有一丝儿亮光，也没有一丝儿颜色。整个地球沉浸在死寂之中。那是一个令人惊讶的时刻。突然之间，云朵像一个巨球般弹跳出

来，色彩也逐渐恢复，开始仅仅是一些飘渺的光亮和色彩，渐渐地便恢复了亮度。我强烈地感觉到这是云朵在鞠躬行礼，光亮弯下身去从天空消失，然后又抬身起来，恢复了颜色。是那么的轻盈、快捷和美丽，云朵又出现在山谷和小山上的天空，起初出现了一道神奇而轻妙的亮光，然后一切便转为正常，像一下子松了一口气似的……我如何来描绘黑暗呢？它来得那么突然，完全没有任何预兆，只是卑微地祈求天空的饶恕。我们的尊严、德鲁伊祭司、巨石阵、奔跑的红毛狗等画面一起聚集到了我的脑海里。

——弗吉尼亚·伍尔夫《作家日记》

这一切都始于壁画，早在人们群居在洞穴中围坐在由石头砌成的火堆周围时，人们便就着火光和神灵的力量，赋予油脂和赭石以生命表现力。最为著名的壁画是托勒密王朝统治时期的埃及人棺盖上那栩栩如生的蜡画肖像。用色素和蜂蜡混合的颜料进行点画之后再用火加热，直至蜡和皮肤完美地融合在一起，颜色非常鲜亮，直到两千多年后的今天，在博物馆的玻璃橱窗里依然亮丽如新。

在法老的时代，那些肖像是理想的面孔，置于裹尸布里的残骸之上既是对灵魂不朽的肯定，又是对腐朽的皮囊的脱离。这些蜡画与那些有豪华镀金的微笑面具完全不同，他们是在埃及流亡的普通希腊人的画像，他们那两道弯弯的眉毛下橄榄色的眼睛直视着我们，是那么清晰，那么有光泽，红艳的嘴唇，让我们恍惚以为是文艺复兴时期的作品。他们一次次重生，是那么亲切，仿佛是我们的亲人又站了起来。灵魂，蜡像。

普林尼写道，为了防止腐坏：他们用蜡和火来为木船做涂层，这样为船舶上涂层的方法既快捷又牢实，日光无法让其褪色，海水也不能腐蚀它，风吹日晒都无法让其受到侵蚀和皲裂。

在阿提卡的黑色土陶上，将神和人像摆出动人的神态，像皮影戏里串在一起的木偶，并没有作过多的描绘，但是制作的秘诀在于煅烧的火力，制作者拥有面包烘焙师一样精湛的技艺，只是他们了如指掌的不是对酵母而是对红土中铁的使用。

在进行揉搓之前，黏土需在水中浸泡之后进行拉伸和强化。一旦上了转轮，制作者会将每一个人像的模型放在黏土上，进行细腻的筛选和混合，然后对表面进行仔细的涂刷，不留下任何痕迹，这种工作只有靠心灵的感知和熟练的双手才能干好。土胎做好了之后进行烘焙，一共要经过三道烘焙的工序。第一道工序是放进热窑烘烤，烘烤的过程中要将通风口打开，烘烤过的罐子颜色变深，转为深红色，但是细白土的颜色却并没有发生变化；第二道工序是将土窑浇湿令其降温，将通风口封闭，直到热度上升到玻璃的熔点，整个土窑里的罐子都因为缺氧而变成黑色，同时细黏土完全融合成白色的釉；最后将土窑中的温度降低，将通风口打开，罐子又恢复到了原土的红色。从土窑里取出来，经火烧之后陶器表面形成一层硬茧，其形态仿佛浑然天成。在这一运用了土、水、火、气的精密炼金术之下，罐子成了黑色的结晶体。

难以忍受的痛苦的沉默，
黑暗天使般的空中日子。

——乔治·塞非利斯

在蒙克博物馆的底层，陈列着艺术家的照片、书籍、日记、速写等遗物，分别用玻璃柜封闭起来之后放置在屋子的四周，衣帽架上还放着他的黑色礼帽，以及他作画的刷子和调色板、烛台和一个死亡面具，在一个洞穴里的嵌镶板上还有一张令人毛骨悚然的鬼影照，那是蒙克在奥斯陆海峡的卧室里拍摄的。在挂钟和床之间的墙上挂着蒙克本人的老年自画像。他双手垂立，身体微微前倾，阳光从身后的窗户里倾泻而入，他的脸躲在面具之后，是一个身着深蓝色睡衣的老人，眼睛关注着前方的阴暗处，旁边是一张单人床，床是黄铜材质的，漆成了白色，上面铺着粉红和黑色相间的床单。在1944年冬天的一个日子里，他就是在这张床上安详地去世的，膝盖上还放着一本陀思妥耶夫斯基的《着魔者》。他的柳条椅和他祖父的大钟都还陈放在那里，指针还一直滴答滴答地走个不停，钟上画了眼睛，还漆上了一张表情空洞的黄色大脸。在床另一边的门廊处，一座裸体塑像掩映在蓝色的阴影之下。那就是他徘徊于爱欲之神尤罗斯、死神撒拉图斯和睡眠之神许普诺斯之间的处所。既是一个舞台布景，又是一个静物，一种缺席，我们跌跌撞撞地闯入那里，看到墙上自己的影子，恍惚成了另一个蒙克。

照相术是人发明的又一炼金术，保存下影子，达到某种永恒和不朽。万物从我们眼前消失，但是一旦被拍摄下来，它们的影子便永远留存。已故之人的肖像，无论是独自放置在某个角落还是放在我们的周围，都以相片的形式留存在我们的生活之中。鬼魂照相术发明之后，我们在至爱的人去世之后还可以看到他们的影子，在光影里他们还奇迹般地活着，照相机可以看到我们的眼睛所不能看到的。在19世纪，许多人相信鬼魂照相术，在20世纪两次世界大战间，吹捧这一把戏的人也很多。将已故之人的鬼魂招进照相室，为其拍照。冲印出来的照片上，在请求拍照的人身旁便会有一个模糊的光影，静静地出没在活人的周围。在欧洲的屠杀场上，人们用这种方式来弥补为现实所剥夺的生死别离，用来凭吊与其他上千万的军人一起死于国外战场上的亲友的亡灵。这些照片与古希腊纪念阵亡将士的石碑具有相同的意味，那些石碑既代表了已故之人灵与肉的结合，也代表了它们的永远分离。

即使在古老文明的石刻塑像丛中也无安宁。那些石刻雕像各异的姿势保留着古老的礼拜仪式的等级差别，像器皿里激荡着波纹的水面，高低起伏，低矮处坐着的是沉默寡言的神，那些被命令站着的人做着石缝里吞吐的泉水荡起的一圈圈波纹的姿态。

——里尔克《奥古斯特·罗丹》

在罗伯特·弗兰克的摄影著作《美国人》中，杰克·凯鲁亚克看到了摄影家和美国人的灵魂特性——一种灵活、神秘、才华、忧伤又奇特的影子。

墨尔本的动感图像新中心展示着一个黑白系列的摄影作品——《高船》。这一创意的灵感来源于电影制作人加里·希尔，希尔曾在他的居住地西雅图偶然间看到一艘组合油轮在大雾笼罩的海湾里影影绰绰的样子。走进这些作品，我们仿佛走进了黑暗，迈向了一个无声的通道。只有冰冷的月光沿着墙壁零星地闪着光晕，低低的像信号灯，人一靠近便旋转而出，总共出现了十一个男人女人像，分成两列站着，乳白色的人影，松散的边缘闪烁着光芒，被放大了，在空中飘荡着，像漂浮在水面上似的，在远处的尽头，一个小女孩时而抬高胳膊，时而放低胳膊，像一个玩具娃娃，等着人们将她收起。这些影像，有的年迈垂老，有的年轻力壮，有的顽强，有的戏谑，有的焦虑，一个接一个从他们所属的黑暗世界的某个深处出现，仿佛是从什么窗口来的，又仿佛是从镜子里走来，与人面对面，迫使你停步凝望，但是你若离开，他们便放弃了，转身消失在了他们出现的地方，你便继续自己的步伐。人影像幽灵一样穿梭其间，如行走在夜间的鬼魂，赤裸的灵魂在动与静之间被捕捉。一切都在黑暗之中，不可捉摸，你会被孤独感攫住，不可自拔。

海洋影响月亮，月亮影响我们。

——达·芬奇

船帆（“sail”）在希腊语中是 πανι，是衣料（“cloth”），而不再是 φαρos，因此 μια βαρκα με πανια（即“a ship under sail”），指的是一艘帆船。

镜子里的波涛一浪浪平息掉，被自己的泡沫所覆盖。

在堪培拉国家美术馆湖边的雕塑公园里，有两尊花园雕塑，在澳洲本土树丛里若隐若现。

中谷·不二子的雾雕塑坐落在芦苇塘边，周围是密密麻麻的管道，锈迹斑斑。那是在接近正午的时候，喷气式飞机从天空呼啸而过，喷出一团团白色的云雾。“气体！”刚从学校放学的学童惊叫着，他们抬起头来看飞机，甩掉头上的水珠，异口同声道：“毒气！”

缕缕雾气飘进树丛里，它们看起来很像日本风景画里的树，但是不是杉树，而是一些木麻黄属的树木，枝叶繁盛的那种，柔软又毛茸茸的。在阳光和雾里，树窝呈深色鳞状，像一个个贴片，一团雾低低地笼罩在池塘和芦苇上，轻轻摇动着。微风拂过，云雾在一只鸟儿身下飘浮，我跪了下来，焦距对准了一丛树叶。一个俯冲，鸟喙和爪子穿透了雾层，顿时叼上来一只正在挣扎的鱼。其动作之敏捷令我措手不及，未抓拍到鸟儿，只赶得上拍下水上的波纹。

湖边的道路上方有一些管子，那些管子紧靠着一些摇摇欲坠的柱子，柱子立在刚刚耙平的土地上，那是一些古老的普库玛尼柱[①]，被空气中的雾水浸得湿漉漉的。很快柱子下黄铜针似的土地上便洒满了亮闪闪的水珠，道路上暗一道亮一道的，行走在上面，仿佛被彩虹绑住了。散步归来，皮肤上湿润润的，头发也被

① 是一种澳大利亚原住民艺术形式。

凝成一缕一缕的。

两个小时后，晨雾渐渐变得稀薄，视野里全是缭绕在湖水上的云雾，像极了黎明时分的幽灵。

两位女性，两座花园。菲奥纳·霍尔的纪念园是一个小小的院子，虽然从楼上的窗户望去，能够清楚地看到院子的布局，可一旦亲自步入其间，却很容易与艾里斯的纪念园搞混淆。一旦进入园中，你会被高高的蕨树包围住，这些植物枝干纤细，却非常柔韧，每一株都枝叶茂盛，树冠郁郁葱葱，而较为娇小的则像展开的手掌。蕨树种在围墙边，虽然仅仅是一墙之隔，院子里的气氛与墙外却完全不同。一棵棵树葱茏欲滴，尽管都是一些年份不久的幼树，却颇有古老热带雨林的风貌。在一处旋转走廊处，镶嵌着用各种语言写成的树名，那是这些蕨类植物曾经生长过的不同民族的语言。

蕨子，是蕨类植物的孢子，在古老的传说里，据说有让人隐形的魔力。

在12世纪，巴斯的阿德拉德将光视为一种看得见的呼吸。六个世纪后，瑞士科学家欧拉认为光是跳动的脉搏。空间并非真空，也不是密度均匀的物质。在整个宇宙、地球的空间中，万事万物都充满了比空气纯净和精密的以太。纯粹的光，透过以太，不会发生任何散射。那么会不会有极其微小的小部分太阳光或者太阳本身的物质发射到我们这里呢？光是否与钟声的传播有相同的特点？虽然耳朵接收到了声音，钟上却并没有任何成分脱离它。欧拉肯定这一结论。空气的震动发出声音，那么以太的震动又会怎样呢？我们很容易得出结论是光，这看起来似乎是非常确定的真理，光与以太相关而声音与空气相关。因此，欧拉认为太阳像一个不停鸣叫的宇宙大钟，悬挂在以太之中，不断发出光芒。

在春分和秋分之间
花园里的溪流在流淌
蜜蜂在树丛中哼唱
铃铛唤醒了熟睡的婴儿
太阳！还有天堂鸟
比光还要大的太阳。

——乔治·塞非利斯

在普林尼的巨著中，蜜蜂无形的敌人是令人沮丧的惰性——那种修道士的漠然，以及回声和浓雾。而且，空气振动发出的声音，即人们称为回声，对它们是有伤害的，因为它们非常害怕重复的噪音，那样对它们而言将是双重的打击。

在普林尼的时代，如将蜜蜂放在室内过冬，用无花果木的灰烬保暖，在来年春天太阳照耀大地的时候，将它们带到空旷的地方，蜜蜂会苏醒过来，敏捷地飞行。如果找不到死去的蜜蜂，可以通过自然的变形术，用新杀的公牛体内的粪便培育新的蜜蜂，让它们从一种生命形式转化成另一种生命形式。像人的灵魂，蜜蜂从腐肉中扇动着隐形的翅膀飞出。也许蜜蜂本身就是一种从空气中生出的灵魂。

即使在最寒冷的冬天，将蜜蜂放在室内，并给它们一定的食物，它们也能存活。通常给蜜蜂吃的食物是糖浆、葡萄干、无花果，也可以将羊毛在蜜酒中浸泡之后让它们在上面停歇和吸吮，纯糖也可以。蜜蜂是通过舔食进食的昆虫，一碟子麦芽糖也能养活。

舔食（“lambent”）？

lambent：1.（火或光）焰，轻柔地跳动或从物体的周围轻轻滑过却并没有点着火，像“火舌”……2. 其词源学含义是舔（“licking”）……膜翅目昆虫一般通过舌尖舔食食物，因而它们被称为舔食性昆虫。

蜜蜂兼具两种含义。它们的舌头非常细，有鞘和毛发，红色火舌形状，另一端是勺子。蜜蜂一边飞行一边利用腿脚上的绒毛扑打花粉，再收集进后面的“篮子”里。蜜蜂的复眼有许多马赛克似的、呈蜂窝状的小面，只能看清很短的距离，却可以看到各个角度。蜜蜂的眼睛与我们人类的不同，不需要经过倒置，图像便可直接进入视网膜。蜜蜂的眼睛是由成千上万的小平面组成的，每一个小平面都是一只独立的眼睛，拥有彼此独立的晶体，在显微镜下，像芦苇丛中的石头园子，又像百纳被和干豆子。晶体这个词和豆子这个词很相近。[1] 蜜蜂在头顶上方还有三只单眼，这些眼睛只能看见紫外线，看不见红色，红色的事物在它们看来是黑色的。仿佛看到什么隐形的琼浆酒窖般，蜜蜂将嘴插进花瓣里陶醉地吸吮，而我们却看不见这些酒窖。蜜蜂越老，越能感光，越能受到光的吸引。

琼浆并没有吸进肚子，而是吸进了它们身体上的蜜囊里，蜜蜂将一路采来的花蜜放进蜜囊里酝酿。意蜂又叫工蜂，在蜂群里的分工是负责采蜜和酿蜜，它们是膜翅目昆虫的一种，不能参加交配和繁殖，却为蜂巢里的卵卖力工作。它们的工作宗旨只有一个，那就是效忠蜂巢里的女王，若没有女王，它们会像许多沙漠里的神父那样崩溃掉，纷纷死于禁欲的生活。

膜翅目昆虫根据其定义可知它们具有精美的薄膜样翅膀。工蜂有两对这样的翅膀，这些翅膀便于它们往前后左右各个方向飞

---

① 晶体的英语单词是“lens”，豆类的为“lentil”。

行，也可以在空中停止不动。它们为蜂巢降温，在采蜜的路途中嗡嗡哼唱也靠这些翅膀。

同葡萄酒的酿造原理相同。蜜蜂幼虫在蜂蜡罐子里溶解，将花蜜酿成蜂蜜，再将蜂蜜酿成蜂蜜酒。蜜变成酒，变成一种火和灵魂，然后长着绒毛和翅膀的小蜜蜂瞪着全新的眼睛爬了出来，多么富于诗意的变化啊。蜜蜂轻柔地从无形变为有形，虽然仅仅是形态的变化，但世上却无任何宝物的形成可以和这种变化相媲美，这不仅在于它的至纯至美，还在于创造这种宝物的代价是如此之小，如此无害。

在一个阳光和煦的日子里，一只刚刚出世的蜜蜂从天而降，它是到这个世界来敛取的。在它们初来世间的时刻，还不能适应如此的亮光，身体抖了抖，迄今为止，它们所见过的亮光就是那闪着朦胧光彩的蜂蜡，那点亮光同柏拉图的洞穴一样昏暗。这是蜜蜂顿悟真理的时刻。日光从圆形花窗里照射进来，迎着日光，初生的蜜蜂做好了迎接第二次蜕变洗礼的准备。法国养蜂人称这一时刻为打破寂静迈向世界的一步。

蜜蜂并非不畏惧死亡，但它们的生命是肩负着使命的，它们需要冒着生命危险去执行这一使命。据查尔斯·巴尔特勒的观察，蜜蜂虽然眼光短浅，它们却可通过各种拍打和摩擦发出信号，它们总是不一会儿便要停下来为自己的飞行道路留下记号，因此它们总是能在采集完毕之后，非常确切地寻找到回家的路。只有在回家的时候，蜜蜂才会心无旁骛地飞行，它们不能浪费时间在路途上，因为时间是要花费掉花蜜的。在整个路途中，蜜蜂只需跟随着侦查蜂所画好的路线飞行，甚至对归途中出现的花朵也视而不见。当侦查蜂第一次满载而归的时候，是否曾感到路途遥远，是否嫌弃过蜂巢的狭小？回家之后，它们便为姐妹们跳起舞蹈，通过舞蹈告诉它们蜜源的确切位置和花粉的丰沛程度，以及太阳的方位如何。它们旋转、摇摆、扑打着翅膀、唱着歌儿，以精妙的舞蹈来传达信号。不时有一些听众前来扑打它身上的香粉，或者将它弄到蜂巢上，好让它们尝尝花粉的滋味，然后，它们一个一个排成队伍朝着太阳出发了。

那蜂巢里的小小舞蹈家是否为自己精确曼妙的舞姿感到过自豪？为自己的一转身、一摇摆、一抚翅陶醉过？它是否知道自己舞艺高超？起初它可能跌过跤、跳错过步子，也唱走过音，但是它学得很快。它是如何学习的呢？是自愿的，还是迫于无奈？学习这个词语的含义是否完全出于非自愿呢？蜜蜂那上万年的古老舞步同人类石器时代的先民那用棍子和石头标记路线的仪式又有多大区别呢？凭借记忆，侦查蜂将路线编成舞蹈，而其他蜜蜂必须要记住它的舞步，然后依据记忆去完成任务。记忆，是灵魂的现实。

它们分秒不停地工作着，因为整个蜂巢都等待着它们的供养，它们在自己的体内酝酿，再将酿好的蜜吐出来。每一天里，它们只选择一种花儿进行采集，一整天都只采集与它那一天所采集的第一朵花同类的花儿的蜜。我们称为蜂王的蜜蜂守护着蜂巢，它的工作职责是繁殖蜂群。在亚里士多德之后的两千多年里，男性哲学家都认为蜂王是公蜂，他们也理所当然地认为工蜂是雄蜂。这仿佛非常合乎逻辑，然而事实上，它们无一例外全都是母蜂，全是一些母亲。亚里士多德以严谨的科学态度怀疑人们关于“蜂王”为母蜂的说法。英国人对蜂后的身份倒还较有见地，古老的康瓦耳语将蜂后称为“*mam gwenen*”（“蜂母”），古英语里是“*béomoðer*”，古威尔士语里叫“*modrydaf*”（意为“蜂巢之母”）和“*gwrach*”（意为“老女人”“丑老婆子”和“巫婆”）。

尽管她拥有这些不雅的名字，她却是整个蜂巢至高无上的女王，是群蜂之母，除了在交配季节，她一直深居简出。当她出去的时候，振翅高飞，被一群雄蜂追逐，其中一只制服了她，令其受孕，但也为此付出了生命。母蜂归巢之后，身负着雄蜂的精液和残骸，尽其一生来产卵生育。

每一只新孵出的新蜂王都将面对老母蜂，母蜂一生中唯一一次使用刺便是同新蜂王进行决斗的时候，有时候被斗败了的老母蜂可以作为太后继续在女儿的蜂巢中生活，但大多数时候，她会带走一些效忠自己的部下，另建蜂巢。但是她们需要冲破重围，新王后的部下总会将其团团围攻，她们在树梢上、烟囱上、船只上方四处搜索老家伙的队伍。虽然这些蜜蜂都口含蜂蜜，并没有任何厮杀的场面，但是这种火热情景让人看到还是有点毛骨悚然。死亡正在空中酝酿。古老的书本上有与此相关的记载：这个昔日的至尊不停地用自己的尾巴去点击和磨蹭那看不见的蜂巢，在大片的蜂群中痛苦地垂死挣扎。从初生时娇怯的少女到威风八面的女王，像一团神圣的火焰，她在黑暗中经历了一生的变化，而今在新女王鸣号收兵之后被孤身留下，虽并未受伤，却茕茕孑立，形单影只。

最后，一个角落下去，另一边起来了，金色的披风的四个角收拢起来，像神话故事中等待主人命令的魔毯般一直飞旋前行，略微前倾，那是蜜蜂用自己的身躯护卫蜂巢的未来。到了一棵柳树、梨树或酸橙树上，女王在此下榻，蜂群在她的周围一浪浪也停下来，“魔毯”仿佛被一颗黄金钉子钉住了似的。

——莫里斯·梅特林克

高更拥有惊人的视觉记忆，他自我形容具有“照相机般的记忆”。他拥有过目不忘的本领，一位传记作家在评价高更带到塔希提岛后挂在屋子的墙上的照片时说，像波罗浮屠寺的浮雕和埃及的檐壁雕刻，这些金色皮肤的波利尼亚人形象栩栩如生。用蒙田的话说就是：蜜蜂这里吸吸那里扫扫，四处采集，然后用来酿蜜，酿出来的蜜却是完全属于它自己的（只有用法语的单音节词写出来这些话才有一串铃儿的响声的意味），那蜜不再属于任何花和草。高更经常出行，他总是将照片带在身边，那些照片是他所见到的世界的一个部分，被里尔克称为隐形之手的金色蜂巢的私人宝藏。

一位法国中尉第一次登陆帕皮提岛，沿着麦泰依阿海岸四处寻找，终于找到了过着封闭在罐子里一样与世隔绝的生活的高更，并与之结为好友。

他早年在秘鲁与母亲的家人度过的童年是一生中最为美好的时光，那是他失落的伊甸园。他的外祖母弗洛拉·特里斯坦拥有秘鲁印加人的血统，高更也坚持自己是蒙提祖玛的后裔，认为自己是奴隶的后裔。除了一些记忆，一切都成为过往的云烟。在巴黎的一次展览中，他看见了一个装在玻璃橱窗里的印加人木乃伊，命运的潮流已将这具尸体涤荡得干干净净。高更掏出记事本将其临摹下来，并在随后的一生里，无法将那个画面从脑海里遗忘掉。木乃伊不仅仅是一具尸体而已，而接近于艺术。这具木乃伊赤裸着坐在玻璃箱子里，从膝盖到下巴都用布缠绕成胎儿的形状，头颅由两只白垩一样的拳头支撑着，眼睛只剩下两个空空的洞穴，其中一只上面盖着蛋白色的羊皮纸，已经看不见的下巴裂开成一个大大的窟窿。与灵魂相似，木乃伊被埋进墓穴里，等待寄存在里面的精神冲破肉体的束缚而自由飞升。木乃伊是雌雄同体的始祖，是基督教里的夏娃，是波利尼西亚神话中的地球第一人提基，拥有纽西兰鲍鱼壳那闪光的七彩眼睛，是奴隶的灵魂，是死者观看的鬼魂。高更将这一切都变为自己的精神。

像一串泡泡样的闪光从镜头里跳出来，越来越大，这是照相机的技术漏洞，却让照片更好地达到了平衡感、深度感和亮度感，这些泡泡是画面里的“幽灵”。

为了认知这个世界，人类发明了如此多的东西。外皮是光学燃素，是脑海中的斑点，拥有一长串的名字。据罗杰·培根总结，分别有以下说法：“相似”、“形象”、“种属”、“偶像”、“幻象”、“仿像”、“形式”（即阿尔哈森的“苏拉”）、“意图”、“哲学家的影子”、“美德”、“印象”、“激情”等。与哲学家的太阳不同，新的集权宗教已经证明了地球是太阳的卫星，这些阴影便荡然无存。在整个中世纪的欧洲以及欧洲以外的一些地方，人们都相信外皮这个说法。教会的神职人员采用普罗提诺的方式，运用外皮这个说法沟通基督教的三位一体说与苏格拉底的“至善”观点。苏格拉底认为：太阳不仅让我们看见事物，还是创造事物的本源……获得知识也具有同样的道理，从善而获得了解事物的知识，也是事物本身和现实。普罗提诺认为“善”“太一”“神”和“无常”依据自己的形象，不断向宇宙注入可以自我增殖的物质。奥古斯丁的“上帝”绽放出光辉，上帝即是光，三位一体，直至永恒，上帝是光中之光。

依据这些古老的光学概念，无氧的真空也能够燃烧。在我们的眼膜和镜头之间，这些说法都消失得没有了踪影。现在，物理学的发展让我们相信，要不是光和彩的传播，我们的世界将完全漆黑。但是就其本质而言，光是一个至今依然没有完全解开的谜。当今的光学家瓦斯科·隆奇在其著作《光的故事》结论部分，又退回到最原始的光学观点，回归到镜像说的怀抱。

> 在心灵和幻象之间，除了我们命名为“光”的物质，不存在任何其他物质。对于“光”这个词，如今只剩下一种意义，即“黑暗的不在场”，两千年前的哲学家就曾赋予“光”这个名字。“有光”单纯地就是指心灵没有处于空闲的状态，

而是在创造意象，尽管那只是一种幻象。

——瓦斯科·隆奇

落日时分的光，像铜发出的光，那么的精致柔和。

光……是火或近似于火的透明物质的存在。

——亚里士多德

不是火本身而是火的存在。他的光是“φωs”，火是透明的，写作“πυρ”，现在的希腊语里，已经没有“πυρ”这个词了，而火写作“φωτια”，来自于“φωs”这个词。

眼睛的存在有赖于光。只有光才能使眼睛摆脱那种可有可无的、动物的次要器官的地位。因为眼睛是在光中并且为了吸收光而生成的。

——歌德

色盲是那些生活在“灰度级”的世界里无法看到颜色的人。他们先天性视网膜缺损。色盲的人虽然在全世界都很少，在一个叫格拉普的偏远太平洋岛屿上，在出生的小孩中，每十二个里就有一个是色盲。这些色盲患者的眼睛无法聚焦，对光极为敏感，只能眯着眼睛或完全无法睁开眼睛来看东西，以至于在白天他们只能蒙上眼睛以躲避日光。他们只能见到暮光、月光、夜晚的大海和天空，只有在夜晚才能在户外进行钓鱼等活动。

他们眼中的世界只有距离和动作、纹理和光线，一切都笼罩在灰色中。灰色也不过是从我们的角度去描述而已，在连呼吸的空气都是灰色的世界中，灰色是不存在的颜色。关于这一苦恼，岛上流传着这样的传说：这些色盲的孩子是岛上的祖先神在夜幕的掩护下与他们的母亲交媾而生下的，因而继承了神灵幽灵般的眼睛。

落日下的灯塔里金色的火焰在闪亮，玻璃罩中红色的火苗在蹿动。

时间和潮流改变着这些蜂窝状的悬崖洞穴的形状。

我终于有了一部便携式放大机，是我儿子帮我找到的，虽然仅仅是一台二手放大机，但是功能正常。我把它用布罩上，放在洗衣机里，洗衣机里有可以透光的缝隙和小孔，还有方便打开的盖子，假使在晚间的话，是一个绝佳的暗箱。在夜晚，银色的月光开始洒进房间，在淋浴完毕之后，我会一边休息一边将我那一卷卷看起来像蛇皮的影片挂出来晾干，房门半掩着，避免灯光照到影片上。然后，我会把前一夜印制的照片也拿出来夹在晾衣绳上晾干。冲印照片的工作只有在夜间才能进行，而且在一年里，冬天的夜晚是最佳时期。我住在一间仅有黑白两色的房子里，夜晚反而是我的白昼。

我的朋友患了癌症，做了胸部全切术，虽然依然无法从疾病的身心打击中平息过来，但她现在感觉好多了，她对我说至少这周末可以过来了。她来的时候，给我带来了一个死亡面具的礼物，那是一个用黑色棉纸包装的白色玩意儿，看起来颇像公墓天使那坚硬的头颅。让我惊讶得忘记了呼吸。

她说："可以挂在园子里。"我非常喜欢那礼物，便要了两个，一对双胞胎。

我说："谢谢，这是谁啊？"

她耸了耸肩，说："女神。"

"哪个女神啊？"

"阿弗罗狄特。"

“被砍下的头颅，”我心里思忖着。

“你不喜欢阿弗罗狄特?”

“不，我当然喜欢，谢谢你!”

事实上，我真的很喜欢这对礼物。送走她后，我再次拿出来端详。是一个向一边微微倾斜的少女的头，有一个生锈的挂钩嵌入扁平的下部，皮肤的褶皱处和接缝的地方微微泛着些象牙色的淡黄，卷曲的刘海披散在额际。嘴唇微微地张开着，眼角和嘴角隐藏着一些宁静的笑容。眼球上浅浅地刻着虹膜，一只乳白色的苍蝇停歇在一边脸颊上，比正常的苍蝇要大。

我琢磨了良久，我想既然头像的后部是扁平的，应该平放才对啊。这个头像的脸部像河滩里的石头一样光滑，眼睛里是深深的波影，滑滑的舌尖在双唇间闪耀。看起来是那么的明透、冰清，虽然正值豆蔻年华，在沉睡中却皮肉紧缩，颧骨高突。典型的年轻的脸庞，却有一双老年人的眼睛。她又好像并没有睡着，而是透过沉沉的眼睑打量着周遭的一切，半睡半醒的样子。

既然是可以平放的，为何又有那锈红的挂钩呢?当然是挂在墙壁上的时候用的。把它挂在外面，任风吹日晒，在上面滋生出黄绿色的青苔和地衣，积满灰尘，让虫子和蜗牛在里面藏身，蜘蛛在上面织网，直至她完全与周围的环境融合在一起。她是我们的园子天使。

我没有园子可以安放两个被砍下的头颅，只好一手拎一个，把它们放在前屋的壁炉上，从此之后她们便像坟墓上的女王，日复一日，与挂在墙上的镜子里的影子面面相望，收集着房间的灰尘。

朋友打电话告诉我，说她又开始写作了。一个用现在时写的故事，可能会是一部小说，一个传说故事，故事中提到了女神头像，从海底或者别的掩埋的地方打捞上来，满目疮痍，直至破碎不堪。我说这个头像也给了我一些灵感，我也产生了一些故事线索和画面，但是这些情节在我的脑海里总是一忽儿出现一忽儿又消失了，我给它一张接着一张拍了很多照片。照片里，它更像一个未经打磨的石头那样凹凸不平，像冰块一样透明，我还告诉这位朋友下次去看她的时候，会带一些样片去。

朋友脱落的头发又长出细密的发卷来了，她却不能行走了。几个月之后，我从外面回到家来，听到电话留言里一个颤抖的声音告诉我她已病入膏肓的消息。医生一直为她做一些相关测试和检查，轻松地帮她战胜眩晕等不良反应，但是现在他们的语气发生了变化，他们告诉她，她乳房的癌细胞大量扩散，如今肿瘤布满了她的全身，甚至已经侵袭到脊柱和脑部，仅脑部就有四处之多，均是无法切除的肿瘤。（她问他们要是丧失了思维能力该怎么办，他们告诉她不会的，她却不大敢再相信他们的话了。）医生很谨慎地鼓舞她配合治疗，兴许会有一线希望。她接受医生的一切治疗方案，正常地生活，直到最后仅能睁开眼睛，仅有一息尚存。她现在还依然活着，我却时常梦见飘荡的水草和日光下的灰尘一样弥漫的沙粒迷住我的眼睛，那故事情节总是一种现在时。在这样的梦境里，我总会看到生命与疼痛一同消失之后的她如初生的婴儿睡在庞大的摇篮里那样躺在棺材里。海水一浪又一浪地拍来，将她冲刷得光滑如青春的赧颜。后来，在海水里浸泡得太久便溃烂了，没有双眼的头颅随着水波摇晃，倾倒出水来。湿漉漉的肩膀、头发乱作一团，还有一张仿佛已死去又还有一些生命的脸庞。

> 生命是一种行动，是灵魂的行动……
>
> ——普罗提诺

搜寻路线、徒步旅行、航海、发现大陆。史前人类在上万年里过着没有语言、没有金属、与世隔绝的生活，他们建造独木舟，仅凭记忆在太平洋里航行。只能凭借自己的水性才能顺利航行。每个部落都有一些家庭世代均为水手，这些家庭的孩子从儿时起便要接受训练，他们常年离开家到海上和野外漂泊，熟知沙滩、树枝、石头等做的任何关于星星、岛屿、水井、陆地等位置的记号，还要知道在各个岛屿上观察的四季里星相的变化情况。所有有关大海和天空的知识都是靠编成歌词代代流传的，他们必须记住这些长长的诗歌。终其一生，细密地观察和铭记星、云、风、水的变化，才能掌握所学的课程。这是极其严肃的工作。古时候，探索路线这门技艺都是靠父亲教授子女（大多数时候是儿子）的方式代代相传的。直到现在，一些澳大利亚的原始部落里还保留着这件延续了成千上万年的工作，他们将从事这种工作的人称为“海民”。这些航海家保留着他们的传统，紧密地观察着海面的任何一点迹象，例如，不管是平滑还是有折痕，或者是折痕显示出某种形式，那意味着一块土地；微弱的光影映照在上空或远处环状珊瑚岛上的云朵，以及沙滩和海浪颜色的日光和月光，代表一块海岛或干礁；船体下冒出的深磷光的火花代表远处的岛屿或礁石。他们能够洞悉有关海水变化、地标、滩涂、水流、漩涡、海啸、鸟的归巢与迁徙、海中的生物等的各种能力，还会在海中安置可供参考的石头标记。

在一次电视访谈节目中，现在早已过世的爱琴岛诗人塞弗里斯谈到了光明对自身的冲击，谈到了失明对成就荷马的意义。远离喧嚣的大世界，撤退到黑暗的小屋子，才铸就了不朽的灵感。

> 我们如何获得大海？奥德赛的故事对我们而言无疑是一个寓言……
>
> 那么，我们的线路是什么呢？我们又采用什么方式来旅行呢？当然我们不能徒步旅行，因为双脚只能把我们从一处陆地带到另一处陆地，我们也不需要想象用马车或船舶，将诸如此类的东西都从我们的脑海里摒除掉。只需要闭上眼睛，一种想象在我们的脑海里被唤醒，通过这个想象，一切

都成为可能……

回归自我，再来观望。

——普罗提诺

我们热爱伊塔卡，因为它是忠贞不渝的象征，代表了大胆又谦逊的思想，流畅的行动和我们所熟知的那个人的慷慨。

——阿尔伯特·加缪

在苏格拉底同弟子们在监狱里度过的最后几个小时里，他阐述了灵魂永恒不灭的观点。他最心爱的弟子普拉东[①]那天并不在场，《裴多篇》是他后来根据传闻写的，菲登[②]是在场的人之中的一个，因而柏拉图借他之口进行讲述。彼时，苏格拉底已经从心灵的桎梏中解放出来，他谈到快乐是多么奇异的感觉，与痛苦不可分割，生死也是这么一对彼此矛盾有又相互依存的对立存在。于是在场的人围绕这个话题展开了谈话。苏格拉底的谈话技巧犹如织网的蜘蛛，一步一步让他的辩论者们犹如落网的苍蝇般落入他预先设好的圈套里。死亡可怕吗？在我们的世界外还有一个纯洁、光明的境界。不幸的灵魂在我们的世界里受到肉体的束缚而遭受玷污，正如一生受困于海底的生物，在黑暗和贫瘠中庸庸碌碌，只能依稀看见天空的太阳和星辰。像他之前所讲的寓言里那居住在洞穴的囚徒一样，海底的生物只能看见洞穴里微微的火光和昏暗的海水，便以为那就是世界的全部了，但是哪怕它像一条鱼儿一样，仅仅将头抬出水面一次，它也会发现阳光下的真实世界。开窍的灵魂也正是如此。既然如此，哲学家又何须畏惧死亡呢？这个意象对今天的我们来说更易于理解。现在，我们只

① 即柏拉图。

② 即裴多。

有戴上面罩之后才能在波光粼粼的蓝色世界里看得见东西。关于这点，苏格拉底并没有给出任何暗示，除非这个职业家庭出身、习惯于赤脚行走的石匠，曾经坐在一艘小船上亲眼看到渔夫站在船舱边往海里倾倒油污。在那个面临死亡的时刻，他整个人都是走向永生的窗口。他的灵魂，无形而不朽，奔向了冥王哈德斯，哈德斯是代表善和智慧的神灵，所有人死去之后都会到他的府第。苏格拉底身上的桎梏消失了，至于他的观点是否有缺陷，他的朋友们也无心再去讨论。苏格拉底鼓励弟子们不要为他的死亡而哭泣。在端起毒药之前，他应该做了最后的演讲，和往常一样，他每次都是谈话的总结者。

> 在这一轮的肉身之中，是无法寻找也不能看见任何幸福的，只有死亡之日才是我们快乐的开始。
>
> ——托马斯·布朗爵士

我们的世界是一个黑暗的庞然大物。光的辐射，是黑暗的力量使然。我们的生活道路，像黑暗的河流。光是我们在脑海里的构造。

能够克服恐惧的爱，是否也会喜爱黑暗呢？纯粹的黑暗。可能正在抚摸一条庞大的黑色爱犬时，里尔克产生了赞美黑暗的灵感，用这样的语句来开始他的诗篇：黑暗啊，我的本源，我爱你胜过爱火焰，火焰在一个圈子里，发光，因此给世界加上了界限……虽然具有凝聚力的火焰把我们大家都吸引进去，黑暗却是一种看不见的力量，冲入我们的内心，引起一种黑暗的意识，致使平衡发生改变，达到一种认知。我信任暗夜，他继续写道。

安妮·狄勒德：行星旋转时，内部错综复杂的迷雾聚集。星系离我们很遥远，夜晚才释放出光芒，太阳系是颠簸的岩石里星罗棋布的营火之一。我们该为哪颗星歌唱?

那些天生失明的人，如何编制梦境呢?荷马是天生就失明吗?(他究竟是否完全失明呢?又或许是被弄瞎的，就像古时的高级妓女那样，为了让她们吟唱而弄瞎她们的眼睛。“Ομηροζ”是“人质”的意思。)他用行动创作了史诗，他的整个身体就是他的乐器，他的歌喉就是他的里拉琴弦，长长的记忆在他的脑海里铺展开，在看不见的茫茫大海里搜索路线。要是他是一个视力正常的人，还能够那样创作和吟唱史诗吗?至少在沉睡的时候，他应该梦见过自己不再是个盲人，而是能够看见。梦能够被看见么?希腊人这么认为。早晨醒来他们一般都说“我看见”而不说“我做了”什么梦。在夜里，岛屿、海上的帆船、城邦和墙壁、勇士和妇女以及各路神明如篝火般在他眼前升起，这些梦境在白天从他的脑海里苏醒过来。又或许他白天睡觉，夜间在篝火旁吟唱?

死亡披着隐形的披风，我们看不见他的靠近。

这是一个内陆峡谷，是热带雨林的一个阴冷的缝隙。比起海岸来，这里的气候更接近南部。太阳仍然在树上燃烧的时候，夜幕就在这里降临。在这里，大海的感觉特别明显。瀑布下方的峡谷，一天中大多时候都是阴暗的，岩石、水、空气间点缀着一些亮光，湿漉漉的，显出一些苍白，时而褶皱起伏，时而透明如晶体，善变的水流从狭缝之间流淌，落下来，断裂了，有的钻进了潮湿的土壤里，有的溅起一朵朵白色的浪花，有的向前扑去又被冲了回来，荡起一串串的水泡。水坝是光滑的岩石，倒下的树木像火舌舔舐过后的样子，加上真菌和黑色的树干，看起来更像烧荒过后的残树。浮渣堆积在河岸边，越积越多，已被冲刷成了浅白色，直至洪水泛滥时，这些浮渣才会被再次冲走。树蕨的根从河的这边蔓延到对面，在河面上形成一个高高的拱，低垂下来的蕨根像深棕色的狗毛，斑驳地点缀着一些绿色的青苔。即使在干旱的季节，河岸边的土地也是湿漉漉的。一处处水潭深不见底，透过浓密的蕨类植物和其他干枯的棕色植物，太阳光零星地洒落在水面上，潭中隐约地倒映着一些绿色的阳光。地衣、叶粉和菌类在纤细的树枝上看起来像一盘盘的果冻，从树干里长出来的看起来则像黑色的身体里伸出的翅膀。水流曲折而去，树的倒影颇具水墨画的风采。在潭水的下游，多沙的河口小镇是我儿子生命开始的地方，也是我母亲生命结束的地方，无论是生命的开始还是完结都是艰辛的历程。我又来到了这个地方，有些久违的感觉。

溅落的水花，若明若暗的鱼，朦朦胧胧的蜻蜓。

那么，为什么眼睛的晶状体里是水呢？

——普里西安

前一天晚上深夜里，我感觉一根眼睫毛落进了右眼的眼球上，家里没有一盏足够亮的灯可以把它找到，用盐水冲洗也无济于事。我只好在担忧之中睡去，醒来之后，每眨一下眼睛，便像一只长有触角的黑蚂蚁似的东西在里面颤动，后来又看不见了。我原来的眼科医生已经离开了，我只好另找了一位，因为担忧那个水膜会再次出现，我向她说明了我的情况。虽然大吃一惊，她还是竭力保持礼貌地称呼那东西为“玻璃体”，从此之后也一直这么对我说。我知道那是怎么回事，我真的很清楚。玻璃体在视网膜和晶状体之间，而那个水膜在角膜和晶状体之间。那个东西又来了。现在这只眼睛也要适应不去在乎那个在视线里漂浮的东西，这个东西是极为普通的眼科疾病，叫飞蝇症。玻璃体？难道水不都是玻璃状的吗？难道玻璃不都是水状的吗？

眼房，即含水的房间。

在他六十多岁的时候，爱德华·蒙克的右眼，也就是他那只相对更健全的眼睛，也患了飞蝇症，内出血，在玻璃体之间形成血块，令他完全失明。那个血块在视网膜上投下的影子像一只嘴唇弯弯、展翅高飞的鸟儿。所以在他作画的时候，他总是要在画面上画上一只体态娇小、动作僵硬、毛茸茸的鸟儿，那是他眼球里的东西所具有的形状。

玻璃体。晶状体是含水的，而在过去它却被认为像鸡蛋清。眼睛里的水。还有眼白。

哦，我千万别那样，千万别那样。

“Oρασιs”是见的意思，这个词和爱（“ερωs”）这个词很接近，普罗提诺认为它们应该来自同一词根。在现实生活中它们也很接近，“一见钟情”，眼睛看到了，尤罗斯便出现了。“φωs”是光的意思。

蛋白石——透明猫眼石——像水里和玻璃一样清晰。

彩虹和水一样是不稳定的流体。“Iριs”和法语的“*iris*”读音很相似，都在卷舌和嘶音之间有两个“i”音。法语里还有一个动词，“*Irisé*”表主动，“s' iriser”表被动。

在一张照片里，一只海黄蜂尾随着什么透明的蓝色钟形的东西，那东西在它的正上方，看起来像一块冰，实际上是一条正在被吞噬的鱼。海黄蜂长着一双我们察觉不出来的眼睛，却能够清晰地辨别事物，这些眼睛里还有晶状体呢。它的刺是致命的。海黄蜂的影子非常清晰，海底却仅仅隐约可见。

视觉能力消失的外部表现是我们无法睁开或闭上眼睛。

包括连续谱在内的可见形式消失的外部表现是人体无光，浑身无力。

消失的内部表现是……出现一种被称为“似幻象”的呈蓝色的物体。像烈日炎炎的夏日里的沙漠上出现水一样的幻觉。

死亡之后，灵魂从身体退出的模式。灵魂从肛门出者入地狱，从口出者是饿鬼，从尿道出者是动物，从眼睛出者是人……

颜色。《佛说入胎经》里解释说地狱鬼魂如烧焦了的木头，饿鬼如水，牲畜如烟，转生神和人的则形如金色。

在胶片上凝结的图像，没有色彩，看不出深度，也没有范围，河床看起来与我之前从探视镜里看到的景象大不相同。我所见到的景象浮渣弥漫，沟渠纵横，鹅卵石遍布，水泡舞动，湍急的河流和汹涌的河水透明而清晰，岩石看起来像湿润的黑土，蕨类植物倒映在水面上，哪怕在现实世界中，也很难分辨何为实物，何为倒影。照片上的水没有了生气，虽然看起来像水，却不能搅动，仿佛眼球只看到了世界的表面而无法触及更深的层次。

满月升起，入冬以来的第一次雾也升了起来，灯塔里的号角整晚都在鸣叫。在浓雾笼罩的清晨，我是第一个出门的人。雾气很快就浸湿了我的运动鞋，手指很快就被冻僵了，镜头里是一片雾霭弥漫的阴沉。宁静的船区，船之间的缝隙里透露出一些鱼鳞状的光亮，其间林立着一些桅杆和柱子，一根比一根模糊，似不断重复的镜像。我对准了这些桅杆和柱子。周围一片寂静，只能隐约听见远处灯塔里的雾角鸣声，偶尔有一两艘出海的汽船，有节奏地拍打着水面，船行远了，留下一片灰白色，有些冲洗中的照片的样子。在泥泞的海滩边是耸立的岩石和丛生的芦苇，海鸥在那里休息，还有一只苍鹭和一行行的水鸭。十一点的时候，太阳渐渐穿透迷雾，只剩下小小的一团白色尚未散去，和前一夜银色的月光相似，缭绕在水面上，然后全部都消失了。世界在中午强烈的日光中被漂白成单色，只看得见海鸥那飞翔时扬起的黑玻璃似的翅膀。

如果你依靠自己你将属于自己。

——列奥纳多·达·芬奇

冲洗雾晨照片的时候，却没有任何一张恰如其分地反映了亮光与雾霾的比例，不仅未能再现晨雾渐渐散去的情形，也没有任何一张捕捉到了日光冲破浓雾照进海面的感觉。虽然黑岩石的边缘光感很好，浅滩边沿的水银线也很清晰，雾中的白洞亮得刺眼，边缘抖动着水珠，又消失在雾里，是一个缺失的过程。我无法将当时可见的景观留驻在照片上，我想曝光时间长一点，也许能够拍下天空，其结果却是因为曝光过度，迷雾变成了烟尘。不过，把负片拿到光线下看，在高处有一个小小的黑影镶嵌在蒙蒙的迷雾、白色的岩石和炭黑的鸟翅中间，看起来分明就是太阳。

离开港口之后，城市沐浴在亮光和阴霾之中。棕榈树阴沉地站立着，树干笔直、枝叶葱绿，露在外面的气根干巴巴的样子像卷曲在一起的巨藻。满眼望去，看不到任何一缕阳光。灰色的树干、盘根错节的树根和枝丫都隐藏在茂密的树冠下，只能偶尔见到一些瘦削如骨的树枝在微风中轻轻地舞动，还能见一些仿如镶嵌着宝石的大树枝，随着太阳的转动而时隐时现。一切都笼罩在灰蒙蒙的雾气和灰尘中，异常寂静。在高处一棵树枝下，一张闪烁着水珠的蜘蛛网在雾水的重压下摇摇欲坠。

空气中充满了迷雾和一股咸咸甜甜的味道。细细密密的一层雾水沾湿了我的头发和嘴唇。

天鹅湾的下午，太阳已经沉落到了水面上，水像是被点燃了的白色火焰，我在水里的双脚也变成了浅绿色，上面还点缀着一些黄色的斑点，长长的影子，脚下是一缕缕的水草和破碎的贝壳。一圈圈水纹在我周围荡漾开来，渐渐扩大，直到将整个海湾填满。苍白的沙滩被两道黑黑的影子分开，那是我的双腿。边缘闪烁着光芒。

石榴有着木质的果皮，也没有红色的光泽，很难切开，但是只要切出一条缝隙来，便可见到殷红的血液冒出来，淌到面包板上，然后一直流到盘子里。一块块切好的石榴散落在白色的瓷盘里，在光线的照耀下，像软骨组织的切片。除了向它们伸出的手之外，哪怕是火炬、蜡烛或者太阳都只可照见它们，而无法触及它们的内部。我拿起一个石榴籽来，捏在我红色的手指里，像一颗冰雹进入了我血红的嘴巴。

> 如阳光可以透过活人手上骨头的阴影而进入血液，死亡也是透光的。
>
> ——乔治·巴塔耶《普罗米修斯梵高》

阳光是否也可以透入死人手上的血液呢？

水珠从一个窗格洒落下来，从不同的视角看去，它们时而呈现为银色，时而呈现为灰色，时而转为黑色，没有因为折射而放大，硬硬实实的样子，像极了轴承里的滚珠。在水底呼吸时形成的气泡也是这样，直到融入玻璃般的水面上。

一只银色的海鸥一直在我的前面，时而步行，时而沿着沙滩滑翔。它的一双爪子时而落到地面上自己的影子上，时而又与影子分离，展开双翼滑翔起来，随着它飞离我的距离和高度的变化，它的身影也时而清晰、时而模糊。我一直紧紧地盯着它看，却一直无法将它的身子和影子分辨清楚。

石器时代

喜爱冬天，那时百草静寂。

——托马斯·莫顿

忧郁、倦怠的仲冬。

冬至，万物沉睡，而在地球遥远的另一边却是死气沉沉、昏昏欲睡的仲夏。一切寂静，漫无边际的海蔓延着；黄色暗淡的太阳屏息着；大地静静地呼吸着。

死水、脏水仍慢慢流动着。

在这里，到处是岩石湖泊，凹凸不平。生命，或者说死亡都掌握在海的手里。涉入泛着波光的海水中，那种刺骨的感觉足以把肉体变成麻木而又僵硬的石头，惨白肿胀，无法动弹，如大石坠入海水深处。

冷风穿过隧道扫过对岸。在这里是一片浅水，除了水面上露出的白色尾巴状的麦秆，什么都没有，那稀稀拉拉的几根麦秆相互交错，就像是要抓住那如荼的太阳。太阳找出些海藻、闪光的云母和一些碎陶片摊放在岸边上。不远处，有两个人正在岸边漫步，一只黑色的狗跳来跳去，溅起的水落到了那俩人的身上，这样一弄，原本有一些距离的他们被贴在了一起。在这里，有两只小鸟唧唧喳喳的，不一会儿便接连掠过水面，消失在薄雾中。

锡克拉底斯群岛灯光闪烁，这个火山岛昼夜灯火通明。在岛群之中，希拉岛一次次地下沉或上升，深冷的海水把这个坚实的小岛团团围住。

锡克拉底斯群岛的岩石圈环环相扣，如同我们所知道的圣托里尼或者希拉岛上的黏土一样。

第一个火山岛——希拉岛是圆形的，海水环绕。一天，岛上点燃了一堆火，火焰冲天。燃尽的灰尘和有毒烟雾飘散到岛的上空，不一会儿，海岛和海面就被大雨笼罩了。海面波涛汹涌，黑色的海水不断地冲刷着克里特岛和雅典卫城的高墙——那是记忆中大约在公元前 1600 年遥远的希腊（但实际上应发生在埃及）：那几个大浪似乎像在 1883 年的喀拉喀托就有过。它们甚至不费吹灰之力，没几个小时的时间就能掏空或填补完红海。难道希拉海岛能支起云和火焰？希拉岛上的灰烟遮盖住从中国到爱尔兰的天空，黑暗沉闷，长年的冬季、稀落的沼泽地，那些地区的人们饱受其苦，希拉海岛上的尘灰散落到格陵兰岛的雪山顶上——在古希腊的神话和民间传说中，被认为是沉没的宝岛，即失落的亚特兰提斯岛。

在岸的外边，村庄和城镇都沉没到了火山口的深海海底，就像内陆的水道一样。被称为海港城市的阿克罗蒂里，高耸在那片土地上。希拉南部的荒岛，有一个海角，希腊语是 ακρωτηρι，在废墟中已经立守了 36 个世纪，不过它如同巢里的鸟蛋，几乎完好无损。最终，它在 1967 年孵化出来的结果，不是另一座庞贝古城，并不如歌德所谓的“木乃伊城市”那样幽灵可怖，阿克罗蒂里是一座废弃之城。城里的人们似乎早就听到了风声，纷纷逃出城去，除了房面涂抹过的油漆印迹外，无论是整体的房屋还是楼房的框架等都没有留下。以至于我们现在很难从历史记录中来对那座城市进行谈论。

那是克里特岛人的精神所在，与诺塞斯城的鼎盛时期似像非像。那石砌的房子有两三层楼的高度，墙上到现在还留着当时的壁画。上面残有的图画给它的发现者们留下了不解的谜团，探索者们经过整整几年的修补，一幅古老而又神秘的以蓝色为基调的图画展现在我们的眼前。海港和船只、红百合、野猫、豺、鹿、活蹦乱跳的猴子、雌鹅、在空中飞翔的燕子、牛、绵羊和山羊，还有黑头发的男男女女、古铜色皮肤的男人、粉白肤色的女人无不记录下了当时古埃及人的人文风貌。他们像波斯人或者像伊特鲁利亚人一样，具有柔和的性格、活跃的思想。其中一位身着长袍的女子点燃了一盏装有石榴籽的灯，那灯上布满了余烬的灯灰，却弥漫着阵阵熏香。另一边草田里，一位妇女和她女儿在采摘藏红花，那妇人怀里已抱满了藏红花，走起路来左右摇晃，以至于不小心扭伤了脚趾。黑黑的头发上扎着丝带，带着耳环，透过薄薄的衬衫，她那丰满的乳房和红润的乳头依稀可见，衬衫下搭配着一条节日时才穿的飘带型的裙子。很多女子把满篮子的藏红花献给她们崇拜的女神。百兽女神阿尔忒弥斯俯身向她们微笑着，一条吐着长须的蛇盘绕在女神蓬松的头发上，她身上的两串珠子，一串上面挂着鸭子，另一串上面挂着蜻蜓，侧面还伴有一只蓝色的猴子和一个天使，天使正扇动着他那宽大的翅膀。

那锅炉盖子上的生活看起来非常甜美。虽然它们的确有些墓地的样子，但是那些四方形的、空空的房子，色彩明快，并没有任何死亡的色彩。它们是活人的住宅。亚特兰提斯岛、米诺亚岛、希拉岛——这些失落的世界在墙壁上再现光芒，看起来清澈明快，没有喧闹和阴暗。

这天，一个年轻的绿色幽灵神秘地出现在希拉岛。他来到峭壁下，身着青铜盔甲的勇士冲到番茄地里，记忆中附近的一个在希拉臭名昭著的吸血鬼夜间经常出现在这座火山岛上，他等待着时机。海神掀起地震，暴风雨笼罩着爱琴海，无情地肆虐着。铁匠神无情地毁掉了希拉岛。他白天成云柱状，晚上成火柱状。他咆哮着，吞吐着火焰，熔岩是他的血液，二氧化硫烟雾是他的呼吸，将白天变成黑夜，让海岛形成又让它们沉没。经过他，希拉岛从一个无生命的、海水泛滥的岛屿，错误重生，像铁匠的熔炉般火热。

这种迹象在一个世纪前就早已存在，在一次火山爆发后，法国火山研究专家来这里进行勘察，为苏伊士运河提供水泥的挖掘工作一再被喷发后的浮石中断。一条小道上，专家在紧挨着无花果树旁的葡萄藤下掘出一大块像岩石一样的东西，一面没用石灰而只用石块堆积的围墙，旁边还有一些陶器的碎陶片和一两枚金戒指。专家告诉我们这些古遗物可能都是古迈诺斯人留下的，这些甚至都不能在赛诺斯找到。接着发掘出一个人的尸体，从尸体表面看，那人年龄很大而且很瘦弱，那时候其他人的尸体都会抛掷大海，而他瘦骨嶙峋的残骸却埋在废墟里。

在阿克罗蒂里的西府里一间房间的北墙上，一点点地呈现出一名年轻男子的形象，保存完好无损，画中人正值青春年华。看起来只有 17 岁的样子，美好人生正将要开始。他的胳膊弯曲着，像是在跳宫廷舞，两个长袖上绣着青花鱼。他低着头，似乎很腼腆地微微笑着，脖子上戴着皮链。背后紧靠着柱子，他脸上没有忧郁，没有胡须，也没有黑暗，像一个光芒四射的天神。

还像神的地方是，他生动得仿佛立刻就要活过来一样。他侧着头，眼睛直视前方，涂着细长的黑色眼影，那是典型的埃及画像中的眼睛。虽然双肩面向前方，腰部以下、臀部以上的部位则摆出婀娜、柔美的姿态，双腿看起来异常的修长：从解剖学的角度来看，这是一个错误，一个蹩脚的缺憾，他的身材是畸形的。但是对于我们的内心来说，它却令我们感受到了生命的悸动。他双胯以下仿佛淹没在水面下似的，那个缺憾看起来好像是他要跨越两个具有不同元素的世界的界面和裂隙似的。他被界面分成的两半接合的地方出现了绝妙的折射，制造了一种运动的视觉滞留，却又无比自然。正因为如此，他看起来栩栩如生。

西府之前的主人如若不是什么贵人或国王，也一定是一个船长。在同一间房子的四面墙壁上还能够看到反映诸如战场、拥挤的海港、有桅杆和一排排船桨的船队、母狮、鸟类、飞蛾、海豚等图画。海豚纵身跳跃，将古铜色皮肤的男人团团围住。在渺茫的蓝色海洋背景里，它们和渔夫捕捉到的鲭鱼一样，呈现为一半蓝色、一半铬黄色，正跳跃着冲向半空，冲向船只、残骸和淹死的船员。那些淹死的船员身体裸露，四肢修长，四仰八叉，看起来仿佛在嬉戏玩耍，又仿佛随时都会冲破他们古铜色的皮肤，变成一只只海豚似的。

> 在坟墓中，面对死亡、惊惧等各种刻骨铭心的感受一起涌现。人赤条条地行走在宇宙中，最终面对死亡：他纵身跃入大海中，到了下面的世界。
>
> ——D. H. 劳伦斯

到了下面的世界，在令人窒息的海水中，他们搬运着打捞到的东西，推搡着，究竟游了多久才游回码头？除非船只不足，或被大浪卷进了海里，或撞到了岸边的岩石上沉没，或当他们随着吹响的喇叭声正在登船时，被突然冒出来的有20英里高的火山柱葬身海岛底下，他们最后还是能够按时登船的。

考古学家发现希拉海岛随着时间一年年的流逝在变轻，斯比里顿·玛里纳德在一次挖掘工作中不小心摔伤了他的脖子，跌落到一片挖掘场中，被埋在废墟里的一个坟墓里。

有人说亚特兰提斯人和其他人向西航行了，离开了他们之前掠夺的爱琴海沿岸荒废的城市，大批涌向远离不列颠的大西洋海岸——像费尔伯格那样乘皮质帆船从希腊驶往爱尔兰，在那里的一片土地上用他们的双手建造了巨石阵。还有人说这个巨石阵建造于亚当时期，并在诺亚时期的洪水中毁坏。也有人说是在梅林施魔咒时，从爱尔兰上空飞来的，还有人说巨石是自称为狄斯、普鲁图、冥王哈德斯后裔的德鲁伊人的杰作。

修建一艘死亡之船，因为你将要
踏上最远的旅程，到达忘却的终点。

——D. H. 劳伦斯

古老的圣马格纳斯大教堂，是由嶙峋的红砂岩堆砌的建筑，修建在奥克尼岛的克瓦尔市。那里森林茂密，在一名水手的阁楼里挂着一幅圣像，画中有一位铬黄肤色的拜占庭人，还有一艘三桅帆船停泊在大海上。在斯堪的纳维亚半岛的近海处有所教堂，甚至似乎还有一艘帆船停泊在空中，欲驶往其他的世界。不由让我们想起那已沉寂的大教堂，伊苏小康布列塔尼市，海·巴西，莱奥尼斯，埃尔·沃尔特，“绿岛”，雷姆里亚以及消失了的亚特兰提斯。水面平静，剔透，教堂中殿的映像被这片水倒映出来。

穿越冰山时代，苏格兰北方的岛屿、昔得兰群岛、奥克尼群岛、挪威岛等都被层层冰雪覆盖，岛上白雪皑皑，不曾融化。

希腊民间流传着这样一首歌，在希腊有个港湾，它是所有旅途者的最后归宿，船长查洛斯命令一艘黑色帆船驶向远处，那里漆黑一片，伸手不见五指，而那船长与其说是个摆渡者，倒不如说更像个海盗。此次出海他们企图从其他行船那掠夺到更多的丝绸、金银。歌词中问到那些船只会在什么地方抛锚停泊，答案是

Στην Κατου Γης το σιδερο，στον Αδηπαλαμαρι，即在地下抛锚，在哈德斯的宫殿我将停泊。

小船启航，生命和生活分开，储存的食物，做饭用的锅，衣物成了脆弱灵魂和信念的方舟。

> 水面废物漂浮，
> 在水的尽头，
> 在这片死亡的海上，我们航行着，
> 太黑，很难驾驶，也没停泊的地方。

那巨石——史前遗留下来的糙石巨柱，其跨度很长，从布里多尼到盖尔，沿着大西洋的海岸成排或圈状静静地屹立了上千年，如同死树一般。巨石位于海角、海岸线、航海标识、满潮水位线和内陆大土墩附近，传说中它们是被控制那片土地的女巫丢弃在那里的。柱底稳扎在土里，柱尖高耸入天空，像个张嘴的怪物。他们是夜的舞者，巨人依然摇摆于石楠属植物中，一到黎明便会复苏过来：有些人对石头了解甚多，有时会从很远的地方把石头运来，这便是石头的魅力。是洞穴里的清泉浸刷过的顽石还是冬季的小树林这样激励着他们呢？像树木一样，没有两块石头能投下一模一样的影子。像树木一样，它们直挺不曲，也有可能会躲不开被砍伐的命运。幸存下来的像男人般毅然直立，如女人般矜柔，牢牢守住它们的主根。它们身上长满水泡、疤痕、苔藓。奇妙的石花呈白色，中间夹杂着灰绿色和赭色：那些矗立的石头没有两个是完全一模一样的，有裸露的、被遮盖的、帽状的、凹凸不平的、平滑的、粗壮的、细长的等等，饱经风雨，无奇不有。曲折盘旋，环环相扣，无论是单一的还是成对的，都犹如猫头鹰的眼。石头呈环状堆砌，这样房顶不容易塌掉，如同蜂箱结构，很结实。不列塔尼（Brittany）（法国西北部一半岛）

岛上的糙石巨柱上刻有乳房的史前巨石像，当中有年轻风韵的，也有体态臃肿的，通道的石头上雕刻着裸身的护卫或是有桅杆的船。不知是石匠还是造船者站在了海的边缘？在这个时候航海者是很少出现的，除非是有名的预言家、治疗者、吟游诗人和建造者。早期的海员不得不使自己习惯于在海上漂流的日子，让自己感觉到就像在家里一样，陆上季节交替，而他们仍看着巨大的星象缓慢前行。石头本身有着属于他们自己的印迹，有如天空，有时从云隙中射出一缕阳光，有时又有一弯弦月，一扇日晷，不时地上演着太阳和月亮的迂回变幻的场景，还有偶尔出现的日月亏蚀、彗星、明星。一滴雨滴或用力丢在水面的石片，也许就意味着一个盆地，一口井，或者是圣洁的泉水的诞生。

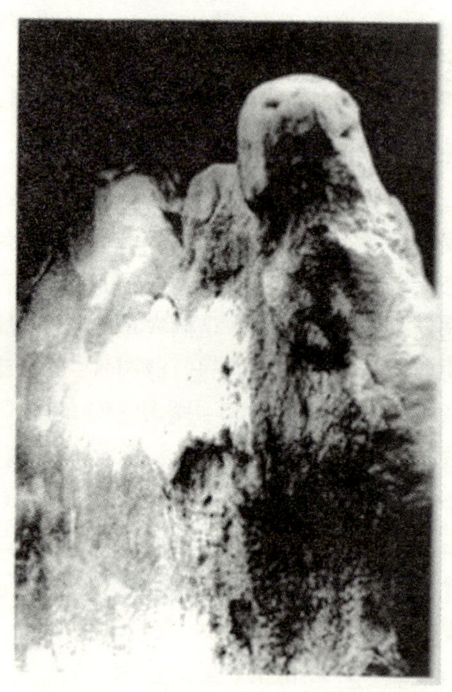

mor（方言为 *moder*）——母亲

perlemor——珍珠母

morsmål——母语

mål——语言、声音、一餐饭、目标、企图、目的

maler（方言为 målar）——画家，艺术家

morsliv——发源地

liv——生命，生活

fra mors liv an——从一出生

morsmerke——胎记

morsmjφlk（dialect *morsmelk*）——母乳

树木比石头的历史还悠久，史前英格兰人使用圆形结构的木制器具要远远早于石器。有这样的传说，在北方的第一对夫妻树，阿斯克和埃布拉被神连根拔起，经过淤泥和灵魂的洗涤后，来到岸上，神给它们注入了新的生命。阿斯克是一棵废墟里的树，埃布拉在希腊词中是一根葡萄藤。

有时暴露在各种气候条件下，石头会被太阳灼伤，那时，因为受到了太阳、月亮和星星的影响，石头便可以预报天气，男男女女们要么在凹地里的火烧石旁，要么就搭着帐篷，围着火烧石在圈内跳舞，手挽手地大声歌唱。在仲夏之夜，按照当地习俗，他们会将一个人或一只动物捆绑住，切开他的喉咙，然后放火烧死他，献给大地或太阳，种族里的人用绳索和一些石头围成圈状。叶芝（爱尔兰诗人及剧作家）说过：不是所有的种族都遵照神话中说的，要把人类跟石头和山脉相结合的说法。哪种舞是跟月亮呈逆时针方向或者跟太阳的轨迹呈顺时针方向或者两者都有？到底是圆圈舞先出现还是石圈舞先有的呢？

隐约看见地上有块像月长石的手镯，是昨晚蜗牛爬过留下的湿露的痕迹，猛一刹那，不经意看见了从未见过螺旋状的珍珠母。

有了火和宇宙，才有了我们人类。

石头精致，伟大而小巧，例如深成石、陨石、变质石等在人类崇拜的烙印中折射出深刻的寓意。普林尼在书中写道：在世界历史中，记载的都是石头伟大的篇章，宝石的起源给了人类超自然的力量或者说是精神上的魅力。可见，石器扮演着极其重要的角色。当老普林尼在权威刊物上表明他的想法时，也有力地抨击了那些与老普林尼不同的人，如马奇人、希腊人、德鲁伊人等的思想与当时学界普遍认同的观点都是相悖的。然而人们会怎样认为？什么才是正确的呢？不是我们去争辩自然是怎样的？为什么会出现这样那样的现象呢？是她的自然属性。最坚硬的石头——钻石也还是可以分割的。石头的形成一直是个谜，并不是亚里士多德说的那样，他只知道它只不过是如冰块般经长年冷热交替和挤压而成的晶状固体物而已。约翰·曼德维尔一直在研究钻石是如何将男女联系在一起的。他们喝了天堂的甘露，产生了感情，生下了一个小孩，慢慢长大成人。

这就是整个石头世界。

> 现在让我们宣布这一切已达到最后所期望的结果。死亡与不朽的生物互相补充，这样，宇宙便渐渐地形成，宇宙间所有的事物变得可见，造物者——神的形象也能被感觉到，最强大的，最好的，最公平的和最完美的事物，甚至这个唯一的世界都在其中。
>
> ——柏拉图

造物者和其形象在大世界中以小宇宙的形式相辅相成。

完美是襁褓中的婴儿还是用树叶或被昆虫吐出的丝包裹着的

死尸呢？我们都是模仿者。倘若这是菩提树，是印度无花果的无规则蔓延那又怎样呢？这里砂岩上建起了一座座寺庙，可是现在它们全被毁了，留下的只有那些紊乱的神和女神。他们美丽却很可怕，带来的往往是阴影。他们就在完美面前。他们比我们最了解的石神还要老，如蜡烛一样会被太阳熔化，他们也会像我们一样，最后回归到大地的怀抱。

世界到处都有岩石上留下的手印和脚印，难道它们的由来可以追溯到远古时期的艺术？比如，岩石上的图画，如刻在石头上一样在人体上刻下的花纹。洞穴中的动物生活在山洞里，岩床中，它们是为高一等级的世界而活的，这也意味着它们都得听从造物者和主人的要求，牺牲它们的身体，把肉献给它们的主人。灰岩石上刻着一只有着柔软羽毛的猫头鹰，正盯着按在岩石上的一双手，沿着手的轮廓喷出赭色颜料而留下的手印，极像我们戴的手套。

> 如果从一开始不是因为有一种冲动的想法，做一些与手有关的事情，恐怕这些也就不会发生了。
>
> ——爱迪安·吉尔松

生活，动物，牲畜；画家，是来描绘生活的。

> 图画里有一群马，还有几个人，画家将他们处理成白底黑色的画像，非常迷人。那些老马的样子画得逼真，无不让人赞叹。在用照相机拍摄事物一瞬间的时候，我们看到的跟拍出来的不同，就连一部电影制作专用的摄影机都不能成功完美地拍出那一瞬间；但是当那些图像滚动播放时，那种视觉效果只有我们的大脑能够看出代表那种图像的某种因素。
>
> ——D. H. 劳伦斯

生活当然只不过是表达的对立面，假如我在伟大的托斯卡尼大师的指引下出发，就意味着我要接受沉默，怒火，静止。

——阿尔伯特·加缪

我在研究树皮节孔、岩洞和岩石圈。一些地方古树和适宜冬季生长的树木还有矗立的石头，它们共同生存了很长时间，如今都已变老，没有什么不同的了。如果在一个陌生的环境里，我能以一颗赤裸的心，不带有色眼光去诠释一切，我就会在脆弱的、广漠的阴影中找到自己，我愿意靠得更近去看清楚这些事物。眼下都是凹坑沙粒，花粉颗粒，一片苔藓，蜗牛留下的黏液，谷堆中小鸟留下的鸟屎，海滩上的沙石颗粒，还有闪光的琥珀。

神殿教堂四处皆是，有些还隐匿于又大又深的洞穴里，那些大教堂又像洞穴，又像坟地一样，如康格鲁岛上建筑的玉柱，棱柱和穹窿，在灯光的照射下彰显着它们的形迹。里面很阴暗，点燃一支火把，发现在完好而苍白的岩石窗玻璃旁边有不规则岩脉纹理，并且有着不少绣纹的涂鸦。顺着微弱的火光，我们看见在呈波浪形延伸的阴暗处有一个长着宽大翅膀的天使——墓地天使。我们的导游告诉我们不是每个迹印都是那么明显而宽大的，早期时候定居在这里的人们，当骑马因踩到薄地壳而坠入陷穴时都会掉落在上边的大厅中。骑马者会用手挖开一条路逃生出来，而马就只能在那等死。马的血液、骨骼还有细长的头骨会被缓慢融合，最后完全被大地“消化”掉。上边的岩石垮落，再加上长时间的洪水冲击，使地面逐渐下凹，以致形成越来越深的洞穴。上面石尖滴落的水滴又滴在它下面的石头上，这样微不足道的现象使得乳石钙化了。黑色根须织成了一张大网，丹宁酸从树缝中慢慢渗出，粉饰了旁边纯净的石头。还有那被埋在土壤中的马匹，成了这里的亡魂。

滴水石，流水石。那洞穴壁上古欧洲的绘画有多久的历史了呢？有些石头被有机物、黄蜂巢、蜘蛛网和青苔占领了，这也促使了碳的形成，有些还派生出矿物质。

蒙克曾经告诉他的一个朋友，当他发现很难想象死后会是什么样子的生活的时候，他就会相信有种神奇的力量的存在，以至我们可以从头再来，就像水晶被溶解后，又会被重新制造出水晶一样。

位于奥克利的沙维克的北海丘是斯科拉不列小镇的遗址。现在我们称之为斯卡拉不列。它曾是石器时代原始居民的居住地。七八年前被深埋于地下的房子是由石头铺成的小路连在一起的，很像是这些受大风侵袭的几座小岛聚集在海湾，海峡处。在一次暴风雨中，斯卡拉不列完全给遗弃了，它遭受着大海与沙石的冲刷。它静寂了上千年，直到最近的又一次暴风雨才掀开了这座被掩埋了的岛屿，露出人造的青石堆，不是坟墓而是人类的居所。房子的主人很早以前就住在这里，而且过着很不错的生活。在这些石头房子里，床是靠着墙放置的，围着床摆设的有石头壁炉、石凳、石头碗橱及烧热的石头、用来煮饭的石盆。他们有手工磨制的特殊石头器具，有用骨头制成的工具和一些珠子与外观奇特的圆球，许多这样的东西在匆忙中被遗留在这了。风暴来临之前，这些居民得以及时逃离，没有人知道他们是谁，来自何方，最后葬于何处，但似乎确定的是他们是这些岛屿的原始居民，反正不会是农民，因为在垃圾堆找到的他们可食用的食物，可以看出是被碾磨过的，食用的食物也是加工过的。他们或许是一个新的种族，建造了那些巨石纪念碑、石头围栏、古坟等。这些建筑比金字塔的历史还要悠久，遍布所有这些岛屿，就像在苏格兰、爱尔兰、英格兰、威尔士、斯堪的纳维亚半岛、不列颠群岛、伊比利亚半岛、萨丁尼亚岛、马尔他，还有希腊一样。如果是这样的话，他们便是新的神的信仰者，新的魔力及艺术的孕育者。他们作为水手及导航者，描绘着天空新的蓝图，推动着四季交替的车轮。难道还有其他的原因迫使他们西行吗？对他们来说，前方也许路途遥远，他们也未曾想到要离开这些冰岛，留下他们建造的坟墓、寺院，跋涉很远，去独自度过这冰冷的冬季，太阳暗淡无光，刺骨的风似乎都可以穿透他们的身体。也许他们来自遥远的地中海沿岸。

> 朦胧中，他看见河上来了两艘帆船，一艘船上，圣灵与阿森留斯沉默不语，静静看着船前行。另一只船上，他看见摩西与上帝的天使正要把蜂蜜和蜂巢送到他的嘴里呢。
>
> ——《众父之言》

我们的船北极号从贝尔根出发，一直向北行驶到北极圈，在星期天早晨停靠在了码头。我们这些乘客有一个小时的时间去参观特隆赫姆大教堂。我们内心充满期待，沿着那条被白雪覆盖且被地灯光映红的街道或走动或滑行。天空还飘着白雪，小镇也还处于沉睡中，即便是大教堂这个在昏暗中看似竖立的一艘战舰也关了门。只剩入口处那嗡嗡作响的雪犁上的雪片随气旋飞舞，一只老狗左右追逐着，它黑色的皮毛被雪花点缀上了白色。

还好我们比较幸运，教堂里的司事说一会将有一个洗礼仪式，我们可以四处看看。我们蹑足走入这映着烛光的石室，烛光燃烧的光环像一个暖炉温暖着那个即将要接受洗礼的孩子。圣水被盛放在一个有着诺亚方舟开关的铜制容器里，牧师将为他进行神圣的洗礼。接着我们顺道参观了一个石制的器具，上面刻有一个十字架，有一个暗红色的镂空小窗，在石榴石与天青石的点缀下，熠熠发光。据说古代圣人及国王的骨头均被供奉在这里。谦卑的人们都在外边的雪地里等候。在光秃秃的树下，瘦削的肩膀靠成了一排，他们在辨识着石碑上刻着的模糊的人名及时间。我跑到一块石碑前，脱下手套去抚摸那些凹进去的字体的痕迹。但当我的手指摸在那块墓碑上时却像触了电般猛地收了回来。我吮吸着手指轻微的伤痛，忽地发现手套不见了，后来发现是掉到树的后面了。此刻树枝上的蛛网夹杂着碎石，弥漫在昏暗的天空中，雪下得越来越大，我试图原路返回，顺着来时的足印，却发现那些足印连同我的手套都已经被这白雪吞噬了，就连我黑色的斗篷也变成了白色。从海港处忽地传来了号角声，是北极号！正当我还挣扎在这齐膝的雪地里时，前方来了一对年轻夫妇，他们抱着一个婴儿，虽然天气寒冷，但是婴儿的脸颊还微微发红。后面的小狗尾随其后。

我在前进吗？前面已没有足迹可寻。

也就是说我将不知如何返回北极号。它还有两个姊妹号：诺迪号和处于靠北方灯塔处的密德纳索号，象征着年夜的太阳。在这种一年中只有一日白天的夏季或只有一日晚上的日不落的冬季，你如何生活呢？在这只有月亮、星星的黑暗的黎明。苏格兰人经常所说的光亮、火光，应该就是这海港里的灯塔及船只吧。在遥远北方海港的这个小岛上，在这荒芜的冰雪之地，唯一生存的树木便是一种长在四方形的草皮覆盖的堡垒上的花末秋树，像挂在帆布篷里的一具具死尸，像一个个蝶蛹。

天空中弥漫着层层灰的色雾气，到处是冰雕的灯。这是一块废弃之陆，一条被遗弃的边境，一条荒凉的小径。

这里的太阳只发光不发热，但是无论这浸透着蜜色的光线到达何处，甲板上的雪还是会消融的。卷着的绳子也拿出来晾晒，薄片似的鱼也挂出来希望能晒成鱼干。一只鸟在山崖间飞来飞去，这是一只金色的小鸟，一个来访者。两个年轻人用英语问我："你看到那只海鹰了吗?"他们把双筒望远镜递给我，让我看那海鹰的巢。一只海鹰？在哪?

北极号在海湾与海岛之间继续艰难地前行，在海港小镇停了一个小时之后，又进入了黑色的夜幕中。当我再一次乘火车穿过白茫茫的雪山到奥斯陆时，似乎这"诅咒"已结束了，冰雪已开始融化了。又过了一年，我乘早班渡轮从札特兰到奥斯陆海湾。在那缓慢的旅途中，遇见了许多轻帆船和渡轮，还有灯塔。那个时期正值圣灵降临周，也就是到了仲夏，在蒙克的油画中也曾描绘过这漫长的晨曦，那些银色的海岸，那不落的太阳。后来渡轮在一个小岛上靠岸了，我坐在甲板上。发现住在这个小岛上的是英国人，他们是天主教的修道士，一位主教，十二名修道士。在八百年前，带着清贫、纯洁、服从、坚忠的誓言从林肯郡乘船来到这里，带着他们教堂里的每块石头，每一把土和上帝的训诫穿过北海，在峡湾、孤岩间缓慢前进，以我们圣母的名义建立了一座教堂，在那里生活，终其一生。

断墙残垣，黑暗潮湿，春天的绿色却在这里闪现。除了远处一架飞机起飞的响声外，还有流水的声音和鸟叫声，万物沉寂。塔里的螺旋楼梯好比一顶小工的硬沿帽，放在了白色花斑点缀的黑石上。在那脚下，有一口黑黑的井，它的上面有一口钟吧？这井很小，令人感到眩晕。地上的草叶上还挂着雨后的水珠，它们靠陆地和海洋而生，这个岛上的修道士是旧时的水手。在夏季，他们会在一个美丽的牧园种植一些作物，牧园里有许多鸭、鹅、绵羊、山羊，还有为他们提供蜂蜜的蜜蜂。蜜蜂的蜂箱呈钟的形状，还很保暖，在冬季，蜜蜂巢还可以搬到室内来喂养。这里的宗教场所正是这些殷勤的蜜蜂酿制蜂蜜时带给人们精神上的"蜂房"。

在入口处，同样有一口井。旁边的地图展示了这块土地的全貌。教堂的储备箱——展臂宽的消息栏处，有一个长长的过道，两边矗立着几根立柱。我们教堂里的“船”仍是拉丁式的。“nef”在诺曼底法语中是中殿的意思，最早的时候指的是船：伟大的诺曼底石砌大教堂是古挪威人的杰作，他们心中一直把船当作心灵的航者。他们的第一个主宰者是北神伊米尔，他被主神奥丁神和他的兄弟杀害以之来创造世界，以其血为海，肉为地，骨为山，颅为天，脑为云。伊米尔的血淹死了其他的北神，除了唯一一个从里面逃出的小神。这个小神的名字的含义大概是摇篮，棺材——新生，死亡。在异教徒时代，死者被装在用石钟、蜂室和石梁制成的类似于渔夫帽子的一个灰色而且很沉的船里，然后再送其上路。有些是装在卵状的石壳里，有些用蜂蜜、盐和沥青粘连，有些装在空心的圆木里，还有些放在海上沉船的残骸里，甚至是泥土、沼泽里。

古老的语言保存着它们的秘密，而古老的帆船、船架和石头也有着它们自己的秘密。

老式的蜂房呈细长的钟的样式。一个摇篮，也是一位母亲。换句话说，在希腊语中，产生蜂蜜的地方，乃春之初，水之源。曾有段时期，艺术家们将他们的注意力转移到了更现实更人文的地方，在这两个方面，可以说，蜂房式的艺术建筑，小型的礼拜堂和寺庙，用圆滑木做的灯塔是最简单的，也是人们最渴望得到的艺术作品。房顶挂满灯笼，既可以照明又可以保暖。慢慢的，这种圆顶形的小玻璃建筑涌进销售市场，蜂巢灯，轻巧且便于保存。

和我一起去看那石头遗迹的英国朋友用邮件寄给我一张卡片，一串项链（现挂在我颈上），一个用骨头或动物角刻出的天然雕像——北方女巫（主宰着那里的冬季），她手交叉握着头上的魔骨，腰上佩着两个铃铛，眼睛大张着，似猫头鹰的眼，腿如同鸟喙，盲目地注视着周围的一切。这很似我的形象，她是我要学习的人，能忍耐，有理想。

她就是凯莉：用稻草编织来挂在墙上的玩具娃娃。

被保存下来的参加过特洛伊战争的黑色战舰，船头及船尾被击坏了。几年前，我在奥斯陆第一次见到它的船身后，被它的那种傲气吸引。像木质的部分会随着岁月的流逝变软、发黑，多年的浸泡使船身如沼泽，满是泥煤，但不失其风采。整个船身是用古橡树木做成的，它是两艘北欧海盗船中的一艘，除了这两艘，还有一艘停在附近的废墟中。在大厅的墙上，托架上挂着灯帽，旁边是窗户；眺望的看台之间都用螺旋的砖梯连接，地板是灰色的石砖砌垫的。学生们围着这艘战舰不停打探，用笔记本记下他们所看到的，船体上刻有一条多节的阔叶蛇，一条腾龙。二月底的一天中午，壁龛的灯亮着，窗玻璃闪出灰色暗光，门外的雪白的发亮，几只鸟悄无声息地从树枝上匆匆飞过，而在飞往目的地的途中折回，战舰被防水布盖着，依然停在雪堆中。

步行了很久，一路上都沉静无声，穿过人民博物馆时，举目无人，在软软的白雪里，只剩我经过的脚印。在一条通往河道的蜿蜒小路旁，有一座似木雕龙的教堂，太阳最后的余晖落在楼墙上。奥斯陆仍被白雪笼罩着，在冰上公园里有一座皇后的宫殿，里边的树像黑色的桅杆，花床孕育在这片白雪层下。白雪成了这片土地的统治者。到了黄昏，在历史悠久的大学里，自助餐桌上摆着各式美味，发酵后的啤酒也散发着诱人的味道，这是我在墨尔本学校度过的一天下午时的场景，至今还在回味。

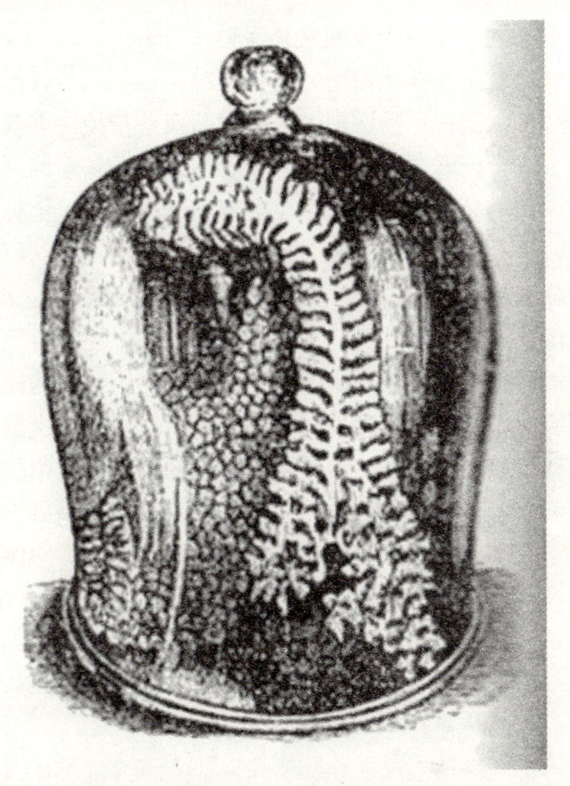

冰雪世界里，北极号沿着北欧海岸继续向北航行。这次航行可能还会像以前的航行一样充满危险，航海者们也已做好心理准备。他们渴望寻找到新的海岸。他们的头儿带着所有物，北欧海盗船上的船员心中的英雄被火或浪给送到另一个世界去了。博物馆里的黑色战舰是奥斯陆海峡西岸的威斯特福德皇家棺柩。在奥斯贝尔格的亚萨山出土的奥斯贝尔格战船的残骸，和鹦鹉螺号之前经历了无数次的充满风险的航行。它不是为挑起战争，而是为一种仪式而行。它不是一只蜉鸭、一条龙，而是一只北方的黑天鹅。它将亚萨皇后带回她的坟墓。亚萨皇后的祖先可以追溯到奥丁神，正如伊玲加传说中所说的，她的父亲是哈拉德雷比尔德国王，母亲是哈弗丹·斯瓦特。有一半丹麦血统黑皮肤的顾洛德国王为了得到她，在一个夜晚袭击了这个王国，杀死了她的父亲。亚萨忍辱过日子，在他们的儿子一岁的时候，一天夜里，顾洛德喝得烂醉，跌倒在船的跳板上，这时，亚萨指使一名奴隶杀死了他。报了这个血海深仇后，亚萨带着她的儿子乘船回到了离开已久的家，并继承了她父亲的皇位。亚萨死后，除了她拥有的那艘战船外，还有一大笔财富做了陪葬，她亲自雕刻的板车、雪橇、大锅、挂毯、骨质的梳子、紫杉做的木桶、一尊调皮交叉着腿的黄铜佛像、面包团和香料、屠宰了的马和牛，还有自愿和被强迫的奴隶通通都做了陪葬。她的儿子长大后当了伟大的国王，在位期间英明治国，深受百姓爱戴。若干年后，他在一次出行中，不小心踩到薄冰，溺死在冰河里，当捕鱼的百姓无意中找到他的遗体后，都争着要把他的遗体埋在自己的家乡，以至最后他的身子被分成了四部分，在全国出现了四座哈弗丹之墓——保卫着整个王国。

地球绕着太阳旋转，就如我的血液在我身体里循环一样，如此神奇。

——D. H. 劳伦斯

另一年的二月底，在天鹅湖的岸边，太阳懒洋洋地放着光，黄铜色的光线穿过乔治烈士街上一座建筑的屋顶，在这建筑里，正排着一条长长的购票队伍，观众都急于想买到一张德国科林交响乐团的音乐会门票，他的音乐会每年只举行一次。那些年轻的演奏家们演奏出的音乐如此美妙，把我们带入音乐中的奇妙世界。那低音让我们联想到了圣母，还有那龙船。不经意的，我们还打了个寒战，抬头望着天，黑黑的，静静的，还有星星闪烁，在远处炉底石遍布的海湾，挂在空中的晚霞也渐渐地消失了。夏天，东边的皮纳图波火山也渐渐苏醒；芦苇岸边的庇荫里，隐约能听到天鹅的叫声。天黑后，黑色的天鹅就出来活动了，一听水声就能感到它们的出现，水制造出声音的方式就像它反射光和热一样。这晚，我们的耳朵听到了各种各样的音乐演奏。

一个夏天的夜晚……

石器进入到人们的生活，并发生着改变。在潮湿阴暗的森林里，许多的生物诞生了……

月亮变成了黄色。在水中的倒影就像一个圆球，随着水波的荡漾，忽大忽小。月亮的黄色好像也被融入了水里。

——爱德华·蒙克

在海湾的水面上，一只野天鹅正无忧地游着。小船划桨的水波使它上下浮动。这只天鹅孤零零地在海上漂着，就像一只小船驶向阿斯咖德斯堂德，神之船，轻而神秘。

半空中，一团云如燃烧的火团一样聚集在一起。整个海湾就像是一面大玻璃，映出了空中的画面。那熊熊的火焰展开它那两片大大的翅膀，金黄色、朱砂色厚大的翅膀变成深红色后化为灰烬，消失在天空中。

1893年，在东边的喀拉喀托火山附近的诺德斯堂德的加布鲁威恩镇，他倚着扶手站着。在这个城市，他租下了一座黄颜色的房子，并准备为他疯了的妹妹——米兰科利劳拉画一幅肖像。他朝西观察着这一片海湾，他先勾勒出海岸线的轮廓，然后还有小镇的房子。海岸线蜿蜒，冬天的天空仍挂着血色般的太阳。

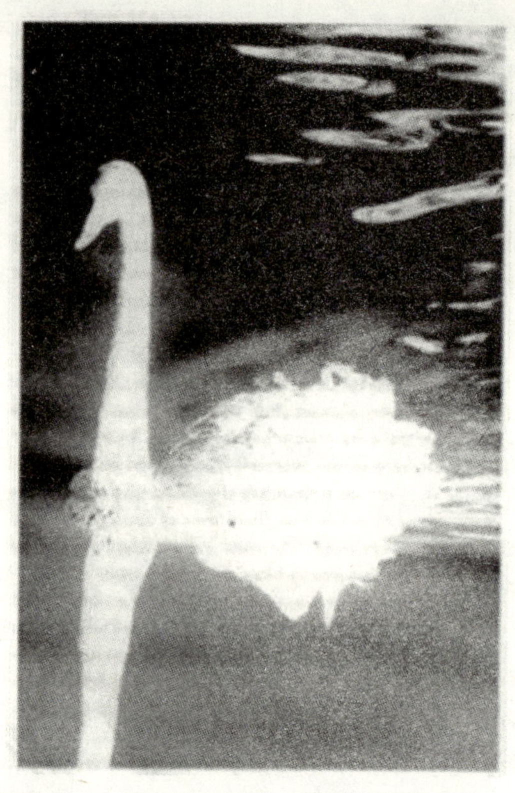

蒙克也写道：海湾的海水在太阳的照射下呈现红色与黄色，红黄色的波浪拍打着岸边，把那条小径都给掩埋了。这片景色似乎也被太阳最后的热给熔化了。光线和色彩像刀子一样刺进我的灵魂和身体，我身体里的血液也不再流畅——忧郁症。尖叫。

落日映衬下消失的前景是什么呢？有点黑色睡衣的蜡黄色，像圆圆的眼睛和嘴巴，像拱手形成的“秃头”形状？它不是男人或女人，也不是孩子，更像是一个婴儿。它的手捂着耳朵，屏蔽着一切叫喊声。天空，海洋，世界，难以言状的声音。它变成了发音的工具，听见并熟知了自己的尖叫声。苍白、憔悴和痛苦充斥着一切。它与世界的痛苦共鸣，与太阳一道洒下热血。

红黄相间的波浪，绿色的光线，海峡中波浪的起伏与条纹状的陆地融合在一起。有栏杆的笔直小路，像人类僵硬的躯干一直延伸到远方。蜡黄的躯干包裹在黑衣中，仿佛融入了最后一缕落日之中。

无限空间与油画平面空间在画室玩“躲猫猫”游戏。

——约翰·伯格

在血色的奥斯陆海湾的另一头，驶来了两艘双桅黑色的帆船。日落时的“火焰”似乎意味着北欧海盗的葬礼。黑色船体似燃烧的映像犹如一个巨大的火团逐渐缩小，最终消失在奥斯陆海湾。不禁让人感到焦虑和绝望。好像这两艘小船经过寒冬，冲破了冰的束缚，自由地向这个海湾驶来。

我和我的两个朋友沿着小路漫步。太阳下山了。我感到淡淡的忧愁。突然天空变得血一般的红。

我停下了脚步，倚着扶手，很累，天空的云像血一样红，映红了原本蓝黑色的海湾和城市。

我的两个朋友继续走着。我就站在那儿，莫名害怕，颤抖了一下。此时，我感到一声响亮而不间断的尖叫声穿过了这片自然。

奥克利的黑暗女王，她给了埃舍尔国王的王位，也正是这个女人最后把他给毁了。在埃舍尔国王的母亲——这个女巫的一手煽动下，奥克利的艾尔西格尔德陷入了战争。她在横幅上写着，死亡是留给忍受者的，胜利是给执行者的。而那些照着她的话做了的人都牺牲了，最后没人相信她的话。

1014年，在复活节的圣周三个晚上，北欧海盗舰队陆续聚集到奥克利的艾尔西格尔德岛，布罗迪尔的帆船驶入了这片红色的海湾。正是布罗迪尔战胜了布莱恩柏鲁，布莱恩柏鲁在爱尔兰共和国的首都都柏林外的克隆塔弗战役最后的关头，用了不当的手段获得了战争的胜利，可是，获得胜利是要付出代价的，没多久他就被布罗迪尔杀死，从喉咙到腹股被划开一条长长的口子，内脏被挖了出来，缠在一棵树上。在冰岛的斯维纳费尔市的一个星期五的早晨，阳光明媚，但鲜血四溅，连牧师的圣衣上也沾满了血渍，斯瓦特瓦德的牧师见到神坛的地板上全都是血，心里甚感恐惧。同一个早晨，丹斯纳斯的一个人和另一个法罗人看到华海拉殿中的侍女华尔吉骑马到了一间小屋，小屋里有一台织布机，那织布机编织了所有人的生命，挪威人、爱尔兰人等命运注定要死的人都不会逃脱她编织的那张网，红如鲜血，青如死尸。

曾有一次，一个男人以酒度日——脑袋里都是晕晕的，像蜜蜂采蜜飞过嗡嗡作响，除了喝酒就不知道干别的事儿了。酒精渗入到他的每一根膨胀的静脉。

如果一个你爱的女人向你索要太多的话，你怎么办？婚姻、小孩，只是给这个无光的世界带来更多些的暗淡？——你把她赶走，摆脱她，你必须得这么做，因为你要生活。但是她可能还藏有一手呢。某个晚上，有人带消息给他叫他去见她最后一面。他们乘船回到这片海湾——蓝黑色的海湾——月色洒满海面，然后来到她的小屋，在烛光的照射下，可见她躺在一张铺有白色床单的床上。母亲，妹妹，爱人——他思绪很乱，灵魂也像死了一样。就在这时，她突然跳起，手舞足蹈，发出一阵刺耳的笑声，牙齿全露了出来，这女人就像一个吸血鬼，要吸干这男人身上的每一滴血液。她有一把手枪，她说如果他离开她的话，她就自杀。这男人一下子抓住那女人手上的枪，女人抓住不放，争斗时，一发子弹从枪筒里射出，打中了男人的手，手残废了。他的手！一名画家的手啊！血还不断地冒出。那女人的一束头发从男人的颈部滑落。他早就该让她死的。现在她得到了她的下场。

地板上的灯影随风晃动，尖尖的灯帽，倾斜着，还有黄色的碎片把他的记忆带回到那一晚，他杀了她的那一晚。想到那一幕，他呆住了，动弹不得，总感觉身边有个白影看着他，随着那暗淡的灯光，赤裸裸的。没人在那！没人！他要把那灯移开，那灯光让他感觉不能呼吸了。他恐惧到了极点，手颤抖得厉害，有一只手指在那次弄断了，其他的手指也不能把他挽救回来。

在日本，流产了的或死产的未出生的婴儿被叫做“水子”，*mizuko*。民间佛教流传着这样一种说法，就连一个年龄不到七岁的小孩或多或少地都还被叫做“水子”。但是 *mizuko* 根本没有出生变成肉体就已经走向了死亡。他是无辜而无奈的，流动且无形的。生命之源，水也。他处于存在的事物与不存在的事物之间。掌管这领域的菩萨是吉佐卜挲特苏，在吉佐卜挲特苏菩萨的呵护下，水童会慢慢成形，走向生命的开端，那里有一条布满泥石的河流，河流上有一座桥，他得越过那座桥，母亲迫切想帮助他安全渡过那座长长的桥。这天，我看到吉佐卜挲特苏菩萨的石雕群，石雕小巧别致，都裹着一层红色的围兜，这围兜是那些“水子”的母亲的献礼。

空白的脸。没有五官，只有灯光跟一张没有脸的脑袋，那是一张鬼脸，只有一个形状，一个阴影在那儿。他拿起刷子来到镜子的面前。

在去哥本哈根的火车上，他看见了他自己——跟他一样的人。

假如这样一个孩子被孕育又生了的话又会怎样呢？爱德华·蒙克和他爱着的那可怕的女人那晚的结果，这孩子是怎么找到他来到这个世界的路的呢？爱德华·蒙克的小儿子有着一个如空气和水般柔弱的灵魂，像雪花、雹块、冰片一样生命短暂。他拒绝生活在这个世界上，而选择了另一种方式，草草地结束了他的生命，到了另一个世界，在那有三个黑色的天使，还有软壳蟹的灵魂。不管他是在哪出生的，他的灵魂终归要回到奥斯陆的，这个“水子”，回到了那片海湾。他的生活可能会被他的旅途中从未经历过的某些阴影给遮住，淡黄色的月光洒满了这片海，从海湾的岸边，踏过浅浅的草坪，最后来到死时所卧之床。万物静寂，烛光随风轻轻摆动，被褥下躺着一个女人的尸体，他靠着床脚，一脸的悲伤和恐惧，抚摸着那白色的床单，突然，他昂头大叫一声，用力拽那具尸体，他痛苦极了，呼吸都快停止了，全身每一处的血液都沸腾了。

黑色，让人捉摸不透。

我应该靠海而居，屋里的地板用磨光的松木铺垫，并装有护墙板，这样的房子早在一个世纪以前就闻名于中世纪的东岸了，那都是用船把波罗的海的松木从遥远的北方给运送过来的。我的卧室要用琥珀装点，当晴空万里的时候，整个房子就成了一个满月形的大灯笼。四周山水围绕，峭壁沙丘，礁湖上天鹅游弋，潮水回荡起落。冬天已至，我不该留恋夏日的。每天你都可以看到茫茫的半透明的一片白雪，从眼前一直延伸到地平线。旧大陆的孩子看到的光是地球另一边昔日就已见到了的。一个本应在冬至出生的孩子结果在仲夏出生了，为什么没能进入那一个冰雪覆盖的、另一种灵魂所在的世界？为什么没有另一种灵魂呢？是迷失的孪生兄妹？假如有灵魂的存在，那为什么就不能同时有两个呢？（柏拉图的想法）希腊人的思想中有这样七种概念：*aakbu*，存在于血液里的东西；*ab*，心脏是由母亲的心脏的血液促成的；*ba*，在人的最后一口气息时掠过并徘徊在墓穴的鬼魂；*ka*，水结构的映像；*khaibut*，地狱的黑暗；*khat*，肉体；以及 *ren*，神秘的名字。

以上几种，哪一种最能描绘冰雪的特质呢？Ka，水结构的映像，因为它能让水成形。

在北边正值寒冬，万物被冰雪覆盖，失去了原先的生趣，在那有一个死人国——死者的住所，那里白雾笼罩，有一口井，十一条河，还有冰冻铁一般硬的树林。

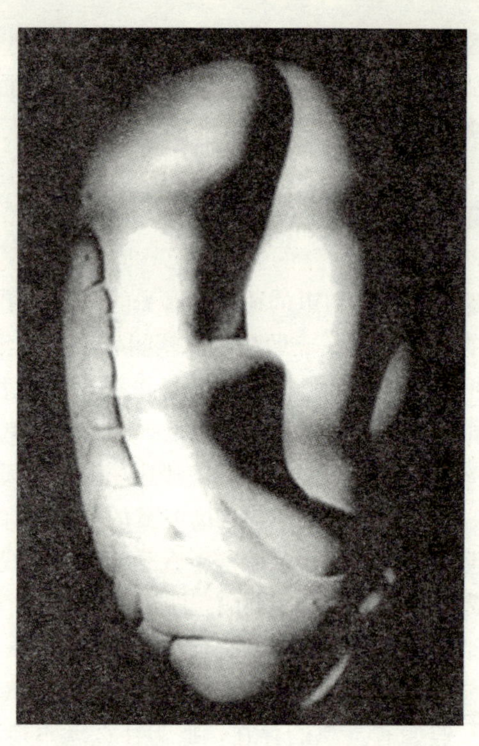

尽管风狂啸着，伴随着暴风雪，但是雪是多么的有趣啊。

除了死去的人了解我们的一切之外，又有谁了解我们呢？而我们自己，也仅有过去留下的记忆，其中还夹杂着迷失时的秽迹。

Αναχωρησις 是离开、退隐、登船、出发的意思，是一个能够感觉到风和水、扬帆漂流的词语。早期的基督徒隐士如今已成了荒凉沙漠里的弃者；中世纪英格兰的一位女隐士因上帝的眷顾，离开原先的生活，到了一间静思的“蜂房”，这座砖砌的房子是女修道院其中的一间，按这房子的构造，应该有三面窗子的。一面是为了递进她维持生命所需的食物和饮料，还有换洗的衣服；一面是为了前来倾诉困惑的失落者；还有一面是通向教堂的，以进行宗教交流，等等。肉体布满污秽，就连安提戈涅也是如此，在生死交界的空间，为了心灵上的依偎，她靠着自己内在的力量，踏上了自我屈辱的旅途；她登上了死亡之船，姐妹们为她唱起圣歌，将泥土洒向她的遗体，仪式的最后唱起了她的安灵曲：这里会是我最后也是永远踌躇的地方，在这里我会快乐的。姐妹们唱着圣歌，一边将泥土洒向她的遗体。

从林区大火的疯狂中醒过来，看见园子里一些树只剩下烧焦后的残枝，柠檬树和李子树被烤了后，散发出一阵阵奇怪的味道，还好有些还是绿的，免受了这场灾难，房子就像潜了水的舰艇，没有损害。那艘旧的划艇仍在篱笆下面，对，在那——她高兴地一下就跑了过去，但是当她用手触摸它的时候，犹如埋葬在地下的骨架又被挖起过后，一瞬间，垮塌散了架，化成一堆灰烬。夜里的一场火，把她手里所有的东西变成了空气、灰尘。

蒙克那张脸上写着的只有空白，光照射到镜子上折射出或亮或暗的光线，镜子里的脸没有表情，沉默不语。不能用言语来形容这一张脸，他用两个手掌把那张僵硬的脸拍了两下，脸上的肉才迟钝地回应了一下，这张面具乍一看像一个捣烂煮开花的鸡蛋啊。

有一次，一天，我成了狂女。哦，不只一次。日复一日，从镜子里看自己，瘦得只剩一张皮，像一条薄银片，活似鬼魂。生命好似一个用笔墨就能勾画出平面轮廓的东西，画一只手，另一只手，然后两只脚，穷困潦倒时生出的褶皱，还有铺开的骨架、血管，在这张冷冷的表层上有白的、蓝的痕迹。不像一只蘑菇的话，更像是由灰尘组成的肿块，这似乎让那些血管和骨架的轮廓更清晰、实在了。接下来的一步就是把它弄到纸上，复制每只手和脚、每一丝褶皱、每一根血管到纸上就行了。一天，一杯水倒了下来，皱起的纸上墨迹开始模糊，水干之后，原先蓝色的墨迹处闪烁着青铜色的光。手并没被水浸湿掉。把纸举过头顶借助太阳光看它，还是红红的，骨骼清晰，呈半透明状。结实的双手，结实的双脚，四肢并用地逃离出去。

在葬礼上，皮肉包裹着骨骸。有一个正在发生的故事，关于一位监禁了的新娘。在白色木板上铺设的一张矮木床上，整个冬天，她孤独一人，光着身子躺在被单下，脚靠近窗子。

每个早晨，她在天蒙蒙亮的时候就醒来了，当朦胧的太阳懒洋洋地从山那边升起来的时候，她起身靠着窗子，身子还抖着呢。一天，她正准备出门的时候，太阳制止了她，整个人闪着光，红彤彤的，骨骼上的松软的肉颤动着，那刺眼的光足以让她的眼睛瞎掉，如果她后退的话，那黑丝带——影子随时可以把她绊倒。想往前走，却又退了回来，她一张口就能吐出火来。

天空挂着晚霞，街灯上满是白雪。橘黄色的灯光照耀着每一寸草地。

一个二月，我到时，天刚下起了雪，不一会儿就下大了。奥尔胡斯城每一处都被冰雪覆盖，包括沙滩。在里斯科弗海岸，隆起的峰丘上长满了灌木，还有黄色的杂草——此景与书上描绘的景色多么相似啊！埋在沙床里的茎扭曲着身体，有些枯萎。生长在冻土里久经雪水冲刷的禾本科植物却如稻草般干燥——那山脊被暴风雪吞没。棋盘状的冰块滑落到低浅处，就像因搁浅趴卧在岸边享受阳光浴的线形果冻状的水母一样，在太阳的照射下，闪闪发光。

不一会儿，月亮升了上去，淡淡的月光洒在床上。

雪天的月，冰冷的月。

我乘坐奥斯陆火车从卑尔根回来了，火车在月光下穿过田野和雪地。我一直没有入睡，决定要在日出之前保持清醒，但是我肯定我是迷糊了一阵子的，因为我觉得一会儿我们穿行在被白雪覆盖的银白色的斜坡上，在阴暗、空旷的狭缝间起起伏伏，一会儿又觉得火车停在一个小站的一排路灯旁。人们滑雪的身影从眼前划过，留下一道云雾。火车在这一排灯前停了下来，汽笛还冒着烟。就在此时，宁静的气氛似乎更重了，窗玻璃上也结了一层霜。我的眼皮觉得很沉重。

不久，我们又行驶在这白茫茫的夜晚，月亮像太阳一样明亮的这个夜晚。刚上车的一名女子坐在我的对面，她不知不觉地睡着了，头向后靠着，歪向了一边，嘴巴微微张开，触碰到风帽。她的辫子上的黑皮筋有些松动，几缕头发盘绕在她的颈部，女人散落的头发足以令一个男人沉醉、窒息。

我患了雪盲症，那个女子的身影几乎消失在黑夜渐至的暮色中，最后我透过另一扇窗户偷窥了她一眼。她的眼睛睁得大大的，令我畏惧的是她的目光不是落在窗外的雪地上，而是盯着我，露出得意的笑，我有些颤抖，她深邃而黑黑的眼睛仿佛是被风吹动的死水。

突然一声咳嗽吓了我一大跳，这声咳嗽是我之前没有注意到的一个男人发出的，这男的正坐在我的对面，和我们组成了一个三角形。他直直地坐着，紧绷着下巴，我还发现他时不时愤怒地盯着每一个人，但却没和我的目光相遇。我觉得他是典型的失眠症患者，白色的睫毛，灰白色的小眼睛嵌在眼皮之间，他外露的皮肤，甚至于藏于稀疏头发下的头皮，在窗外灯光的映衬下闪现出一块块红斑，鲜红色的，紧绷在身体上。我带着恐惧，僵直地坐着，眼睛时睁时闭。我扭头转向窗户，竭力控制住眼泪。衣服已被冷汗浸湿了，身上觉得有些凉，我顿时感到心脏收缩得厉害，颤抖着，手也随之肿胀起来。

接下来，我清醒过来就是第二天早上了，阳光已照在空空的座位上，火车已从被白雪覆盖的斜坡行驶到了高高低低的建筑物中，直向奥斯陆的森特莱斯塔郡驶去。

那穿黑衣服的男子的身形在白天比晚上清晰了许多。

黎明时分又下起雪来，在整个昏顿的下午，我处于莫斯伽德山毛榉树林的深处，沿着林间小道，绕着冻结的河水前行，这河水应该一直通向大海的。沿岸的草地上覆盖着一些灰色的冰，斑斑点点地显露出触压的痕迹，从一些小洞可以看到冰层下面流动的河水。在这片雪地上，这一棵棵树就像上面的符号。先来说说白桦树，白色的树干上有些黑色的印痕，新长出的泛红的大树枝则生机勃勃，像连在一起的龙虾的须，血红的，疯狂地生长着。在我的国家，这种光秃秃地生长在野外的树要不就是死了，要不就被烧了，或被剥了树皮，只剩下清晰的骨架。而在这里，没有死亡，没有腐朽，每棵树都像在孕育着新的生命，白桦树和山毛榉在这被大雪覆盖的树林里释放着它们淡淡的生命之光。山毛榉树干被绿色的苔藓包裹着，夹杂着些许白雪，像一道太阳光射在树上。

在梦里，我坐在海堤上，吃着白色纸袋里装的热炸鱼。海鸥闻到了鱼的香味，在我身边着陆，聚集在四周，迈动着红色的脚掌，追逐着彼此，它们低头发出低沉的叫声，转而又仰起头拍打着翅膀。我扔给它们一些肉屑，继而双手张开，狂笑起来，双手变成了红色的翅膀。

今晚从这座矮山的远处可以看到阿萨斯布特发出了亮亮的天蓝色的光，好似极光。冰的所有棱边都在闪着光。你可以轻易地除去冰雪的覆盖，犹如除去窗户上的水汽一样。这些雪像水晶，透明的，易碎，闪着光。人们驾着小艇来来回回，浮现在地平线上，除此以外还有海鸥、波浪、沙滩、孩子和狗。潮退去了，只剩下很少的波浪，天色变得模糊起来，天际出现了一道银边，月亮出来了。

在丹麦，太阳升起后，阳光照在窗户上，把窗户染成了红色。我被海鸥的叫声吵醒，它们是银白色的海鸥，而不是北方那种海鸥。海鸥在蓝石海堤上空盘旋着，发出嘶哑的叫声，蓝石是一种黑色的石头，不是玄武岩，而是一种黏性沉积砂岩。这种蓝石随处可见；滑坡的碎石，用于建筑防波堤的石头，海湾狭长地带的石头等，这些石头或是干的，呈灰黑色；或是潮湿的，呈黑蓝色，表层还斑斑点点的。

日日夜夜，潮起潮落。冰雪又融化成了水进而流入大海。现在太阳出来了，冰雪在太阳的照射下发出寒光，浅滩上的冰层已逐渐融化，露出来被雪水侵蚀的满是裂缝的沙滩。在渐渐融化的冰穴附近有一只全身白色羽毛的天鹅，两眼无神，拖着一只断了的翅膀，毫无希望地等待着死亡的来临。

天鹅在我来的地方都是黑色的，如同那片土地上最原始的居民一样，他们赋予了后代黑亮的皮肤和浓密的毛发，正如远古时代的歌曲里面所唱的，那里的男人与女人们都变成了天鹅。

在阿萨斯古镇的较高楼层堆放着许多船首饰像。自从船还是手工制造的时候，人们就怀着对生命的情感偏爱这种质朴的地中海式的船。每一个船首饰像都是一个单独的个体。这些瘦削的美人鱼，油漆已脱落，头发缝塞着盐渍，在黑暗中像埃及的木乃伊，僵直，毫无生机。

月亮透过乌云时隐时现，这是一个月光朦胧的夜晚。

现在冰层都已融化成一块块小冰块儿，漂浮在海面上。一艘船的甲板浮现在这昏黑的水面上。甲板上布满了水生动物的硬壳及卵石，海水十分平静，没有打破这甲板上的布局。只有船边的海水轻轻地拍打着船体，略显出这里还是有生命之水的痕迹。

里尔克曾有过一首关于天鹅的诗，在他的诗里，人们在生活中为摆脱种种束缚而作出的奋斗就如天鹅在飞翔于蓝天之前在陆地上的起飞准备。“最初会略显笨重，继而沿着平滑的路滑向天空。”看起来如此简单。我们人类也是如此，缓慢地放飞自己，像睡觉那样简单。但这种自我安慰完全是谬误。如果说入睡很简单的话，那么死亡将不会容易。垂死的马拉美的天鹅一动不动地待在冰面上等待着死亡的来临，死后整个身体、羽毛、骨头都沉入到冰雪中。

苏维埃解体后的第一年的五月，在莫斯科有这样一篇报道：随着冬雪的融化，一片奇怪的庄稼地显露出来，成千上百的天鹅幼鸟藏在这厚厚的冬雪之下，比任何年份都要多得多，都是些父母玩闹后留在风雪中慢慢孵出的孩子。它们还是白色的吗？仍保持着刚生下来时的鲜活吗？还是已冻得发紫？这些夭折的幼鸟身体已僵硬，掂起来很轻，白色的身体已冻得发黑、发紫了，蹭着将它们带向光明的人的手。

日落之后很长一段时间，天边还隐现着一道红光，像是一个空屋子里的灯光。在红光的另一面，灰色的天空下面的海水在城市灯光的映衬下显得波光粼粼。海边的巨石、防波堤也显出隐约的形状，远远地看去略显忧郁。

附近贝尔塔恩节的篝火，让人联想起火刑场上烧死女巫的火焰，被风吹走的浓烟和在丛林中窜起的火焰——实际上仅仅是我窗户上的一个火的影子。

昨天晚上，我开着窗户睡觉，一点也不冷。我继承了一座老房子，里面房间还挺多。在黑暗深处，我发现一个孩子睡在床上，身旁放着月桂树枝和一种黑蓝色花的梗。他的脸陷在了褶皱的被子里面。我试着叫醒他：别睡在这，这里很潮湿。他就是我要寻找的那个孩子。在另一间屋子，我母亲睡在一张高高的床上，为了不吵醒她，我蹑手蹑脚地走了过去。

在北欧海盗阿萨斯的黑暗心脏——冰冻的运河岸边靠着大教堂的绿草地的一个铁筐子里有一具无头男尸，内脏都能看见，他是被谋杀的，用古昔的祝语来说，这是血偿。把尸体从泥里挖出来，他旁边还葬有些遗物，那些物品现在都保存在北欧的博物馆的地下室内。他的两支腿交叉着，但缺失了一只脚，黑色沙土旁的这些颜色白如可怕的骨头，轻如蜻蜓的皮毛，这具尸体脑袋被砍去，只剩下一点下颚。可能由于弃尸时匆忙，尸体并未被填埋。是因为他被砍头而未能被人认出吗？如果他能重生的话，他也永远不会找到谋杀他的凶手并干掉他。他生前的眼睛就像河水，还泛着倒影，若有所思，在底部是他长长的脊柱，两边的肩骨如合拢了的翅膀，胸部的肋骨就像盔甲，大腿的骨头保存还很完整，与盆部、膝盖正常连接着，只是肘部骨头已经破碎。据阿罗斯家族传说，他常穿着一双马靴，在书市的牧羊人的小木屋里卖鹿皮、鹿肉，还有用鹿骨和鹿角雕刻的梳子，他的妻子则负责做饭，在离地面几米深的地下室的炉床旁纺织羊毛，日子过得还挺惬意。土制床上铺有厚厚的木板，床铺上有用鹿皮、羊皮做的床上用品，织布机占用了一小半的空间。他在银行的金库有一份丰厚的财物。在漫长的冬季里这座城市显得更加安静了。学童们成群结队地跑下楼，漫步、闲逛、嬉戏，互相用肘推搡着。谁又惧怕那具已故的无头尸体呢？老师忽地转身盯着我，眉毛向上一挑，说道："他们到现在仍认为那是一场历史教训。"

> 我觉得当时我们是在船上与一具尸体进行航行的游戏。
>
> ——亨利克·易卜生

高更的妻子是丹麦人，当她发现自己被困在巴黎时，很不开心，所以她带着孩子回到了哥本哈根的家。高更诅咒关于丹麦的一切，他曾在 1884 年待在一个叫做达格玛（Dagmar）的小餐馆，在那里经历了很多不愉快的事情。但在那儿，他做了一个长方形的盒子，并加上合叶，装上了盖子。在他出海的日子里，他把他所有的重要东西都装进那个盒子里，像其他海员一样把那盒子一直带在身边。高更的盒子是用梨树木头做的，他还在盒子的表面刻了美丽的花纹作为装饰，并在盒子的底部刻了一个裸露的人。他一打开盒子就可以看见那个微型的人物像。他用这个珍贵的盒子来思念他漂泊在异乡的妻子。

在 1875 年，在哥本哈根的国家博物馆里，高更看见了一副用桦树做的棺材，它是在黄金时期被挖出来的。棺材里有一具男尸，他有一张漂亮的脸和一头金黄的头发，以前是一个筑墙工人，他在奥胡斯后面的一座小山上工作。远处有一对老夫妻也在工作着，弯着腰拾地上的每一粒谷子，很明显，他们是那个男人的父母。为了让儿子的遗体完好地度过冬天，他仍把木鞘中的利剑换成了短剑，并把他放置在羊毛做的斗篷中，外面还裹了层牛皮。在他附近是大量的石头，在小山下排成了圆形。

随着生活的变化，我们所持的态度也会发生变化，一场旅行就很有可能变成我们所未预料到的一段漫长之旅。然而一场精神旅行会伴随着生活中的琐事，融合其他的记忆深刻的事情，比如自己想象的、幻想的、渴望的事情等。这些事情将会伴随精神之旅一件件地被排列出来，并使人回想起以往的日子，心生怀旧之情，并想找寻祖先的足迹。虽然有可能找到的并不是自己的祖先，但总会有联系之处。这引起了我想在晚年时去北极旅游的冲动，所以我经常会改变生活态度，去欣赏小溪、低谷、小岛、沙滩等美丽的风景，甚至石头、墓地、紫杉树都会引起我的注意，虽然它们都很古老，但还是可以触动我内心的思乡之情。

奥克尼是一个已经不存在的种族曾经居住过的地方，它靠近海，有很多的大石头，就像一个迷宫一样。当我在这些石头间徜徉时，仿佛是在烧焦的丛林中散步；当我穿过他们自己堆砌的小丘间的小径时，可以感受到冬日午后的阳光，曲曲折折地前进，最后发现了一个圆顶形的避难所。在石器时代，这儿就有他们的足迹了。在一次袭击厄尔哈拉尔中，其中有两个人疯了。但罗格沃尔德与他的随从们，在即将出发到圣地之前就准备着过冬的东西和保养他们的船只，并确保可以顺利返航。

丛林附近的石头在雨水中折射出倒影来。这一天我在一处陡峭的山崖上，由于太阳过于耀眼，我掉进了一个像会议室大小般的洞中——海鹰。那个洞中有人的骸骨，我身处一片凹地中，半个身子压在石头下，另外半个身子在太阳下，像被灼烧一般。我四肢酸痛得很，后来我爬到一个熊洞中，在黑暗中我忍着痛游过一条河，来到一个瀑布前。最后我被瀑布的水流带到一个丘陵的下方。

奥克尼是一座岩石郡，地表下都是无比坚实的岩床，这跟我以前的想象完全不一样。这里的色调以灰色为主，就像那些冒险故事中的情境一样。在这里，一天大部分的时候都被黄昏占领了，天空中的一丝丝灰蓝色的光线如水柱一般由上往下倾泻而下，那颜色越来越深。太阳升起来的时候，那光线白得耀眼，日落时则是黄褐色的。在光线的衬托下，地面火红火红的，绒毛般的草地与苔藓露出翠玉般的绿色，石楠丛则炫耀着它独特的赤褐色，停泊在港口的红、白色小船来回晃动着，修筑中的公路显示着土地本有的颜色。不论是艳阳高照，还是乌云密布，蓝色的石头在海边雾气的笼罩下，都显得干燥而光滑。我们把视线转移到遥远的南方，事物看起来与空气、阳光、阴影类物质的性质相似。这里有黄色的砂岩、褐红色或油红色的野兔，日落的时候，被晚霞映得通红的流水犹如心脏内的血液流动着。很久以前，挪威人乘坐的马岛的圣马格那斯的残船里，还有蓝灰色的板岩和花岗石，这是一种镇上的人建房时用来抵挡烈风的石头。码头和大平底船的后墙边的墓碑，面朝日出的方向，饱经风雨、空气、海洋的侵蚀。在土堆上还有一种被切割成层状的如牛油般的黄褐色的岩石。就像纽格莱奇的气候一样，在这里，仲冬的太阳在日落时分比日出时分更明亮。这里有与大谷仓一样的地下岩石，并非坟墓，而是地窖，在石冢上被青苔侵蚀的岩石如同退潮时附在沿岸礁石上的海藻一样露出青绿的颜色，在这里随处可见原始的黑色岩石。在“高岛”迎风的大西洋一边，是一个利于牧羊的山谷，周边石墙围绕，草地上人们用石头围成了大大小小的农场：这个地方叫做拉科维克失事海湾，它处在一个被风化得很严重的岩石口，沿着黑色的峭壁，穿过一个古老的冰河下深邃的小径，我们发现这个山谷与大海相连。在这里，光线总是在不断地闪动。沿着峭壁，在泥煤堆和荒草地旁有一条通往岩石堆的阶梯，叫做大平底船老人，蓝黑色的岩石缝隙中嵌有绿色礁石层以及海鸥留下的白色斑点，这就是所谓的老人的样子，在风中显得巨大而冰冷。那块直指向他的陆地的尖鼻部分是一片海鸟的墓地，到处是骨头、羽毛、绒毛，还有那块橘黄色的卷起的硬皮是角嘴海雀的喙。贼鸥要出去寻找食物的话，得沿着石路并穿过石楠树丛，回到它们在拉科维克的窝中。淡白色的带有斑点的小石子和大鹅卵石上垫着一层厚厚的焦黑色的海藻，就是它们的鸟巢。从这儿路过时，鹅卵石在脚下滚动着，每一颗石子儿光滑得很，像一个鸡蛋，有大有小。

“haar”在这个地方是指寒冬早晨说话时呼吸形成的白雾。这一词语是否来自挪威语中的“har”即头发（“hair”）呢？是漂浮在海面那层低低的似面纱的白雾？不，霜看起来像是在它的脚下，灰白色的霜，从林肯郡上来的英格兰和苏格兰东海岸的一种寒冷天气里的白雾叫做海雾。更远一点的挪威人住在深海渔场，在设得兰群岛和奥克尼。haaf-eel 是海鳗，haaf-fish 是大海豹。

亚历山大时代晚期马塞的水手、天文学家、地理学家——毕西亚斯，据我们所知是第一位环游大不列颠的人（因此他看到了岩石圈的原貌，作为希腊人，他看到一座太阳寺庙时，他能够把它辨认出来），在北海，没有日落的季节，他到达了极北之地——世界的尽头，也许就是冰岛，这座火山岛在天鹅的飞行路线上。鸣叫的天鹅沿着大平底船的路线飞行六天到达大不列颠西北部，他在日记本中写道：在海上，他突然进入了一个空气、泥土、海洋三种物质混合凝结而成的世界，就像进入了海洋的肺，黏稠状、像鲸脂的海洋，感觉就像浮冰和雾气之类能让他在其中窒息而死的东西。一个很可能真实存在的故事，就如任何一个有意识的人要咽下那东西回家一样。

这老人岩在太阳的照射下就像要灼烧起来一样，发出类似树胶的噼里啪啦的声音。

> 三天三夜之后，风停了，跟以前一样，海洋凝结了，看起来那么光滑。就如圣父说的：“操起橹杆准备起航，只管朝着上帝指引的方向航行。”
>
> ——《修道院院长圣布伦丹之航行》

炉床是斯卡拉山坡上每一个石穴的核心。在酷寒到来，大西洋海风肆虐的时候，人们在冰雪覆盖的草地下面围着炉火，唱歌，讲传奇故事，制作石头工具与手掌大小的石球。一些花岗岩是他们拥有的最硬的石头，他们把它们制成螺旋状的钉耙，或者，把它们聚集起来制成葡萄、豆荚和小土堆的形状，显得非常光滑、有规则。这些理想主义的石器，是为会使用的人制作的。有人认为，那些制成的小猪和小羊卷起的内脏的形状样的螺旋状的石头，是占卜用的地图。

那里的人们都深信土地是有生命的，是不朽的事物，是神或者恶魔：强大的大地神，最强大的神，滋养着世间万物。希腊人从不相信这个，他们靠自己在这片土地上生活，说话，唱歌，呼吸，画画。对普罗廷诺人（Plotinos）而言，大地有着鲜活的灵魂，我们可以感知、看到。他推断，大地的灵魂是能被看到的，毕竟他不是一个恶人的灵魂。

人们曾经这样疯狂过，一整夜守着月亮及其在水里的晃动的倒影，当看到黄昏时大洋远岸发着微弱光亮的灯塔时，他们欣喜若狂，那结构是如此匀称，一致，没有褶皱，他们用剖析学审视着这个世界。

我沿着这条路，绕了一个大圈子，碰巧了解到葬礼时他们为什么必须把一枚金币放在信德人的尸体口中的玄妙。那是一种正义的魔力，正如一个剑桥学者所解释的，18 世纪 90 年代他在希腊旅行，此时这个国家还有一半还在土耳其人手里，正如一副雕像还有一半是石头的——一个失踪的希腊人，出现只是为了再次消失，当他亲自去查看这种古老信念怎样在这种文化里延续的时候，他引用了这样的话，这不是一种神圣的遗产或者化石，这是随着生活的继续，一种民间习俗逐渐发展成为正统的宗教习惯。

> 一枚硬币通常是用来作为抵挡凶兆的吉祥物。这样的话，这种力量就可能成为一种抵挡邪恶势力的支柱。那么为什么要把它放在死人的嘴里呢？我认为，似乎用经典的阐释风俗的方法来假设，不是因为口腔是个方便的袋子，而是因为嘴是人身体的入口。现在的农民坚信荷马时代的人死的时候灵魂是从口腔离开的，牙齿间夹带着灵魂，短语“最后的喘息”是最为人接受的阐释。
>
> 在民谣中，这种思想也不断重复出现。“张开你的嘴”，卡洛斯（Charos）在角斗中把敌人打败时说的话，张开你的嘴，让我拿走你的灵魂。那么灵魂离开躯体的通道自然而然成了邪恶的灵魂进入躯体的方法（如果灵魂还能回来的话），就像我们之后会看到的。对农民们来说，人死后的尸体能够被邪恶的灵魂进入和占领是很可怕的事情。于是乎，嘴既是灵魂离开的通道，当然也是人们放硬币以驱除邪恶的地方。
>
> 然而，希腊的很多地方，这种硬币的用意已经失传了，人们找到了一种更加具有基督教特点的替代物。在死者的嘴唇上放一小片供奉用的面包，或者一小片陶瓷，这种陶瓷可能是那种刻有耶稣占领时期有关四大天使的传奇故事的陶瓷船的碎片。选择圣经语言本身就是为了表示要封印死者之口

以防止邪恶力量的侵入。我发现部分或者全部刻有基督教文字的习俗很盛行，人们非常相信这种正义的魔力并且用它来防止恶魔入侵死者的尸体，并不是必须得提及恶魔来证明希腊的开俄斯岛与罗得斯岛的习俗不古老。恶魔侵入尸体的观念只是一些异教徒观念的基督教版本，认为通过灵魂回归身体能让人起死回生。

——约翰·库斯伯特·劳森

NIKA是征服者的意思。I X NIKA的肖像被刻印在所有宗教团体的面包印章上。让圣灵融入我们的身体。鬼脸面具则是另一种肖像印章，它是不圣洁的幽灵。

到现在，我一直都很喜欢辛德斯的鬼脸面具，其中，至少有一种面具上面有这样的图画：一艘帆船的旁边伴有欢快游弋的海豚，它们的眼睛张得大大的，仿佛是要饱览这美丽的世界，一轮明月高高地挂在天空。可以说，这是一次精神的旅程。其他的呢，就是一些花呀、明眼什么的。这明眼是为了治住凶眼，让人们免受其害。按照希腊人的习俗，自古以来就有的一种信念就是死者应任其腐烂——这与埃及人的应保存好尸体的观点是完全相反的。希腊人则是在需要的情况下才会保留死者的遗体，亚历山大出生地白宫，没有离开巴比伦城迁徙到埃及的亚历山大港，他神一般的威望高于一切邪恶：这邪恶如既不是有生命的又不能复苏的有肉体的死尸，注定是半衰期，半生半死的亡灵。这些怪物就像是出现在挪威的坏人，坟墓只会让他们的身体变坏、松弛；不死的话也都变了形。在荷马与埃斯库罗斯的地方，民间有这样的传说，拒绝最后仪式的死尸想方设法逃回地面，他介于这个世界与另一个世界之间。比这邪恶更可怕的是被塞入大地的胃里。古时的咒语到现在还流传着：让大地吞噬你！若谁因违背习俗或受了诅咒或因暴力而死，不管他愿不愿意都会变成血债的复仇者，这时就得靠他的家人找到能克制住他的人，如果失败了的话，唯一的希望就是把他的尸体挖出来，驱邪之后，将之烧为灰烬。

在空气中有着数不尽的看不见的邪恶势力存在。漫不经心地盯着那些隐身之物，还算比较安全。涂画在船上身的柔和而机警的像驴般的眼睛远不只是为了寻找出路。甚至连一个酒杯都有一双锐利的眼睛，两边涂有葡萄藤和一座贵族气息的黑色塑像——狄奥尼索斯酒神图画的杯托就像两只黑色的耳朵——确保倒入的酒中没有任何邪恶力量的侵入。

让大地吞噬你！比起一个诅咒来说，倒更像是一个恩赐。试想另一面可是极端的恐怖啊。这样的话，就算是被人蔑视的恩赐也无所谓了，我们祈祷，让大地、大海、空气、熊火吞噬我们吧！

古时候，如果要施展咒语，那么就得找到巫师，他会把一些符咒藏在一些神秘的洞穴或坟墓或棺材里，然后通往地府，落入黑暗女神——复仇三女神的手里，当出现在埃斯奇洛斯的时候，她们已经是极端的血债复仇者了。

竹蛏。

沐浴在月光下，思索着宇宙的理念以及存在这种理念的世界的自然。客厅窗户朝东开着，透过两块十八英尺长的窗格玻璃，依稀可见地平线上缓缓升起的太阳。走过那条走廊，可见卧室的斜面，我从来不在客厅的床睡。不过不管是冬季还是夏天，太阳升起的时候，我都会在那床上等待太阳的升起。

光着脚板，我取出一大卷海草，那长度可以和海岸的长度比较了，我不得不把手抬高点，这姿势真像是在跳圆圈舞，顺着水渠冲洗海草上的泥沙，残留的泥沙和盐渍呢，在花园里用水冲洗掉就行了。被水冲洗掉的叶子旋转着飘落到地上，成了一只蜘蛛的被子，水管里喷出的水滴晶莹闪烁，但掉在地上后慢慢就蒸发，消失不见了。我用海草的叶子编织了一个篮子，所有用它带回来的宝贵东西都存放在香草花园里。

就像黄铜制的大锅炉里气温的变化一样，我们的海湾也进入了秋季。

那时，有好多个早晨，只有无声的雾号与沉默的灯塔在默默交换对话。一层薄雾慢慢离开了地面，太阳金灿灿的。冬天来临的时候，也有那么几次，天空阴暗，太阳暗淡，蟋蟀发出的声音像是壁炉搁架上的水壶沸腾时的嘶嘶声，也像火炉里发出的锉子声。到现在，我还记得当时丹麦式的水杯、用磨石研磨的黑麦面包，还有熏烤过的鱼，那鱼瘦长、辛辣，尾巴被烧焦了，眼睛也没有了。我从长有斑点的侧翼切开了细叶般的一道口子，拍打着使鱼昏厥，好剥掉它的鳞片。那鲜红色的鱼肉，营养而鲜美，取出鱼骨时，鱼皮自然耷拉了下来。

一幅刻在岩石上的画，一面保存完好，另一面已腐蚀了，但仍可见到大概的一个赭色的框架，记录了在洞穴生活的那些日子，炉火、搁物架和烟孔。

死者的领地在哪儿？脚下。土地和大海。还有蓝天。

午夜。月很圆，很远，却很明亮。那是我初次来到那片海——波涛相互拍打着，海水上面漂浮着白色泡沫。云漂浮着，在云片的边缘有一颗闪亮的星星，不同于彩虹的金红色，月虹有着紫色渐变到深红色的光彩。

一只黑鸟飞落到庭院供鸟儿戏水的盆子里，它的喙呈琥珀色。

离开大海，光着脚丫上岸后，我脱掉一直穿着的浴衣，它磨伤了我的肩膀，而且留下了墨水般的印迹。我把浴衣挂在无花果树的枝藤上，夕阳照在我的背上，我注意到这些果子已由原来的翠绿变成现在的紫红了，这是今年的第一次结果。果子掉落到我的手上，它闻起来甜美，只是有点过熟了，果皮长有紫色的斑点，不过里面却很红。我忍不住漱口，尝尝这可人的果子，多么甘美啊，于是，我又伸手摘去，有一个果子受不了阳光过多的疼爱，黑色的皮肤绽开了一道口子，露出了鲜红的果肉。突然，一道蓝光闪过，一看，原来是树枝上的一只大蚂蚁正大口享受着这美味。它跨过那裂缝，露出尖尖的牙齿，好像是不满意我抢它的食物，我及时把手收了回来，感到皮肤上的每一根毛发都竖了起来。

金黄色的灰尘布满了灰色的树枝，还有叶子和树的影子，那是光，还有青苔。

圆月，遥远得可望而不可即；冷月，黯淡得让人不见五指。